BASTARDLIEBE

Über den Roman

England 1589: Seit dem Tod ihres Vaters vor knapp zwei Jahren, lebt die sechzehnjährige Martha Somerset als königliche Zofe am Hof von Elizabeth I. Intrigen, Machtspiele und Politik bestimmen seither ihren Alltag. Ein aufregender Fund im Nachlass ihrer Großmutter stellt ihr junges Leben jedoch grundlegend auf den Kopf. Jahrhundertealte Briefe aus der Zeit von Edward III. gewähren ihr Einblick in ein langgehütetes Geheimnis der schönsten Frau Englands: Joan of Kent. Martha taucht ab in den Beginn des hundertjährigen Krieges, in die Blütezeit des Rittertums, in der von brüderlichen Banden, aber auch gefährlichen Liebschaften die Rede ist. Unsanft holt ihr eigenes Schicksal sie zurück in die Wirklichkeit. Gegen ihren Willen soll sie mit dem Liebling der Königin verheiratet werden. Es scheint kein Entrinnen zu geben, bis ihr die Briefe einen Ausweg aus ihrer Misere eröffnen …

Über die Autorin

©Lisa Anna Schönberg

Laura Henry, geboren 1991, hat Geschichte und Wirtschaft auf Lehramt an der Universität in Oldenburg studiert. Einige Semester ihres Studiums absolvierte sie in den USA. Seit 2017 arbeitet sie als Lehrerin an einer Oberschule. Ihre Leidenschaft für das Mittelalter entdeckte sie bereits als Kind. Henry, die im wahren Leben einen anderen Namen trägt, lebt und schreibt in der Nähe von Bremen.

BASTARDLIEBE

Laura Henry

Bibliografische Information der Deutschen Nationalbibliothek: Die
Deutsche Nationalbibliothek verzeichnet diese Publikation in der
Deutschen Nationalbibliografie; detaillierte bibliografische Daten
sind im Internet über www.dnb.de abrufbar.

© 2020 Laura Henry
Umschlaggestaltung: Momir Borocki
Illustrationen: Rosalie Melchert
Herstellung und Verlag: BoD – Books on Demand, Norderstedt

ISBN: 978-3-752-60805-2

Für meine Eltern.

DRAMATIS PERSONAE

Es folgt ein Personenverzeichnis der wichtigsten Charaktere. Die historischen Persönlichkeiten sind mit einem * gekennzeichnet, alle übrigen Figuren sind fiktiv.

Im Anhang befindet sich eine Übersicht über die geschichtlichen Ereignisse, mein Nachwort und schließlich der Stammbaum von Martha Somerset.

ENGLAND UND FRANKREICH
1348-1367

PLANTAGENET

Edward III.*, König von England

Philippa de Heinaut*, Königin von England

Eduard of Woodstock*, Duke of Aquitaine, ältester Sohn des

Königs und Kronprinz von England, *genannt Ed*

John of Gaunt*, Duke of Lancaster, Sohn des Königs

Edmund*, Lionel*, Thomas*, weitere Söhne des Königs

Blanche of Lancaster*, Duchess of Lancaster, Ehefrau von John of Gaunt

Joan Plantagenet*, Countess of Kent, Cousine des Königs und schönste Frau Englands

William Plantagenet, Joans unehelicher Sohn, *genannt Will*

HOF UND ADEL

Thomas Holland*, Ritter des Königs

William Montague*, Earl of Salisbury

Thomas Beauchamp*, Earl of Warwick

Juliana Beauchamp*, Warwicks Tochter, Verlobte von Will

Harry Fitzhenry, illegitimer Halbbruder von Blanche of Lancaster und Wills bester Freund

Robert Pomeroy, Ritter des Königs und Wills bester Freund, *genannt Rob*

Isabella Rochfort, Geliebte von Will

Aveline Montague, Joans Großcousine, *genannt Ava*

Simon Dawnay, Ritter von Ed und Verlobter von Ava

Roger White, Ritter von John of Gaunt

Fitzdavis, Greenley, Leibgarde des Königs

Wornham und Benley, Ritter von Ed

Alice Perrers*, Geliebte des Königs

Pedro de Castilla*, König von Kastilien

Enrique de Trastámara*, Pedros illegitimer Halbbruder

Geoffrey Chaucer*, Dichter und Diplomat

Adam, Humphrey, Godric, Knappen von Harry, Will und
Rob, *genannt die »Schatten«*

Gemma, Joans Magd

Pater Anselm, Kirchenmann und Vertrauter von Joan

ENGLAND
1589

SOMERSET

Marthilda Somerset, Großcousine und Zofe der Königin,
genannt Martha

Edouard Somerset*, Earl of Worcester und Marthas Cousin

Charles Somerset*, Marthas Vater

Marthilda Bourchier, Marthas Großmutter

Grace Somerset, Marthas Mutter und königliche Zofe

HOF UND ADEL

Elizabeth I.*, Königin von England

Robert Devereux*, Earl of Essex, Höfling und Liebling der Königin

William Cecil*, Baron Burghley, Lord High Treasurer der Königin

Jonathan Stanley, Höfling der Königin, Marthas Ziehbruder und bester Freund, *genannt Jonah*

Peggy Bowsmith, Marthas Freundin und königliche Zofe

Gail Hillock, Marthas Magd

Geoffroy Coldwell, Cecils Sekretär

PROLOG

Salisbury, Februar 1341

Joan hörte das Räuspern des Bischofs, das nur langsam wie aus weiter Ferne zu ihr durchdrang. Gedankenverloren hob sie den Kopf und schaute in die wässrigen Augen des Geistlichen. Sie übersah seinen unterkühlten Blick nicht, als er erneut seine Worte an sie richtete: »Wollt Ihr, Joan Plantagenet, den hier anwesenden William Montague zum Mann nehmen, ihm treu sein und gehorchen bis der Tod euch scheidet? So antwortet im Angesicht des heiligen Herrn mit ›Deo iuvante‹.«

Kleine Perlen aus Schweiß standen Joan auf der elfenbeinfarbenen Stirn. Ihre honigblonde Mähne war von ihrer Magd streng nach hinten geflochten worden, was sie älter wirken ließ als ihre tatsächlichen dreizehn Jahre. Angestrengt versuchte sie zu schlucken, um ihren Kloß im Hals loszuwerden, doch ihre Kehle war staubtrocken. Kaum hörbar und mit zitternder Stimme wiederholte sie die Formel.

Selig wandte der knorrige Bischoff seinen strengen Blick ab. »Und seid Ihr, William Montague, gewillt Jungfer Joan

Plantagenet zu Eurem angetrauten Weib zu nehmen, sie zu leiten und zu führen ...«

Bei dem Wort ›Jungfer‹ zuckte Joan unmerklich zusammen und ein kalter Schauer lief ihr den Rücken hinab. Verbissen versuchte sie einen möglichst ungerührten Gesichtsausdruck aufzusetzen.

»Deo iuvante«, sprach der in etwa gleichaltrige Junge neben ihr. Aus dem Augenwinkel nahm sie wahr, wie er stur geradeaus blickte, als wäre sie gar nicht da.

In einem beinah belanglosen Tonfall fuhr der Bischof fort: »Hat einer der hier Anwesenden etwas gegen die Heirat einzuwenden?«

Ja, ich!, dachte Joan verzweifelt und flehte innerlich Thomas würde im Kirchenportal erscheinen. Sie stellte sich vor, wie er leicht verschwitzt und eiligen Schrittes nach vorne stürmen und Einwand gegen diesen Bund der Ehe erheben würde. Er würde das ganze Missverständnis aufklären und sie endlich mit sich heimführen.

Die geladenen Gäste hielten förmlich ihren Atem an, so still war es in der lichtdurchfluteten St. Marienkathedrale von Salisbury. Aber Thomas kam nicht, um sie zu erretten. Stattdessen saß sie weiterhin neben diesem steifen Jüngling, den sie nie zuvor gesehen hatte. Joan fühlte, wie auch der letzte Funken Hoffnung langsam in ihr erstarb.

Salbungsvoll hob der Bischof seine Arme, als wollte er den Segen Gottes empfangen. »So sei es: Im Namen des heiligen Herrn sind die Familien derer of Salisbury und Kent von nun an miteinander verknüpft.« Während der Segnung, kam ein weiterer Kirchenmann herbeigeeilt und löste das rote Seidenband, das

Joans rechte und Montagues linke Hand bei der Zeremonie verbunden hatte. Sie verspürte den heftigen Drang ihre Hand wegzureißen und einfach davon zu rennen, weit weg, wo sie niemand finden könne. Nur mit Macht konnte sie diesem verlockenden Hirngespinst widerstehen. Sie wusste, es gab keinen Ausweg für sie.

Nachdem der Bischof sein Kreuz geschlagen hatte, erhoben sich die frisch Vermählten langsam aus ihrer knienden Position. Ein freudiges Raunen ging durch die Menge der Versammelten.

Halb benommen strich sie ihr kunstvoll gefertigtes Brautkleid glatt. Sie hatte das Gefühl es würde ihr jegliche Luft zum Atmen abschnüren. Leicht taumelnd schritt sie neben dem fremden Jungen durch den Mittelgang der Kirche einher. In den vordersten Reihen konnte sie ihre strahlende Mutter ausmachen. »Du wirst schon sehen«, hatte sie ihr mahnend eingeschärft, »Montague ist eine hervorragende Wahl. Du wirst unserer Familie Ehre machen.« Joan war allerdings anderer Meinung. Sie hatte ihrer Familie alles andere als Ehre erbracht. Doch davon ahnte ihre Mutter nichts. Sie wusste nicht, welch folgenschweres Geheimnis auf den Schultern ihrer Tochter lastete, von dem diese niemandem erzählen konnte. Niemand durfte von Thomas und ihr erfahren. Nicht auszudenken, wenn herauskäme, dass sie keine keusche Jungfer mehr war. Somit blieb ihr nach dem formalen Verlöbnis mit Montague nichts anderes übrig, als ihr Schicksal selbst in die Hand zu nehmen.

Das fingerhutkleine Säckchen aus Hühnerhaut wog schwer an ihrem Handgelenk, obwohl es federleicht war. Umsichtig hatte sie es in der vergangenen Nacht in ihrem weiten Ärmel versteckt angenäht. Durch die schwatzhaften Mägde am Hof des Königs wusste sie, wie sie über den Verlust ihrer Jungfernschaft hinwegtäuschen konnte. Sie musste nur den rechten Moment abpassen, um das bis obenhin mit Hühnerblut befüllte Säckchen in ihren Schoss einzuführen. Natürlich musste sie Obacht walten lassen. Es durfte weder zu fest noch zu lasch zusammengenäht sein, damit es nicht schon vor dem Vollzug der Ehe oder eben gar nicht riss. Bei dem Gedanken an das noch bevorstehende Wagnis, drohten ihr Tränen in die Augen zu treten. Eisern presste sie die Lippen aufeinander und mahnte sich zur Räson. Keiner durfte merken was sich wahrhaftig in ihrem Inneren abspielte.

Mittlerweile hatte sich eine kleine Schar von Adligen um das junge Paar gescharrt und geleitete es erwartungsfreudig zur feierlichen Bettleite. In den Brautgemächern angelangt ließ der Bischof sein Weihrauchfässchen über das breite Himmelbett schwingen und murmelte unaufhörlich lateinische Phrasen. Zwei Mägde gingen derweil Joan zur Hand und halfen ihr beim Auskleiden.

Etwas verloren stand sie nun im Unterkleid vor dem Brautlager. Ihr Herz pochte unangenehm schnell in ihrer Brust, sodass ihr drohte schwindelig zu werden. Die vielen Augenpaare, die auf sie gerichtet waren, steigerten ihre Aufregung. Krampfhaft umklammerte ihre schmale Faust die Hühnerhaut.

»Na los Mädchen, ziert euch nicht so, als wärt Ihr die letzte Jungfer auf Erden«, rief ein gebeugter Greis aus der hintersten Ecke des Gemachs und ein krächzendes Lachen erfüllte den Raum.

Die ganze Situation kam Joan grotesk vor. Widerwillig hob sie die Decke vom Bett an und legte sich in die Mitte. Zögernd trat Montague im knielangen Hemd auf sie zu, sein jungenhaftes

Gesicht war kreidebleich. Von einigen weiteren Rufen angestachelt, kniete er sich schließlich neben Joan.

Jetzt oder nie!, schoss es ihr in den Kopf. Unauffällig tastete sie unter der Decke nach ihrem Unterkleid und platzierte geschickt die Hühnerhaut. Angespannt schloss sie ihre Lider und schickte ein Stoßgebet zur Mutter Gottes.

»Keine Sorge, Mädchen, das hat bisher noch jede von uns überlebt«, feixte eine Matrone, die Joans Nervosität offenbar falsch deutete.

Als Montagues eiskalten, fast klammen Hände ihre Beine berührten, erstarrte sie förmlich. Langsam, aber bestimmt schob er sie auseinander und legte sich unbeholfen mit seinem gesamten Körpergewicht auf sie.

Joan war klar, dass das Ganze auch für ihn nicht gerade leicht war und für einen kurzen Moment empfand sie sogar einen Hauch von Mitgefühl. Das verflog jedoch schnell, als er unsanft in sie eindrang.

Schwer atmend stützte sich Montague auf seine Ellenbogen ab und vermied es peinlichst ihr in die Augen zu sehen. Sein Atem ging rau und legte sich heiß um ihren Nacken. Fieberhaft versuchte sie an Thomas zu denken. Stattdessen kreisten ihre Gedanken darum, was mit ihr geschehen würde, wenn herauskäme, dass sie Thomas ihre Jungfräulichkeit geschenkt hatte. Man würde sie beide in den Tower sperren oder schlimmeres. Obgleich sie in ihren Augen nichts Unrechtes getan hatten, da sie sich doch ewige Treue gelobt hatten. Die Verbindung zwischen ihnen musste einfach von Gott gewollt sein. Wäre es nicht Gottes Wille gewesen, dann hätte er es nicht zugelassen. Es hatte lediglich noch keinen rechten Zeitpunkt gegeben, damit Thomas offiziell um ihre Hand anhalten konnte. Trotz ihrer Überzeugung drängte sich ihr allmählich die Frage auf: Warum billigte Gott nun, dass sie Montague heiraten musste?

Lauter werdendes Gemurmel holte Joan aus ihren Gedanken zurück und sie registrierte, dass Montague dem Ritus unbemerkt ein Ende gegeben hatte. Beschämt richtete er sich auf und mied nach wie vor jeglichen Blickkontakt. Mit einem Fingerzeig gab er ihr zu verstehen, dass sie ihr Nachthemd richten solle, damit er dem Protokoll entsprechend die Decke anheben konnte.

Mit zitternden Händen tat Joan wie ihr geheißen, während sich in ihrer Magengegend das Gefühl von Übelkeit ausbreitete. Die Sekunden zogen sich quälend lang und niemand sagte auch nur ein Sterbenswörtchen.

»Vinculum matrimonii. Gott ist unser Zeuge, die Ehe ist nunmehr unauflösbar«, erklangen die ersehnten Worte des Bischofs, der zu Joans Erleichterung auf einen kleinen kreisrunden Blutfleck inmitten des blütenweißen Lakens deutete.

Anno Domini 1589

»**Vox audita perit, littera scripta manet.** «
Das gesprochene Wort verweht, das Geschriebene
bleibt bestehen.

E in eisiger Wind pfiff durch die verschneiten Gassen. Der Morgen war noch keine zwei Stunden alt. Martha zog ihren pelzgefütterten Mantel enger an sich und schritt beherzter aus. Noch zwei oder drei Biegungen, wusste sie, dann würde die kleine Greyfriars Abtei vor ihr auftauchen. Oder vielmehr, was davon übrig geblieben war, verbesserte sie sich kopfschüttelnd in Gedanken. Noch vor zweihundert Jahren beherbergte die ehemalige Abtei in Stamford einen kleinen Orden von Franziskanermönchen. Im Zuge der Reformation wurde die Abtei jedoch geplündert und zu großen Teilen zerstört. Die Mauern, kleineren Gebäude und das Torhaus hatten die Verwüstung weitgehend unbeschadet überstanden. Die kleineren Gebäude wurden notdürftig in Stand gesetzt und dienten seit ein paar Jahren als Krankenlager für die Armen. Die Kirche mitsamt ihren altehrwürdigen Gräbern verfiel und verwitterte seit der Plünderung ungehindert.

Martha hatte die letzte Biegung erreicht und mehrere große Eichen bauten sich in der Morgendämmerung vor ihr auf. Sie blieb im Schutz der letzten Eiche stehen und atmete tief ein. Ihr Blick wanderte über das steinerne Torhaus. Alt und moosbewachsen stand es da, von einer dünnen Schneeschicht bedeckt. Wie mit pudrigem Zucker bestäubt, überlegte Martha. Sie strich mit ihrer behandschuhten Hand an ihrem Mantel entlang. Der kleine Gegenstand war sicher in der eingenähten Innentasche verwahrt. Obwohl sie den Brief nun bestimmt schon ein Dutzend Mal gelesen hatte und jedes Wort auswendig konnte, wollte sie ihn erneut durchgehen. Sie streifte den

Handschuh mit der Linken ab, knöpfte ihren Wintermantel auf und tastete nach dem kostbaren Stück. Sie umfasste den schmalen Griff, holte den Gegenstand heraus und sah sich ihrem Antlitz gegenüber. Martha besah sich den kleinen silbernen Handspiegel, den ihr ihre Großmutter Marthilda kurz vor ihrem Tod im August letzten Jahres geschenkt hatte. Marthilda, der sie ihren Namen verdankte, hatte ihr erklärt, dass es sich dabei um ein altes Familienerbstück handeln würde, das aus einer fast vergessenen Zeit stammte, in der Ritter noch als Edelmänner galten und nach Ehre und Gewissen handelten. Das verschnörkelte Silber war mit der Zeit dunkel angelaufen, der Griff abgenutzt, der Spiegel milchig geworden. Und doch liebte Martha ihn. Der Gedanke, dass sich einst ihre Vorfahren darin spiegelten, gefiel ihr.

Sie betrachtete ihr Spiegelbild im Dämmerlicht. Große graugrüne Augen, umgeben von dunklen Wimpern, blickten ihr inmitten eines blassen Gesichts entschlossen entgegen. Die Kapuze hatte sie tief in die Stirn gezogen, aus der sich zwei, drei nachtschwarze Locken zwängten. Ihre schmale, perlweiße Nase war von vielen hellen Sommersprossen bedeckt. Selbst im Winter blieben ihr die Sprossen treu. Sie atmete tief ein und konnte sich ein kleines Grinsen nicht verkneifen. So unbeirrt sie war, ein kleiner Hasenfuß war sie angesichts dessen, was sie vorfinden könnte, doch. Tausend Gedanken schwirrten ihr durch den Kopf. Aufregung packte sie und ihre Nasenspitze fing an zu kribbeln. Ungeduldig biss sie sich auf die Unterlippe und versuchte sich zu konzentrieren. Mit der rechten Hand drehte sie den Griff gegen den Uhrzeigersinn und zog gleichzeitig vorsichtig daran. Ganz langsam löste sich dieser vom Rest des

Spiegels und ein kleiner Bogen Pergament im Inneren kam zum Vorschein. Martha entrollte den Bogen mit den leicht vergilbten Anweisungen. Mit einem leichten Kopfnicken las sie die wenigen Zeilen erneut und bestätigte sich ihrer Erinnerung. Jetzt oder nie. Sie steckte den Bogen zurück in den hohlen Griff und drehte ihn wieder fest.

Hätte sie auf ihre Magd gehört und den routinierten allmorgendlichen Blick in den Spiegel den anderen eitlen Hühnern am Hof überlassen, hätte sie die kleine Einkerbung im Griff wahrscheinlich nie bemerkt. Sie mochte die alte Gail, keine Frage, aber mit ihren puritanischen Vorträgen stellte sie ihre Geduld auf eine harte Probe. Puritaner oder auch englische Separatisten waren sehr sittenstrenge Protestanten, die keinen Sinn darin sahen, Wert auf das äußere Erscheinungsbild zu legen. Sie wollten ihr Leben für Gott ohne Glanz und Schnörkel, eben ganz pur widmen. Und auch so missbilligten sie alles, was das Leben schöner machte, ob Musik und Tanz, Kartenspiel, Ausritte oder die neuen Moden am Hof. Auf das Aussehen zu achten, war laut Gail eitel und vor allem gottlos. Als sie kleiner war, hatte sie ihr erzählt, dass hinter jedem Rahmen eines jeden Spiegels der Teufel warten und all diejenigen zu sich holen würde, die zu lange hineinschauten. Die gute Gail hatte angenommen, Martha damit zu verschrecken, und nicht erwartet, dass sie die Vorstellung, einen Blick auf den Teufel zu erhaschen, faszinieren würde. Ein viel ausschlaggebender Punkt aber war, dass sie, wie Gail ihr gerne zuraunte, das Missfallen der Königin wecken könnte, wenn sie hübscher war als diese.

Elizabeth I. achtete in der Tat darauf, dass keine ihrer Hofdamen sie äußerlich zu sehr in den Schatten stellte. Ihre allmorgendliche Prozedur des Herrichtens, Schminkens und Ankleidens konnte schon mal gut vier Stunden in Anspruch nehmen. Sie genoss es, im Mittelpunkt zu stehen, und duldete es nicht, wenn einer Dame mehr Aufmerksamkeit geschenkt wurde als ihr selbst. Man munkelte hinter vorgehaltener Hand, dass sie ihre ärgste Konkurrenz schnell verheiraten ließ, offiziell zu politischen Zwecken natürlich. Sie achtete sehr darauf, dass ihre königlichen Zofen sie nicht überstrahlten. Keine der Hofdamen durfte sich in einer anderen Farbe als Weiß oder Schwarz kleiden. Nur ihre Zofen bildeten eine Ausnahme und wurden den neusten Moden entsprechend gekleidet, um Elizabeth nicht gar zu sehr mit einem reiz- und trostlosen Anblick zu langweilen. Es war weithin bekannt, dass sie sich gerne mit schönen Dingen und Menschen umgab. Mindestens genauso viel Wert legte sie auf einen starken Charakter; schwache oder wankelmütige Persönlichkeiten duldete Elizabeth in ihrer Gesellschaft nicht.

Seit knapp zwei Jahren gehörte Martha genau zu dieser Gesellschaft, dem engsten Kreis der Königin. Nach dem plötzlichen Tod ihres Vaters Charles Somerset hatte sie ihre Vormundschaft übernommen und sie zu sich an den Hof geholt. Ihre Großmutter hatte eingewendet, dass Martha mit ihren damals gerade mal vierzehn Jahren noch zu jung für den Hof sei, doch Elizabeths Meinung stand fest. Sie ernannte sie zu einer ihrer insgesamt fünf königlichen Zofen. Damit wurde ihr eine große Ehre zuteil. Die Stellung einer Zofe war nicht nur bei den heranwachsenden jungen Damen des hohen Adels begehrt. Die Zofen genossen ein unbestreitbares Ansehen, waren sie der Königin doch so nah wie sonst kaum jemand. Obendrein waren sie alle jung, attraktiv, von hohem Geblüt und unverheiratet.

Nicht selten wurden sie von den Höflingen umworben. Hin und wieder geschah es, dass die jungen, naiven Dinger dem Charme einiger Bewerber erlegen waren. Unterlegen würde es auch treffen, dachte Martha glucksend.

Mit der Zeit wusste Martha, worauf es ankam, um im engsten Kreis der Königin zu bestehen und nicht unterzugehen, wie so viele Hofhühner es taten. Hinzu kam das Versprechen, das sie ihrer Großmutter an deren Sterbebett gegeben hatte. Ihre Mutter Grace, die kurz nach ihrer Geburt im Kindbett gestorben war, hatte viele Jahre treu an Elizabeths Seite verbracht. Martha wusste, sie durfte die Königin nicht enttäuschen und musste versuchen, in die großen Fußstapfen ihrer Mutter hineinzufinden. Außer ihrem Cousin, Edouard Somerset, dem Earl of Worcester, der jedoch keine Verwendung für sie zu haben schien, hatte sie nach dem Tod ihrer Großmutter keine näheren Verwandten mehr. Damit war sie auf das Wohlwollen der Königin angewiesen, auch um das Andenken ihrer verstorbenen Mutter in Ehren zu halten. Es war wie eine Art Vermächtnis.

Damit verpufften Gails Argumente. Doch so leicht ließ sie sich nie unterkriegen, getreu dem Leitspruch »Neuer Tag, neues Glück«. Und so hatte die alte Magd vorgestern Abend erneut begonnen, Martha Vorträge über ihre gottlose Eitelkeit zu halten. Entnervt hatte sie ihren kleinen Handspiegel zur Abschirmung zwischen sich und die vor sich hin Brummende gehalten. Und da war sie ihr schließlich aufgefallen: eine Kerbe, so klein und unauffällig, dass man sie für eine nachlässige Verarbeitung oder einen kleinen Sprung im Material hätte halten können. Doch bei näherer Betrachtung fiel ihr auf, dass die Unebenheit einmal um den Griff herumging. Erst zur Nacht, als alle anderen schliefen, hatte sie den Handspiegel wieder hervorgeholt und eingehender untersucht. Es war gar nicht so leicht gewesen, den eingerosteten Griff zu lösen. Er saß so fest, als hätte niemand vor ihr den eigentlichen Zweck des Handspiegels herausgefunden. Der Griff war innen hohl und beinhaltete einen kleinen eingerollten Pergamentbogen. Wie in Trance hatte Martha das Pergament gelesen, wieder und wieder. Natürlich hatte sie die ganze Nacht über kein Auge zugemacht. In ihren Gedanken hatte sich alles gedreht und überschlagen. Noch immer konnte sie ihr Glück nicht fassen, dass sie mit dem Hof gerade in Burghley House residierten. Der einsetzende Schneefall vor zwei Wochen hatte sie dazu gezwungen, auf dem Weg von Lincoln nach London in Peterborough Halt zu machen. So fand Elizabeth die Gelegenheit, das vor zwei Jahren fertiggestellte Schloss von ihrem hochgeschätzten Lord High Treasurer William Cecil in Ruhe zu begutachten. Und Martha kam es vor, als wäre es vorherbestimmt gewesen.

Mit einer kleinen Handbewegung verscheuchte sie ihre Gedanken und schritt langsam auf das Greyfriars Torhaus zu. Es war noch alles dunkel hinter der Mauer. Kein Licht brannte. Mit leicht zitternden Händen stand sie vor dem eisenbeschlagenen Holztor im Torbogen. Sie drehte sich nach links und zählte die Steinreihen, angefangen vom Tor. Sie musste dreimal von neuem beginnen, so nervös war sie. Sie ermahnte sich zur Ruhe, nahm ihre Linke zur Hilfe und zählte in Gedanken bis sieben. Eins… zwei… drei… vier… fünf… sechs… sieben… Beim siebten Mauerstein verweilte ihr Handschuh. Nun drei nach oben, zwei nach rechts und fünf nach unten zählen. Ihr Handschuh endete vor einem besonders verwitterten unförmigen Stein. Mit der

Linken griff sie in ihre linke Manteltasche und beförderte ein silbernes Bestecklmesser zum Vorschein. Achtlos streifte sie nun auch ihren linken Handschuh ab und legte beide zur Seite. Mit der Messerspitze schabte sie das Moos des Steines und begutachtete ihn einen Atemzug lang. Dann steckte sie das Messer unter den Stein und versuchte ihn zu bewegen. Von allen Seiten mühte sie sich, ihn von seinem jahrhundertealten Sitz zu lösen. Es kam ihr vor wie eine Ewigkeit, bis der Stein leise Kratzgeräusche von sich gab. Schnell steckte sie das Messer wieder ein und versuchte nun, mit ihren kaltgewordenen Fingerspitzen den Stein herauszuziehen. Es klappte. Sie legte ihn vorsichtig neben ihre Handschuhe auf den Boden und beäugte die Vertiefung in der Mauer. Vorsichtig fasste sie mit der rechten Hand in die Vertiefung und ertastete etwas Ledernes. Sie umfasste es und zog es umsichtig hervor. Ungläubig starrte sie auf den Inhalt in ihrer Rechten. Eine in Leder gebundene, verstaubte Holzkiste. Sie schob das brüchige Leder etwas zur Seite und las die verschnörkelten Initialen J. K. auf dem unteren rechten Rand der Schatulle.

Ein rumpelndes Geräusch auf der anderen Seite des Holztores brachte Martha zurück in die Wirklichkeit. Das gemeine Volk begann seinen Morgen. Erschrocken stellte sie die Schatulle auf den mit Schnee bedeckten Boden, wickelte ihr um den Hals geschlagenes Seidentuch ab und die Schatulle hinein. Den Stein hob sie auf, verstaute ihn an seinem angestammten Platz in der Mauer und trat mit der Kiste unter dem Arm den Rückzug an. Auf halbem Weg musste sie jedoch wieder umkehren; fast hätte sie ihre Handschuhe vergessen. Das Rumpeln auf der anderen Seite wurde lauter und Martha fing an zu rennen. Gerade als sie hinter den alten Eichen in die angrenzende Straße biegen konnte, schwang das Tor knarzend auf und zwei Burschen mit einem Handkarren traten hinaus. Martha zwang sich, nicht länger zurückzublicken, und lief weiter. Ihre Nasenspitze dankte es ihr nicht. Sie hatte das Gefühl, sie würde ihr gleich abfallen. Nach einer geraumen Weile erreichte sie ein kleines strohbedecktes Häuschen. Über der Tür war ein verwittertes Holzschild angebracht, das Nadel und Garn abbildete. Vor dem rechten Fenster war ein rostiger Ring in die Mauer eingelassen und daran angebunden fand Martha ihren treuen Fuchswallach Tristan. Sie streichelte ihm zur Begrüßung die Nüstern und erntete ein warmes Schnauben. Behände verstaute sie die eingewickelte Schatulle in einer der Satteltaschen und schwang sich im nächsten Moment in den Sattel.

Es war inzwischen hell geworden und sie musste sich sputen, damit sie die Wachablösung von Jonah nicht verpasste. Jonah, der mit vollem Namen Jonathan Stanley hieß, war Marthas Ziehbruder und zudem ihr bester Freund. Ihre Väter kannten sich bereits aus Kindertagen und dieses Band der Freundschaft hatten sie an ihre Kinder weitergegeben. Ein weiteres Band, das beide eng zusammenführte, war der frühe Tod ihrer Mütter. Da Jonah außer seinem Vater, der kurze Zeit daraufhin ebenfalls verstarb, keine näheren Verwandten mehr hatte, nahm ihre Großmutter ihn aus Liebe zu ihrem Schwiegersohn in ihrem Haushalt mit auf. »Freunde sind die Familie, die du dir aussuchst. Ihre Bande können dicker geknüpft sein als Blut«, hatte sie zu ihrem Vater gesagt und beiden Kindern die Liebe einer Mutter geschenkt, die sie bislang nie erfahren durften. Rückblickend konnte Martha nicht sagen, dass es ihr an etwas gefehlt hätte. Ihre

Großmutter war eine hochgewachsene, vornehme Dame. In ihrer Erinnerung hatten ihre Haare die Farbe von glitzerndem Morgentau, das Silbergrau eines soeben auf Glanz polierten Pokals oder eines Ritterhelms. Die Farbe verlieh ihr etwas Edles. Martha fand, sie war die Vollendung von höfischer Etikette und doch hatte sie so viel Leidenschaft, dass sie sich immer gewundert hatte, wie ihre Großmutter eine Maske aus immerwährender Höflichkeit auflegen konnte. Oft besuchte sie gemeinsam mit ihren beiden Ziehkindern den Hof der Königin, nicht nur, um ihren Sohn zu Gesicht zu bekommen, sondern auch, um beide so früh wie möglich in die höfische Gesellschaft einzuführen. Sie erinnerte sich noch an die erste Begegnung mit der Königin, sie musste sechs oder sieben Jahre alt gewesen sein. Ihre Großmutter hatte ihr ein senfgelbes Kleid schneidern lassen. Passend dazu hatte sie gelbe Schleifen in ihren dunklen Locken. Gemeinsam mit ihrer Großmutter hatte sie sich vor Elizabeth hingekniet und huldvoll den Kopf geneigt. Vor lauter Neugierde hatte sie aber nicht stillhalten und abwarten können, bis die Königin das Wort an sie richtete, hatte aufgeschaut und ihre Großmutter gefragt, ob sie auch mal so anmutig werden würde wie die Königin. Sie konnte immer noch das glockenhelle Lachen von Elizabeth hören, als wäre es erst gestern gewesen. Sie hatte Martha bei der Hand genommen und zu sich auf den Schoss gezogen. Da die Königin unverheiratet war und keine Kinder hatte, hatte sie ihre Anwesenheit genossen und sie häufig an den Hof geladen. Sie hatte die bedingungslose Aufrichtigkeit von Martha zu schätzen gewusst, die sie noch immer ihr Eigen nannte. Sie sagte, was ihr in den Sinn kam, und nicht selten heimste sie dafür ein Kopfschütteln ein. Ein Eigenwille stand einer Frau nicht zu, sie hatte sich unterzuordnen. Viele am Hof konnten mit ihrer Art nicht umgehen und nahmen sie ihr übel. Elizabeth hob jedoch hervor, dass es das temperamentvolle Blut der Beauforts sei, das trotz des schwachen Geschlechts in ihr zur Geltung käme. Damit waren alle mundtot, denn jeder wusste um ihre Verwandtschaft, wenn auch sehr entfernte. Marthas Vater entstammte ebenso der Beaufort-Linie wie die Königin, dessen Begründer niemand Geringeres als John of Gaunt war. Wer also Martha brüskieren würde, brüskierte am Ende auch die Königin.

Aufgrund der gemeinsamen Kindheit wusste Jonah nur zu gut um Marthas eigensinnige Natur. Er war eindeutig der Besonnenere von beiden. Er war der Grund, warum sie manches Mal zweimal nachdachte, bevor sie handelte. Nicht weil er am Hof für ihre direkte Art Spott der anderen Höflinge hinter vorgehaltener Hand ertragen musste, sondern weil sie wusste, dass er nur ihr Bestes wollte. Er war das Einzige, was ihr nach dem Tod ihres Vaters und der Großmutter geblieben war. Doch das hier war etwas Unvergleichbares, etwas, was nicht diskutabel war. Und Jonah wusste das. Darum hatte er letztlich nachgegeben und ihr versprochen, auf sie zu warten. Auch wenn er natürlich nicht begeistert davon gewesen war, dass sie ohne Geleit vor der Dämmerung nach Stamford reiten wollte. Er hatte ihr angeboten, sie nach seiner Wache zu begleiten, doch Martha hatte allein gehen wollen. Das hier ging nur sie etwas an. Außerdem wären dann Fragen gestellt worden, weshalb sie ohne Anstandsdamen, ihre Magd oder einen Auftrag ins Dorf reiten wolle. Ziehbruder hin oder her. Der Tratsch würde trotzdem entstehen. Martha wusste mehr als genug am Hof Bescheid. Deshalb konnte sie Jonah überreden, sie ungesehen hinaus- und, so Gott will, auch wieder hineinzuschmuggeln. Sie schickte ein Stoßgebet in den Himmel und schnalzte Tristan zu. Dieser beschleunigte seinen Galopp und führte sie beide über die verschneiten Wiesen zurück zum Schloss.

Am Burghley House angekommen, sah sie Jonah nervös vor dem hinteren Burgtor auf und ab gehen. Als er sie erblickte, streckte der Neunzehnjährige seine Hände wie zum Dank in den Morgenhimmel und brummte etwas Unverständliches in ihre Richtung. Er sah stattlich aus in seiner Uniform. Das Schwert seines Vaters stand ihm gut, dachte Martha nicht zum ersten Mal. Auf seiner Stirn hatte sich eine kleine Zornesfalte gebildet, die ihm etwas Verwegenes verlieh. Sie musste schmunzeln, mit seinen kastanienbraunen kinnlangen Haaren war er sicher der Schwarm so mancher Dame.

Keine Armeslänge von ihm entfernt glitt Martha lautlos von Tristans Rücken. Lobend klopfte sie ihrem Wallach den Hals. Mit den Zügeln in einer Hand, lächelte sie ihrem Ziehbruder verschwörerisch zu und flüsterte: »Ich danke dir!«

Mit einer energischen Geste forderte er Martha auf durch die geöffnete Seitenpforte unter dem breiten Torbogen zu gehen. »Das war das letzte Mal, dass ich mich von dir zu solchen Dummheiten hab überreden lassen, Martha!«

Statt zu antworten zog sie schnalzend am Zügel. Gehorsam senkte Tristan seinen Kopf und sie konnten problemlos durch die Pforte schreiten.

Auf leisen Sohlen brachte sie Tristan in den Stall, zäumte ihn ab und rieb ihn rasch mit dem Bodenstroh trocken. Bevor sie ging, vergewisserte sie sich, dass er ausreichend Wasser und Futter vorfand. Mit der Schatulle unter dem Mantel ging sie auf

Zehenspitzen zurück auf den Burghof. Sie wandte sich nicht zum Eingangsportal, sondern wählte den Weg über die Gesindekammern zu ihrer Linken. Von dort aus führte ein direkter Weg in die zweite große Halle von Burghley House. Wenn sie es geschickt anstellte, würde sie unentdeckt bleiben. Sie zog ihre Kapuze tiefer in die Stirn und schritt entschlossen aus. Die Mägde schienen allesamt noch zu schlafen und bis auf die ein oder anderen pfeifenden Atemzüge war alles still. In der Halle angelangt, ging sie zum Kamin. Die Holzscheite glommen noch rot und wohlige Wärme wurde von diesen ausgestrahlt. Sie blieb einen Moment davor stehen und hielt ihre weißen Fingerspitzen in Richtung der Scheite. Sie musste sich einen Ruck geben, um sich abzuwenden und den kleinen Weidenkorb neben den Schürhaken an sich zu nehmen. Darin befand sich Kleidung zum Wechseln, die sie am frühen Abend wohlweislich dort deponiert hatte. Schnell legte sie ihren vom Schnee feucht gewordenen Mantel ab, streifte auch das nur locker geschnürte Kleid von den Schultern, dessen Saum auch dreckig geworden war. Das neue Kleid fühlte sich angenehm warm vom Kamin an und sie hörte auf zu frösteln. Etwas achtlos stopfte sie die getragene Kleidung in den Weidenkorb und stellte ihn zurück zum Kamin. Es sah aus, als würde eine Pelzdecke zum Wärmen bereitliegen. Zufrieden drehte sie sich um und ging mit schnellen Schritten zum Portal der Halle. Vorsichtig öffnete sie die Tür einen Spaltbreit und als sie niemanden entdecken konnte, huschte sie wieder auf den Innenhof und zur Kapelle. Dort angekommen, kniete sie sich vor den Altar. Hier war sie fürs Erste ungestört und sollte man sie entdecken, würde man annehmen, dass sie zum stillen Morgengebet hergekommen sei.

Erwartungsvoll holte sie die noch immer in ihr Seidentuch eingewickelte Schatulle heraus. Sie legte sie vor sich auf den Boden und wickelte sie bedächtig aus. Auch das Leder faltete sie umsichtig auseinander. Die Schatulle war eine Handbreit, keine halbe Elle lang und aus dunkel verarbeitetem Eichenholz gefertigt. Kunstvolle Schnörkel verzierten das Holz. Am unteren rechten Rand, neben dem rostig angelaufenen Scharnier waren die Initialen J. K. eingeritzt. Sie befühlte die Stelle mit ihrem Zeigefinger und folgte den geschwungenen Linien im Holz. Sie platzte fast vor Ungeduld und öffnete quietschend das rostige Scharnier. Das Innere der Schatulle war mit rotem Samt beschlagen. In der Mitte befand sich ein in Leder gebundenes Buch. Martha nahm es heraus, löste die lederne Schleife und öffnete umsichtig die erste Seite. In verblasster Tinte standen dort die Worte *Joan of Kent*. Vorsichtig blätterte sie die nachfolgenden, leicht gewellten Seiten um und konnte mehrere Eintragungen auf diesen erkennen. Ihr Herz schlug ihr bis zum Hals, das Blut rauschte nur so in ihren Ohren. Sollte es möglich sein, dass sie hier gerade das Tagebuch von Joan of Kent in den Händen hielt? Ehrfürchtig klappte sie es zu und wollte den Ledereinband eingehender betrachten, als sich mehrere Seiten aus dem Buch zu lösen schienen. Erschrocken hielt sie den Atem an, als sie erkannte, dass ihr nicht die Buchseiten, sondern mindestens zwei Dutzend Briefe in den Schoß gefallen waren.

Gedankenverloren biss sich Martha auf die Unterlippe und versuchte sich einen Überblick zu verschaffen. Dabei fiel ihr auf, dass in der Schatulle noch weitere Briefe lagen. Das darauf liegende Tagebuch hatte sie scheinbar verdeckt. Sie fischte sich einzelne Briefe heraus und begutachtete die unterschiedlichen

Falttechniken sowie Handschriften. Der Name William tauchte häufiger auf.

Einer Eingebung folgend, betrachtete Martha erneut die ersten Seiten des Tagebuchs. Auf der zweiten Seite hielt sie inne. In geschwungenen Lettern stand dort: *Vox audita perit, littera scripta manet.* »Das gesprochene Wort verweht, das Geschriebene bleibt bestehen«, flüsterte sie. Eine Zeile darunter stand: *Für William.* Das Pochen ihres Herzens wurde immer lauter. Schnell blätterte Martha die Seite um und begann aufgeregt den ersten Eintrag zu lesen.

Anno Domini 1352

Mein geliebter Sohn,
ich schreibe dir mit dem Ansinnen, dir zu erklären, wieso die Geschichte so geschrieben wurde und nicht anders und vor allem, um mich zu erklären. Ich weiß, das macht nichts ungeschehen, aber ich möchte dir meine Lage verständlich machen. Du sollst verstehen, mich verstehen, mein lieber William…

Anno Domini 1352

»Honi soit qui mal y pense!«
Ehrlos sei, wer Böses dabei denkt!

Edward III.

*E*in unregelmäßiges dumpfes Schlagen erfüllte die laue Frühlingsluft. Trotz des drohenden Abends war es ungewöhnlich warm für diese Jahreszeit. Aufgebrachte Rufe ließen die Vögel hoch oben auf den Bäumen aufschrecken. Wild durcheinander stoben sie in alle Himmelsrichtungen davon.

Joan of Kent wandte ihren Blick vom Stickrahmen ab und schaute neugierig durch die offenen Vorhänge in den Garten. Wer sie wohl aufgeschreckt haben könnte? Bedächtig stand sie von ihrem gepolsterten Sessel auf und legte den Rahmen beiseite. Sie hielt einen Moment inne und befühlte ihren Bauch. Ihre fortgeschrittene Schwangerschaft machte sich deutlich bemerkbar. Mit der Zeit wurde sie immer kurzatmiger und behäbiger.

Stützend stemmte sie eine Hand in ihren Rücken, stellte sich an das geöffnete Fenster und atmete die frische, klare Luft ein. In der untergehenden Abendsonne schimmerten ihre zum lockeren Zopf geflochtenen Haare golden; sie waren von keiner Haube bedeckt. In der Einöde, in der sie sich befand, wollte sie sich frei von jeglichen Zwängen fühlen. Sowieso hielt sie nicht viel von Konventionen, diese beengten sie bloß.

»Wo versteckst du dich, du gemeiner Lump?«, hallte es ungeduldig von draußen hinein.

Joan begann zu lächeln und wie immer bildeten sich feine Grübchen auf ihren rosigen Wangen. Zwischen den Bäumen zog ein kleiner schwarzhaariger Junge ein bunt bemaltes Holzschwert aus dem Halfter, das an seine Hüfte gegürtet war. Bedrohlichen Schrittes ging der Kleine auf einen wahrhaftig bösartig dastehenden Baumstumpf zu. Erbost gestikulierend redete er auf diesen ein und schlug ohne Vorwarnung zu. »Nimm das und nimm das, du ungeheuerlicher Schurke! Du hast es nicht anders gewollt!«, rief William um Atem ringend zwischen seinen Schlägen, die er verteilte, hindurch.

»Himmelherrgott, was mag der kleine Rüpel nun schon wieder ausgeheckt haben? Er bringt mich eines Tages noch um den Verstand«, nuschelte Joans Magd Gemma naserümpfend vor sich hin.

Aus dem Augenwinkel nahm Joan wahr, dass ihre Magd den Kopf gehoben hatte, um ebenfalls durch das Fenster ins Freie zu schauen. Wenn es nach Gemma ginge, dann hätte der Knabe schon längst eine starke Hand zu spüren bekommen. Doch Joan war einfach zu nachsichtig mit ihrem Erstgeborenen. Nicht selten pflegte ihre Magd darum zu sagen: »Ihm fehlt die väterliche Strenge!« Aber woher sollte er die auch bekommen? Schließlich machte ihr Ehemann ihnen nur alle paar Monate seine Aufwartung. Das war seine Art sie zu strafen, wusste Joan. Dabei hatte er ihrer Meinung nach keinen Grund mehr Groll gegen sie zu hegen.

Gedankenverloren streichelte sie über ihren gewölbten Bauch und spürte kräftige Tritte. Diese Schwangerschaft war ähnlich verlaufen, wie ihre vorherigen; die Morgenübelkeit hatte nur wenige Wochen angehalten. Daher war sie sich sicher, dass es erneut ein Junge werden würde. Sie würde ihn nach ihrem kürzlich verstorbenen Bruder John benennen, durch den sie Titel und Ländereien vererbt bekommen hatte. John würde das dritte Kind werden, das sie gebar, aber erst das zweite, das sie ihrem Mann Thomas Holland schenken würde. Neben William hatte sie einen weiteren Sohn namens Tom, der das Ebenbild seines Vaters zu werden schien, bestimmt würde es sich bei John nicht anders verhalten. William und Tom wuchsen als Sprösslinge einer Adelsfamilie heran, in der William, obwohl Erstgeborener, keinen Anspruch auf Titel, Ländereien oder Erbschaften seitens ihres Mannes erheben konnte. Offiziell war zwar Joans Mann Thomas der Vater des Jungen, doch einzig und allein damit der äußere Schein gewahrt wurde. Seit Williams Geburt lebten sie in völliger Abgeschiedenheit. Keiner außerhalb ihres kleinen Haushalts sollte mitbekommen, dass sie die leibliche Mutter des Kleinen war. Und sie würde ihr Leben dafür geben, dass dies auch so blieb.

Sie musste seufzen. Mit ihren gerade mal dreiundzwanzig Jahren hatte sie bereits viel erlebt. Beklagen konnte sie sich allerdings nicht. Bisher hatte sich alles so gefügt wie sie es wollte, wenn auch über Umwege. Einer dieser Umwege war William Montague, Earl of Salisbury, mit dem sie vor nun fast zehn Jahren zwangsverheiratet wurde. Alle hatten sie damals mit Glückwünschen überhäuft und ihr zu ihrer äußerst guten Partie gratuliert, niemand hatte geahnt, welches Geheimnis sie wahrte. Nur wenige Monate zuvor war sie dem vierzehn Jahre älteren Thomas, einem ruhmreichen Ritter des Königs, begegnet. Sie erinnerte sich noch lebhaft daran, wie sie seinem Charme verfallen war. Er hatte ihr Gedichte und unzählige Liebesbriefe geschrieben und in aller Stille um ihre Hand angehalten. Da er zum niederen Adel gehörte, war beiden klar gewesen, dass der König einer Heirat nie zustimmen würde. Also hatten sie sich ihr Eheversprechen heimlich und bei tiefster Nacht auf altertümliche Art gegeben, indem sie das Lager miteinander teilten. Sie spürte noch heute die Aufregung, die sie damals gepackt hatte. Ihr war es wie ein Abenteuer vorgekommen, wie eine dieser Rittergeschichten, in der der edle Ritter erfolgreich um seine Herzdame warb und sie zu sich auf seine Burg holte. Von der stolzen Erscheinung Thomas ganz abgesehen. Ob er ihre Naivität nur ausgenutzt oder sie auch wirklich begehrt hatte, vermochte sie im Nachhinein nicht zu sagen. Fakt war allerdings, dass Joan in ihrer engen Verbindung zum Königshaus, als Cousine von Edward III., eine vielversprechende Schachfigur hätte werden sollen. In ihrem kindlichen Leichtsinn hatte sie ihrem Blut keine Beachtung geschenkt. Natürlich hatte ihre sorglose Zweisamkeit nicht lange angehalten. Kurz nach der heimlichen Eheschließung nahm Joans frisch angetrauter Gemahl Thomas am englischen Feldzug in Flandern teil. Bevor er sie verließ, hatten sich beide darauf geeinigt, erst einmal niemanden über ihr Bündnis in Kenntnis zu setzten. So kam es, dass Joans Cousin und Vormund, König Edward ein knappes Jahr später beschloss, sie den gleichaltrigen Montague ehelichen zu lassen. Joan, an ihr Versprechen gebunden, bewahrte Stillschweigen und heiratete den unwissenden Montague. Sie hatte damals die Befürchtung gehegt, dass Thomas beim König in Ungnade fallen könnte, wenn sie ihr skandalöses Geheimnis lüftete. Also hatte sie weiter geschwiegen und sich dem Willen ihres Vormunds gebeugt. Doch der Schein trog. Sie hatte sich geschworen nicht zur Marionette zu werden und Montague keinesfalls einen Erben zu schenken. Bei dem Gedanken daran, wie bedacht sie vorgegangen war, stahl sich ein kleines Lächeln auf ihre Lippen. Zu ihrem Glück wusste sie schon damals um die Wirkung der Petersilienwurzel. Sie hatte die bittere Wurzel an all ihren fruchtbaren Tagen, sowie fünf Tage danach verzehren müssen, damit sich kein Samen in ihr einpflanzen konnte. Auch wenn sie so den Anschein erweckte sie sei unfruchtbar, denn das war wahrlich das kleinere Übel.

Sechs Monate nach ihrer Vermählung kehrte der ahnungslose Thomas, der in Flandern nichts von all ihren Seelenqualen mitbekommen hatte, nach England zurück. Aus Erzählungen wusste Joan, dass er nicht schlecht gestaunt hatte, als er erfuhr, dass der König sie in seiner Abwesenheit anderweitig verheiratet hatte. Umgehend hatte er eine Unterredung beim König erbeten und ihm alles gebeichtet. Als Strafe verbannte dieser Thomas daraufhin jedoch vom Hof, damit er über den Verrat an seinem König nachdenken und Buße tun konnte. Es sollten mehrere Monate ins Land ziehen, ehe Thomas reumütig an den Hof zurückkehren und den König um Verzeihung und Wiedergutmachung bitten durfte. Selbstredend hatte er es ihm nicht leicht gemacht und ihn wochenlang zappeln lassen. Es wurde gemunkelt, dass einige Geldstücke in die Kriegskasse des geplanten Frankreichfeldzuges geflossen seien. Darüber hinaus soll sich Thomas auch als Leibwächter vom elfjährigen Prinzen Eduard unabdingbar gezeigt haben. Nach und nach schaffte er es so das Vertrauen des Königs, der ihn im Grunde sehr schätzte, zurückzugewinnen. Mit dessen Einverständnis versuchte Thomas dann bei Papst Clemens IV. um die Annullierung von Joans zweiter Ehe zu bitten. Erst sechs Jahre später, nach der siegreichen Schlacht im französischen Crécy und dem anschließenden Beutezug, hatte er das nötige Geld zusammen und konnte die Dispens beim Papst einreichen. Weitere zwei lange Jahre sollten ins Land gehen, ehe sich dieser entschied

Gesandte zur Klärung nach England zu schicken. Montague dagegen, der es als Sprössling einer altehrwürdigen Adelsfamilie gewohnt war Standesvorrechte zu genießen, hatte sich bereits auf der sicheren Seite gewähnt. Siegesgewiss hatte er nach all der Zeit nicht mehr mit Nachforschungen seitens des Papstes gerechnet. Als die päpstlichen Gesandten ihn jedoch vor den englischen Gerichtshof zitierten, war er so außer sich geraten, dass er Joan in Salisbury festsetzen ließ und drohte, sie nicht mehr frei zu lassen. Ihr lief es noch jetzt heiß und kalt den Rücken herunter, wenn sie sich an seinen Wutausbruch erinnerte. Er hatte sich wie ein Kind verhalten, dem man das Spielzeug entwand. Und ebenso hatte sie sich während ihrer Ehe gefühlt, wie eine Spielzeugpuppe. Sie waren nie warm miteinander geworden, es hatte immer eine kühle Distanz zwischen ihnen geherrscht. Im Grunde hatte Joan nur der Gedanke an Thomas die Zeit überstehen lassen. Ihr Glück war es, dass Thomas mit Widerstand seitens Montague gerechnet hatte und König Edward über Montagues Handeln in Kenntnis setzte. Unangekündigt tauchte ihr Cousin dann eines Morgens mit einem nicht ganz so kleinen Gefolge in Salisbury auf und sprach unter vier Augen mit Montague. Joan hatte nicht mitbekommen, was er Montague genau gesagt hatte, doch es hatte seine Wirkung nicht verfehlt. Sichtlich mitgenommen und ohne Worte entließ Montague sie schlussendlich an den Hof des Königs.

Ein paar Monate danach, entschied sich Papst Clemens zu Gunsten Thomas und erklärte Joans kinderlose Ehe mit Montague für nichtig. Thomas, der bis zur finalen Entscheidung mit bangem Warten verbracht hatte, ließ seine Gemahlin daraufhin unverzüglich vom Hof des Königs holen und zu sich ins nördlich gelegene Lancashire bringen. Als wäre es gestern gewesen, sah sie Thomas vor sich, wie er ihre kleine Eskorte im Burghof – nach mehr als acht Jahren des Wartens – mit weit ausgebreiteten Armen strahlend empfing. Ihr zu Ehren hatte er eine große Jagd mit den umliegenden Nachbarn veranstaltet. Es wurde getanzt, gelacht und herrlich geschmaust. Am frühen Morgen, als sich die meisten ihrer Gäste volltrunken in ihre Kammern schleppten, hatte auch Thomas Joan in ihre Privatgemächer geführt. Erst dort hatte sie ihrem wiedergewonnenen Gemahl reinen Wein eingeschenkt. Wortlos hatte sie ihm das geheimnisvolle Schreiben überreicht, dass sie seit ihrem Aufbruch vom Hof, wie ihren Augapfel gehütet hatte. Im Nachhinein war sie sich nicht sicher, ob das Schreiben überhaupt noch von Nöten war, hatte Thomas doch bereits mehrmals seinen Arm um ihre Taille gelegt und hätte es bemerken müssen. Tatsächlich war sie zu jener Zeit bereits im vierten Monat schwanger. Und das ganz eindeutig nicht von Montague, da sie mehr als sechs Monate am Hof verbracht hatte. Das war auch Thomas nicht unbekannt. Wider ihres Erwartens war er, anstatt wütend aus der Haut zu fahren, sehr diplomatisch geblieben. Ohnehin stellte er einen sehr duldsamen Ehemann dar. Gut, sagte sie sich, er ist mit ihr als Ehefrau eine wirklich vortreffliche Partie eingegangen, ob diese von vornherein von ihrem Vormund gebilligt worden ist oder nicht. Ihre einträgliche Erbschaft sprach für sich. Möglicherweise ein Grund, weshalb er sich niemals auch nur beschwerte. Nach einigen Vorbereitungen reiste Joan ein paar Tage nach ihrer Ankunft dann wieder ab. Ein abgelegenes kleines Gutshaus im idyllischen Lancashire war das Ziel ihrer Reise. Hier hatte sie in Ruhe und auch

Abgeschiedenheit ihren Bastard zur Welt gebracht. Besucher waren lediglich ihr Mann und dessen kleines Gefolge, welches er zum Schutz auf längeren Ausritten mit sich führte.

Drei Jahre waren seither vergangen und der gesellschaftliche Skandal, den sie mit ihrer heimlichen Vermählung und der Auflösung ihrer Ehe mit Montague ausgelöst hatten, war mittlerweile gelegentlichem Gerede gewichen. Bis jetzt hatte Thomas ihr erlaubt, bei ihrem Erstgeborenen auf dem Landgut zu verweilen. Nach der jetzigen Schwangerschaft musste Joan den Knaben jedoch in die Obhut seines leiblichen Vaters übergeben und den Kontakt zu ihm abbrechen. Niemand sollte erfahren, dass sie seine Mutter war. Zum einen war dies die Bedingung des Vaters, und zum anderen fühlte sich auch Thomas mit dieser Entscheidung wohler. Denn, wer will schon derartig bloßgestellt werden in der Öffentlichkeit; er würde zum Gespött der Leute werden. Er würde sein Gesicht verlieren und man würde ihm wahrscheinlich nachrufen, ob er seinen ehelichen Pflichten nicht gerecht werden konnte, dass sie erneut zu einem anderen hatte fliehen müssen. Noch mehr Gerede als ohnehin schon war nicht wünschenswert. Nachdem sie also Thomas zweiten Sohn auf die Welt gebracht hatte, sollte sie wieder zurück in die Öffentlichkeit und an seine Seite. Dann wird es mit dem Leben auf dem Lande endgültig vorbei sein, dachte sie bedrückt. Eine Ahnung sagte ihr, dass es ihr alles andere als leichtfallen würde, ihren Liebling gehen zu lassen. Im Gegensatz zu ihrer Magd, die nicht häufiger hätte betonen können, dass sie sich freue endlich wieder im Geschehen zu sein und nicht mehr auf diesem von Bauern umgebenen Gut zu vertrocknen. Vielleicht hatte Gemma auch recht, dass sie sich mit einem und bald zwei noch verbleibenden Söhnen glücklich schätzen sollte. Jetzt, wo sie darüber nachgrübelte, hatte sie das Glück bei ihrer verworrenen Vergangenheit immer verfolgt. Bisher hatte sich immer alles zum Guten gewendet, das durfte sie nicht außer Acht lassen.

Die Macht der Gewohnheit ließ Joan nach ihrem kleinen silbernen Kreuz tasten, das um ihren Hals hing. Dabei kamen ihr die Worte der alten Wahrsagerin in den Sinn, der sie als junges Mädchen auf einem Jahrmarkt in Kent begegnet war. »Drei Männer werden Euch vor den Altar führen, ein weiterer nur in sein Bett. Dreien werdet Ihr Kinder gebären, acht an der Zahl. Drei Eurer Söhne werden von besonders hoher Geburt sein. Euren Ersten werdet Ihr über alle Maßen lieben und indes kaum kennen«, hatte ihr die runzelige Alte in verschwörerischem Tonfall zugeraunt, während sie Joans Kreuz an einem ihrer blonden Haare auspendelte. Unvermittelt hatte sie ihr Handgelenk gepackt. »Euer dritter Mann wird Eurer wahren Liebe Ziel sein. Aber seid gewarnt, Ihr werdet auf viel Gegenwehr stoßen, mein Kind. Ich sehe viele, sehr viele Geheimnisse, die auf Euren Schultern lasten werden und Euer Erstgeborener wird diese erben.« Wenn die Wahrsagerin mit dem was sie sagte recht behalten würde, dann wäre Thomas allerdings nicht ihr letzter Gemahl ...

Lautes Gekreische riss Joan abrupt aus ihren weit verzweigten Gedanken und auch ihre Magd schien sich ihrer Untätigkeit bewusst zu werden. Agnes, Williams Amme, kam voller Ungeduld aus dem Haus gerannt und lief auf den Jungen zu. Um sich vor deren Klauen in Sicherheit zu bringen, lief er lachend in Richtung Gestüt. Das Gestüt war neben dem angrenzenden Wäldchen und dem Rockzipfel seiner Mutter seine liebste Umgebung. Er wurde von allen ausnahmslos vergöttert, auch wenn nicht alle ein leichtes Spiel mit ihm hatten, so wie die Amme.

Sofort setzte diese ihm nach, verlor jedoch mit ihren Röcken sichtlich an Nähe. »William! William! Hiergeblieben! Du bekommst heute keine Nascherei, wenn du nicht sofort stehen bleibst!«, kreischte ihm die verzweifelte Frau nach. Vollkommen erbost richtete sie ihre Haube und ging gemessenen Schrittes hinter dem Jungen her. William war bereits außerhalb ihrer Sichtweite und gewiss in einem der vielen Ställe verschwunden.

Kopfschüttelnd und etwas Undeutliches vor sich hinmurmelnd, verließ Gemma mit einem Wäschestapel vor der Brust das sonnendurchflutete Gemach. Wahrscheinlich begab sie sich in die Küche, um heißes Wasser zur Reinigung in Auftrag zu geben.

Lächelnd wandte sich Lady Joan vom Fenster ab. Ihr Blick streifte die kleine hölzerne Schatulle, die auf einem Beistelltisch neben dem Bett stand und den, für sie, kostbarsten Besitz hütete: Ihr Tagebuch. All ihre geheimsten Gedanken, Gefühle und Erinnerungen hielt sie in diesem ausnahmslos fest. Sie führte es nicht für sich, sondern für William. Sie war sich nicht sicher, ob sie ihrem Sohn jemals offen gegenübertreten konnte. Doch eins wusste sie: Spätestens nach ihrem Tod wollte sie ihn über seine Herkunft aufklären und ihm die ganze Wahrheit in Form des Tagebuchs hinterlassen. In diesem Punkt würde die Wahrsagerin also in jedem Fall recht behalten, William würde die schwere Last des Geheimnisses erben.

In Gedanken versunken, wie das Schicksal einmal spielen

könnte, wollte sie sich wieder in Richtung Sessel begeben, als sie ein plötzliches Ziehen im Unterleib zusammenzucken ließ. Vor Schmerzen klammerte sie sich an der Rückenlehne fest und zog scharf die Luft ein. Süße Maria, es darf noch nicht so weit sein! Joan holte tief Luft und bemühte sich, Ruhe zu bewahren. Das ungeborene Kind wollte davon hingegen nichts wissen, es wollte aus ihr heraus. Mit enormer Kraft drückte es gegen ihr Becken. Eine Schmerzwelle folgte der anderen, in bereits bemerkenswert kurzen Abständen. Da dies ihre dritte Geburt werden würde, wusste Joan über die Geschehnisse Bescheid. Ein warmes Rinnsal lief ihre Beine entlang. Nun war es nicht mehr aufzuhalten. William!, schoss es Joan durch den Kopf. Fast drei Wochen vor seiner Zeit würde dieses Kind auf die Welt kommen. Es bringt mich um viele kostbare Tage mit meinem süßen William. Tränen der Verzweiflung liefen ihr über die Wangen; sie liebte William mehr als alles andere auf der Welt. Niemand würde ihr je mehr Wert sein. Der Gedanke, ihn nicht mehr um sich haben zu dürfen, ihn nicht weiter heranwachsen zu sehen, betäubte die Schmerzen, die das Ungeborene in ihr auslöste. Regungslos stand sie da, eine Hand an der Lehne, die andere stützend im Rücken.

Ein Klirren riss Joan aus ihrer Starre. Eine Magd, die das Abendbrot aufdecken wollte, hatte einen Tonbecher zu Boden fallen lassen. Mit vor Schreck geweiteten Augen starrte sie ihre Herrin an und rief nach weiteren Bediensteten. Verständnislos wollte Joan das junge Ding zur Räson bringen, schließlich handelte es sich hier bloß um eine Geburt. Der plötzlich auftretende Schwindel hinderte sie indessen daran. Ihre Knie drohten einzuknicken. Ein Blick nach unten ließ sie ihre missliche

Lage begreifen. Blut. Sie blutete, und das scheinbar nicht wenig, unter ihr hatte sich bereits eine kleine Lache gebildet. Gemma, die als Erste auftauchte, herrschte die Magd an, umgehend die Hebamme aus dem benachbarten Ort zu holen. Mit schnellen Schritten durchquerte sie den Raum, griff Joan beherzt unter die Arme und führte sie geduldig zum Bett.

In kürzester Zeit wurden heißes Wasser und saubere Laken herbeigeholt. Nur die Hebamme ließ einige Zeit auf sich warten. Joan kam es vor wie Stunden, bis diese endlich vor ihrem Bett auftauchte. Die gebrechlich wirkende Hebamme hatte ihr bereits bei den anderen beiden Geburten helfend zur Seite gestanden. Sie strahlte Ruhe aus, Ruhe und Erfahrung. Bei ihrer Ankunft scheuchte sie sogleich die aufgeregte Schar an Mägden hinaus, nur Gemma durfte ihr zur Hand gehen. Eingenommen von dem, was in ihrem Körper vor sich ging, bekam Joan von dem Aufruhr um sie herum wenig mit, nahm die beunruhigten Worte ob der schnell einsetzenden Wehen nicht wahr. Dies bedurfte keiner Worte, der Schmerz tat gnadenlos sein Übriges. Es fühlte sich an, als würde ihr von hinten mit einem stumpfen Messer in den Rücken gestochen werden. Krampfartig überkamen sie die Schmerzwellen, zeitweise blieb ihr der Atem weg.

Mit jeder Minute verstärkte sich ihre Pein zunehmend. Sie konnte nicht liegen, nicht stehen, geschweige denn sitzen. Halb hockend hielt sie sich an der Bettkante fest und verfluchte dieses Kind. Nach dem zweiten Kind würde es ein Leichtes sein, hatte man ihr gesagt. Doch diese Geburt verlief so ganz anders als die von William und ihrem zweiten Sohn Tom. Bei beiden hatte sie mehr als einen halben Tag auf die Presswehen gewartet. Jetzt traten diese bereits nach einer halben Stunde mit einer Intensität auf, dass es Joan aus der Wirklichkeit zu ziehen drohte. Ein unbändiger Druck breitete sich in ihrem Unterleib aus und trotzdem tat sich nichts. Es war zu früh, um zu pressen, das Kind schien sich noch nicht in der richtigen Position zu befinden. Ungeduldig wurde sie von der Hebamme wieder liegend auf das Bett zitiert. Nicht gerade behutsam schob sie Joans Beine auseinander und tastete nach dem Ungeborenen. Sie überprüfte, ob es mit dem Kopf nach unten lag, wenn nötig, musste sie versuchen, es im Bauch zu drehen. Joan waren so einige Schauergeschichten bekannt, von Frauen, die unaufhaltsam verbluteten, weil sich das Kind nicht drehen wollte. Leichte Verzweiflung machte sich in ihr breit und sie schickte ein Stoßgebet an Maria Magdalena, die Schutzheilige der Wöchnerinnen.

»Das Kind liegt richtig herum, aber es ist größer als erwartet«, hörte sie die Hebamme sagen. Da Joan eine recht zierliche Figur hatte, waren auch ihre beiden Söhne ihrem Körper entsprechend schmächtig auf die Welt gekommen. Dieses Kind jedoch schien nicht zu ihrem Körper passen zu wollen. Mit jedem Zentimeter, den sich das Kind nach draußen zu schieben versuchte, machte es sich ihren Körper passend. Unbarmherzig, kraftvoll, langsam. Sie riss ein und übergab sich vor Schmerzen. Nach Luft schnappend versuchte sie all ihre Kräfte zu sammeln und diese elendige Prozedur ein Ende nehmen zu lassen. Gemma reichte ihr einen Becher voll Honigwein, der all ihre Lebensgeister wecken sollte. Mit geschlossenen Augen stützte sie sich im Bett ab und ließ ihn gierig ihre trockene Kehle hinabrinnen.

Nach zwei Stunden Qualen war ein neues Mitglied des Haushaltes geboren. Ein weiterer kräftiger Junge. Ihr Gefühl hatte sie also nicht getrogen. Die Entschädigung für Thomas, kam es Joan in den Sinn. Erschöpft und feucht von Schweiß und Blut musterte sie das strampelnde kleine Kerlchen. Die Augen fest zusammengekniffen, öffnete es seinen kleinen Mund und schrie.

Entgegen den Geburten ihrer ersten beiden Kinder verspürte sie kein Glücksgefühl, keine Freude, als sie ihn erblickte, lediglich einen kalten Stich in der Brust. Ihr wurde bewusst, dass ihr nicht mehr viel Zeit mit William vergönnt war. Geschwächt von den Anstrengungen der Geburt schloss Joan ihre Augen. Sie musste schnell wieder zu Kräften kommen, damit sie sich von William verabschieden konnte. Ihre Brust zog sich schmerzhaft zusammen. Wie gerne sie ihn bei sich aufwachsen lassen würde, doch sie wusste, dass es so das Beste war. Das Beste für ihn und für England. Ein Glück, dass sie bereits jetzt erahnen konnte, dass William ihr optisch nicht ähneln würde. Seine schwarzen Haaren und ebenmäßigen Gesichtszüge, wenn auch noch nicht ausgeprägt, ließen keine Zweifel offen. Die Ähnlichkeit zu seinem Vater war verblüffend. Lediglich seine samtenen Locken und die Farbe seiner Augen hatte er von ihr geerbt. Seine Augen waren wie die ihren von einem kühlen Hellgrau, durchzogen von dunklen Sternen. Im Gegensatz zu den Augen seines Vaters, die nicht dunkler hätten sein können.

Ganz allmählich verlor sich Joan in ihren Gedanken und Erinnerungen und schlief entkräftet ein. Sie träumte von Williams Vater, ihrem früheren Geliebten; wohl wissend, dass sie nicht seine einzige Gespielin war …

Es war an einem Tag vor fast drei Jahren, am dreiundzwanzigsten

April, dem Feiertag des heiligen Georg, Englands Schutzpatron. Aufgrund ihrer skandalösen Trennung von Montague hatte sie sich am Hof des Königs befunden. Die Entscheidung des Papstes hinsichtlich ihrer ersten, unerlaubten Ehe mit Thomas hatte zu diesem Zeitpunkt noch nicht vorgelegen, was die Gerüchteküche täglich von Neuem anheizte. Mehrere Wochen schon ließ sie sich fast nirgends mehr blicken und versteckte sich regelrecht im Haushalt der Königin. Hier fühlte sie sich sicher und geborgen, war sie hier doch aufgewachsen. Bereits mit wenigen Monaten war sie zu einer Halbwaise geworden, da ihr Vater Edmund of Kent exekutiert wurde, als dieser seinen Halbbruder und König Edward II. beistehen wollte. Aufgrund seines angeblich verwirrten Geisteszustands wurde Edward II. von seiner Gemahlin Isabelle de France und dessen Liebhaber Roger Mortimer unrechtmäßig abgesetzt. Mit gerade mal fünfzehn Jahren wurde Isabelles Sohn Edward zum König ernannt, obwohl sein Vater noch unter den Lebenden weilte. Im Namen des minderjährigen Edwards übernahm dann Mortimer die Regentschaft über England. Natürlich war diese Machtübernahme nicht überall in England auf Wohlwollen gestoßen. Joans Vater schloss sich mit einigen Adligen des Landes zusammen, versuchte Mortimer zu stürzen und Edward II. wieder auf den Thron zu verhelfen. Doch der Putschversuch lief schief, der abgesetzte König wurde im Auftrag von Mortimer heimtückisch ermordet und Joans Vater zum Tode verurteilt. Glücklicherweise währte Mortimers Einfluss jedoch nicht lange. Nach Edwards Heirat mit Philippa de Hainaut und der anschließenden Geburt seines Thronfolgers Eduard, gewann England neue Zuversicht. Es kam zu einer erneuten Revolte.

Isabelle wurde unter Hausarrest gesetzt und Mortimer als Verräter hingerichtet. Anschließend wurde Edward vorzeitig als volljährig erklärt und übernahm die Regierungsgeschäfte. Um die Familie seines loyalen Onkels Edmund aufzufangen, übernahm er die Vormundschaft für Joan und ihre Geschwister und erzog sie gemeinsam mit seinen eigenen Kindern. Unter der Hand wurde Joan schnell als Philippas favorisierter Schützling gehandelt. Die Königin war eine umwerfende Frau, sie strotzte vor Selbstbewusstsein und hatte mit ihrer positiven Ausstrahlung und gutmütigen Art ganz England für sich eingenommen. Sie war keine blühende Schönheit, doch ihr Auftreten ließ sie auf andere Art erstrahlen. In ihrer Obhut hatte Joan eine unbeschwerte, gar glückliche Kindheit verlebt. Noch heute wurde sie herzlich am Hof empfangen. Vermutlich fühlte sich Edward nach wie vor verantwortlich für sie, weshalb er sie in ihrer jetzigen Situation auch an den Hof holte und nicht etwa in ein Kloster steckte. Vielleicht hatte ihr Cousin aber auch ein schlechtes Gewissen, weil er nicht besser auf sie Acht gegeben hatte und es überhaupt zu der heimlichen Eheschließung mit Thomas hatte kommen können. Joan wusste es nicht mit Bestimmtheit, sie konnte nur Mutmaßungen anstellen.

Das Räuspern ihrer Magd Gemma ließ sie ihre Gedanken vergessen. Verhalten begutachtete sie ihr soeben fertig geschnürtes Gewand. Es war von demselben kühlen Grau ihrer Augen. Die Verzierungen am Kleid waren mit goldenem Faden durchwirkt und sahen beinah zu kostbar für sie aus. Die Schnürung war recht kompliziert, dafür saß es wie angegossen und unterstrich ihre Vorzüge. Eigentlich hatte sie den Feierlichkeiten fernbleiben wollen, doch das Kleid, änderte ihre

Meinung. Der König hatte es ihr bringen lassen, mit der Bitte, dass sie der Gesellschaft ihre Aufwartung machen solle. Recht hatte er, ewig konnte sie sich hier nicht verstecken, dadurch würden die Gerüchte auch nicht verstummen. Zumindest würde keiner etwas gegen ihr äußeres Erscheinungsbild sagen können. Immerhin etwas! Sie musste schmunzeln und schaute zufrieden zu Gemma. »Danke, ich hätte es mir nicht schöner vorstellen können.«

»So könnt Ihr Euch sehen lassen, Mylady.«

»Dann lass uns in die Höhle der Löwen gehen. Ich hoffe, ich überlebe den Abend.« Vorsichtig betastete sie ihre Flechtfrisur, um sicherzugehen, dass auch wirklich alles fest saß.

»Ich denke nicht, dass Ihr Euch zu sorgen braucht. Niemand wird auch nur ein Sterbenswörtchen in Anwesenheit des Königs verlauten lassen.«

»Meinst du?«, fragte sie und strich nervös ihr Kleid glatt.

Gemma bedachte sie mit einem mütterlichen Blick. »Davon bin ich überzeugt, Mylady.«

»Also dann.« Joan atmete tief aus und wollte sich zur Tür drehen, als Gemma sie zurückhielt. »Ihr habt noch etwas Zeit bevor die Feier beginnt. Es macht einen besseren Eindruck, wenn die geladene Gesellschaft auf Euch wartet und nicht umgedreht.«

Da musste sie ihrer Magd zustimmen. »Gut, gehen wir eben noch in den Hofgarten.« Sie liebte es auf einer der vielen steinernen Bänke zu verweilen, dem Gezwitscher der Vögel zu lauschen, die laue Frühlingsluft zu genießen und alles um sich herum zu vergessen. Viel zu selten hatte sie das in letzter Zeit getan.

Mit einem Lächeln auf den Lippen verließ sie ihr kleine Kammer. Gemma folgte ihr auf dem Fuß. Es schickte sich nicht, wenn sie als – derzeit unverheiratete – Dame allein ihrer Wege ging. Besonders bei ihrem jetzigen Ruf.

Trotz der Kindheit, die sie bei Hofe, vor allem aber auf dem Stammsitz des Königs verbracht hatte, verlief sie sich hin und wieder in den allzu langen Korridoren. Windsor Castle war zu riesig, um sich jeden Trakt genauestens einprägen zu können und ihr Orientierungssinn nicht der Beste. Zerstreut wie sie war, beachtete sie den ihr entgegenkommenden Herren nicht und stieß um ein Haar mit diesem zusammen, hätte er nicht ihre Hand ergriffen.

»Lady Joan! Was für eine angenehme Erscheinung Ihr doch heute wieder darstellt!« Bewundernden Blickes beugte sich der Charmeur über ihre Hand und küsste sie zärtlich.

Verlegen senkte sie die Lider und warf einen kurzen, scheuen Blick auf ihren Großcousin, Eduard of Woodstock, den alle nur Ed nannten.

»Ich fühle mich geschmeichelt, Ed. Ich hoffte, Euch heute anzutreffen«, erwiderte sie höflich.

Erwartungsvoll schaute der Prinz ihr in die Augen. Es wurde ein langer, gar zu intensiver Blick, den sie kaum zu erwidern vermochte. »Ach, ist dem so?«

»Gewiss. Ich freue mich, dass Ihr es rechtzeitig zum Fest geschafft habt. Ich weiß, Ihr seid sehr beschäftigt.«

»In der Tat bin ich gerade auf dem Weg nach Calais gewesen. Als die Königin mich allerdings darüber unterrichtete, dass Ihr am Hof verweilt, habe ich meine Reisepläne um eine Woche nach hinten verschoben.« Er blinzelte verschwörerisch und streckte ihr seinen Arm entgegen. Lächelnd hakte sie sich bei ihm unter und er entführte sie in die schlosseigenen Rosengärten.

Mit gebührendem Abstand folgte Gemma beiden.

»Wie ich hörte, ist über Eure Zukunft noch nicht entschieden worden?« Neugierde sprach aus seinen Worten.

Seufzend blickte Joan in den lauen Abendhimmel. »Nur Gott allein weiß, was er mit mir vorhat. Aber die Königin hat mich zuversichtlich gestimmt. Sie geht davon aus, dass ich wieder zu Thomas zurückkehren werde.«

Nachdenklich wickelte Ed den Zeigefinger um seinen Kinnbart und ließ sich Zeit mit seiner Antwort. »Sir Holland ist ein überaus fähiger Mann. Nicht nur, dass er einer meiner Leibwächter gewesen ist, er war auch einer meiner obersten Befehlshaber in der Schlacht von Crécy und der Belagerung von Calais vor zwei Jahren – aber ich möchte Euch nicht langweilen mit diesen Kriegsgeschichten.« Er zwinkerte ihr zu und fuhr fort: »Was ich sagen wollte, Sir Holland ist eine wirklich ausgezeichnete Partie, nicht, dass Ihr keine wärt …« Er blieb stehen, ließ seinen Blick an ihr heruntergleiten und betrachtete sie eingehend. »Ihr seid sogar eines Königs würdig, Mylady.«

Sie errötete leicht und lachte ihm offen ins Gesicht. »Ungern möchte ich Euch widersprechen, mein Prinz. Aber ist dies nicht zu viel der Ehre?«

»Wohl kaum, meine liebe Großcousine, so fließt auch durch Eure Adern königliches Blut.« Er musterte sie erneut.

»Die Chance habe ich dann wohl vertan. Zwei vollzogene Ehen sind zwei zu viel.« Kokett warf sie ihm einen scheuen Blick unter halb geschlossenen Lidern zu.

»Darüber macht Euch mal nicht zu viele Gedanken«,

entgegnete Ed und deutete mit seiner beringten Hand auf eine Rosenknospe. »Seht nur, ihre Blütenblätter sind noch fest geschlossen, sie ist noch nicht reif genug, um ihre Schönheit erahnen zu können, und wird erst mit der Zeit beginnen zu erblühen. Ganz gleich, wie oft dieser Rosenstrauch schon erblüht ist, jedes Mal ist es einzigartig. Ich lüge nicht, wenn ich Euch sage, dass die Zeit für die Rosen spricht; jedes Jahr erblühen sie schöner, anmutiger und strahlender als alle anderen Jahre zuvor und als jeder es für möglich halten würde!«

Die geladene Gesellschaft lachte schallend über die eben gezeigte Komödie der Hofnarren, allen voran der König. Nachdem gut und viel gespeist wurde, traten die Narren mit kleinen Kunststücken auf, jonglierten mit Äpfeln oder was zunehmende Belustigung beim Publikum fand, mit dem Kopfschmuck mancher entsetzter Gäste. Ebenso trugen sie Lieder und Gedichte aus fernen Ländern vor und führten kleine Theaterstücke auf. Allesamt handelten von dem ruhmreichen König Edward und seinen Söhnen auf der einen und den einfältigen, erfolglosen Franzosen auf der anderen Seite.

Nach vollendeter Darbietung wurden die Narren klatschend und pfeifend verabschiedet und es wurde zum Tanz gerufen. Ein walisischer Harfenspieler, dem sein Ruf bereits vorauseilte, ein Flöten- sowie ein Paukenspieler aus London gaben der Musik den modernen Klang und luden den Hof zum Tanz ein.

Aufgeregt kichernd warteten viele unverheiratete Damen auf eine Einladung seitens der Lords. Nervös strichen sie ihre Kleider glatt, die natürlich ausnahmslos der neusten Mode entsprachen, oder ließen sich ihr Aussehen gegenseitig bestätigen.

Joan zog aufgrund dieses mädchenhaften Gebarens die Augenbrauen in die Höhe und schüttelte irritiert ihren Kopf.

»Habe ich das richtig gedeutet? Ist Mylady nicht interessiert an diesem Tanz, mit mir?«

Verwirrt wendete Joan den Blick von den Jungfern ab und sah Ed, der sich tief vor ihr verbeugte. »Aber nein, Mylord! Ich denke, ich bin durchaus geneigt, Euren Bitten Gehör zu schenken.« Lächelnd streckte sie ihm ihre Hand entgegen.

Das ließ sich der Prinz nicht zweimal sagen und führte sie fast ehrerbietig auf die noch leere Tanzfläche. Der erste Tanz gebührte, so Ed bei Hofe anwesend war, zeitlebens ihm. Alle Augen waren auf sie gerichtet und ein leises Raunen durchstob den Saal. »Habt Ihr schon mal solch ein eindrucksvolles, schönes Paar gesehen?«, hieß es da.

»Hinreißend!«

»Sie ist wahrlich die schönste Frau Englands! Herr, steh mir bei, nicht, dass ich mich vergesse«, hieß es dort. Die Gesichter mancher Höflinge, wirkten enttäuscht, gar missmutig.

Einnehmend legte Ed ihre Hand auf die seine und nickte den Spielern zu. Zum Takt der Musik bewegten sie ihre beiden Körper geschmeidig und schwungvoll durch die Halle. In der einen Hand ihr Kleid raffend, spürte sie in der anderen den leichten, aber bestimmten Druck von Eds Fingern. In seinem zufriedenen Lächeln sah sie, dass er jeden Moment an ihrer Seite auskostete. Sie wusste, er liebte es, im Mittelpunkt zu stehen. Er sonnte sich förmlich in ihrem gelungenen Auftritt und genoss die ihnen entgegengebrachte Aufmerksamkeit. Auch Joan war nicht verborgen geblieben, welchen Eindruck die beiden auf die Hofgesellschaft machten. Versonnen betrachtete sie ihren

Großcousin. Seine dunklen, unergründlichen Augen waren unverwandt auf die ihren gerichtet. Sie hatte das Gefühl, als wäre die Welt um sie herum wie verzaubert und jemand hätte die Zeit angehalten.

Das nächste Lied wurde schneller als das vorherige und nun strömten von allen Seiten willige Tanzpaare herbei. Auch dieses Lied tanzten beide weiterhin zusammen. Böse Zungen hätten behaupten können, dass sie beinah eng miteinander tanzten, doch hätte weder Ed noch Joan diesen Worten Beachtung geschenkt. Zu sehr gefiel ihnen, was sie sahen, zu sehr gefiel ihnen die Musik. Beschwingt tanzten sie voller Elan und Freude zum immer schneller werdenden Takt der Melodie, bis sich die Menge schlagartig teilte und einen Weg zu ihnen freigab.

Ed ließ seinen Blick über ihre Schulter schweifen, interessiert, was oder wer dies veranlasste, und sah sich seinem Vater gegenüber.

»Dürfen Wir nun um einen Tanz bitten, Mylady?«, fragte der amüsiert dreinblickende König.

Joan war sprachlos über die ihr zuteilwerdende Aufmerksamkeit, knickste huldvoll und schaute zu ihrem Großcousin. Der Ausdruck in Eds Gesicht sagte ihr, dass er ihre Hand nur ungern freigab.

Wider Erwarten verbeugte sich der Prinz knapp und übergab ihre Hand scheinbar fügsam an die des Königs. »Übernehmt Euch nicht, Sire. Nicht, dass Ihr Euch zu viel zumutet!« Einen Herzschlag lang sah sie ein rebellisches Funkeln in seinen Augen glimmen. Sollte Ed etwa eifersüchtig auf seinen Vater sein? Ein wohliges Prickeln machte sich in ihrer Magengegend breit. Sie musste sich eingestehen, dass ihr das imponierte. Hastig senkte sie ihren Blick, damit keiner der beiden ihre geröteten Wangen erkennen konnte.

»Macht Euch um Uns keine Sorgen, Wir werden schon unsere Freude an Unserer reizenden Cousine haben.« Edward strahlte Joan offen an und führte sie beherzt von seinem Sohn weg. »Wir sind hocherfreut, dass Euch die Feierlichkeiten so zusagen, dem ist doch so?«

»Sehr, Euer Gnaden!« Mit glitzernden Augen bestätigte sie ihm, was er bereits wusste.

»Es freut Uns, das zu hören.« Wohlwollend taxierte er sie mit seinen dunklen Augen, wie zuvor schon sein Sohn es getan hatte.

Überhaupt hatten Vater und Sohn viel gemeinsam. Nicht nur, dass ihre Augen und Haare von demselben Nachtschwarz waren, beide waren überaus stattlich gebaut und besaßen eine starke Ausstrahlung, die anziehend wirkte. Auch wenn der König bereits mehr als fünfunddreißig Jahre zählen musste, stand er seinem Sohn in nichts nach. Mit ziemlicher Sicherheit wussten Vater und Sohn, um ihr Aussehen und ihre Wirkung auf die Damenwelt und machten sich diese Tatsache zunutze. Davon war Joan fest überzeugt. So tugendhaft sie in ihrer Erscheinung auch war, sie war nicht blind, geschweige denn naiv.

Mit ungeahntem Temperament wirbelte der König sie auf der Tanzfläche umher, sodass sie besorgt nach ihren Röcken griff, doch es war zu spät. Mitten in der nächsten Drehung blieb Joan an Edward hängen. Im Schwung ihrer Tanzeinlage bemerkte dieser davon allerdings nichts. Erschrocken spürte Joan, wie etwas entzweiriss, und sah an sich herunter. Ihr Kleid war noch ganz.

Erleichtert hob sie den Kopf und wurde sich schnell der vielen

Blicke gewahr, die auf sie gerichtet waren. Atemlos wandte sie sich zu ihrem Tanzpartner um und erblickte entsetzt, wie der König sich bückte und nach einem blauen, golddurchwirkten Strumpfband am Boden griff. Bestürzt tastete sie nach dem ihren. Es war nicht mehr da. Nur mit Mühe behielt sie ihre Fassung. Mit gesenkten Lidern und einem zaghaften Lächeln wahrte sie ihr Gesicht vor der murmelnden Hofgesellschaft.

Belustigt über das ihm dargebotene Schauspiel, befühlte der König das seidene Band in seinen Händen. Voller Begeisterung knotete er sich das auseinandergerissene Band an sein linkes Bein, hob enthusiastisch die Arme empor und rief lauthals lachend in die Runde: »Honi soit qui mal y pense!«

»Ich habe die Blicke vom Prinzen gesehen und ich denke auch richtig gedeutet. Er scheint ganz vernarrt in Euch zu sein, Mylady«, sprudelte es nur so aus Gemmas Mund.

»Unsinn. Er ist mir als mein Großcousin nur sehr zugetan, wie ich ihm ebenso, schließlich sind wir zusammen aufgewachsen.«

»Ich habe gesehen, was ich gesehen habe. Mir kann keiner so leicht etwas vormachen«, brummelte Gemma leise vor sich hin.

Joan ignorierte ihre widerwillige Magd und tastete im zugigen Korridor nach ihrem Tuch. Doch da war keines. »Verdammt! Gemma, würdest du mir mein Schultertuch holen gehen? Ich muss es wohl in der Halle liegen gelassen haben.«

Grunzend stemmte Gemma die Hände in ihre ausladenden Hüften. »Ihr wart ja auch mehr als beschäftigt.«

»Jetzt ist genug!«

»Ich eile, Mylady, geschwind wie der Wind.« Und schon war sie um die Ecke gebogen und verschwunden.

In Gedanken an den Abend ging Joan den spärlich belichteten Korridor entlang. Am Ende des Gangs führte eine geschwungene Steintreppe hoch zu ihren Gemächern.

Er überraschte sie gänzlich. Von hinten schlangen sich zwei kräftige Arme um ihren geschmeidigen Körper und ließen sie vor Schreck aufschreien. Um nicht zu viel Lärm zu verursachen, legte der Unbekannte eine Hand vor ihren Mund.

»Psst! Habt keine Angst, Lady Joan, ich will Euch nichts Böses. Ganz im Gegenteil …«, raunte er ihr leise ins Ohr. Er trat aus dem Schatten des Korridors heraus und gab sich für einen kurzen Moment zu erkennen. Aber er ließ ihr keine Zeit, etwas zu erwidern, und zog sie in den Raum hinter sich. Lautlos schloss er die Türen. Kaum hatte er den Schlüssel im Schloss umgedreht, umschlang er ihre Taille und vergrub seinen Kopf in ihrem geflochtenen Haar. Ihren Hals und ihr straffes Dekolleté bedeckte er mit gierigen Küssen.

Vollkommen reglos stand Joan mit dem Rücken zur Tür, öffnete ihren Mund und schloss ihn sogleich wieder, als er von ihr abließ. Sanftmütig wie ein kleiner Junge blickte er sie an. Sprachlos stand sie da und fühlte sich ohnmächtig, etwas zu tun.

Beinah ungeduldig fasste er sie bei den Händen und zog sie großen Schrittes mit sich, quer durch den Raum, der als Arbeitszimmer genutzt wurde. Zielstrebig führte er sie auf ein Gemälde zu, klappte es zur Seite und zog sie in einen dunklen Gang. Am Ende des Gangs befand sich eine schmale Holztür, die Eintritt in ein rundes Turmzimmer gewährte. Außer einer mittig angebrachten geschwungenen Steintreppe war der Raum vollkommen unmöbliert. Eilends zog er sie die bereits abgenutzten Treppenstufen hinab. Unten angekommen, löste er seine Hand von der ihren und ließ das fackelbeschienene Turmuntergeschoss für sich sprechen.

Mit verhaltenem Atem blickte Joan sich in dem großzügigen Gemach um. Die Wände des fast kreisförmigen Raumes waren mit kostbaren Teppichen und Wandgemälden behangen. In der Mitte des prachtvollen Gemachs befand sich ein breites, einladendes Himmelbett. Schwere Vorhänge aus rotem Brokat verbargen ihr die Sicht auf die dahinter liegende Kissenlandschaft. Davor erstreckte sich ein großes braunes Bärenfell, vermutlich selbst erlegt. Linker Hand vom Bett war ein kleiner Kamin in die Wand eingelassen und knisterte munter vor sich hin. Ein süßer, beruhigender Duft vermischte sich mit dem aus dem Kamin entweichenden Rauch und stieg Joan in die Nase. Lavendel.

Elegant lächelnd drehte sich der König der erstaunten Joan zu. Strahlend breitete er die Arme aus: »Gefällt Euch, was ihr seht, meine Liebe?«

Überwältigt von dem ihr Gebotenen, flüsterte sie beinah. »Wo sind wir, Sire?«

»Wir befinden uns immer noch im Südflügel, allerdings unterhalb der Erdoberfläche. Genauer gesagt befinden wir uns in einem der Türme.« Während er sprach, schaute er ihr tief in die Augen. »Wisst Ihr, Ihr dürft Euch durchaus geehrt fühlen, liebste Joan. Dieses Turmgemach bekommen nur wenige meiner Auserwählten zu sehen.«

Irritiert von seinen Andeutungen zog sie die Stirn kraus. »Sire, ich verstehe nicht recht. Warum wird gerade mir diese Ehre zuteil?«

Mit langen Schritten trat er auf sie zu und führte sie zu dem prunkvollen breiten Bett. »Das bedarf keiner Worte, meine Liebe.« Seine Stimme klang geheimnisvoll.

Joan sah zu, wie Edward eilig die roten Vorhänge beiseiteschob und sie dann zu sich heranzog. Sie spürte seinen muskulösen Körper unter seinen kostbaren Gewändern. Sehnsüchtig verschlang er sie mit seinen dunklen Augen. Ihr wurde bewusst, dass sie nicht träumte, als er ohne viel Aufsehen begann ihr Kleid aufzuschnüren. Die Schnürung bereitete ihm keinerlei Probleme; ob es nun an der Übung lag oder ob er sein Geschenk schon eingehender geprüft hatte, vermochte sie nicht zu sagen, auch war sie nicht in der Verfassung, sich ernsthaft Gedanken darüber zu machen.

»Sire, was habt Ihr mit mir vor?«, fragte sie ihn, wohl wissend, was er mit ihr zu treiben gedachte.

Er schenkte ihr sein jungenhaftes Lächeln. »Meine schöne Joan, ich begehre Euch schon so lange. Zu lange für einen König, ich kann mich nicht mehr in Geduld üben. Außerdem habt Ihr meine Geduld mehr als überstrapaziert mit Euren wilden Ehegeschichten. Mich, als Euren Vormund habt Ihr um die Vorteile einer vortrefflichen Verbindung gebracht. Ich denke, eine Wiedergutmachung ist mehr als überfällig, meint Ihr nicht auch?«

Seine Blicke sprachen Bände und Joan erkannte, dass er keine Antwort von ihr erwartete. Er war es gewohnt, dass alle das taten, was er ihnen befahl. Also sagte sie nichts, lies ihn gewähren und versuchte sich aus ihrer verkrampften Haltung zu lösen. Er ließ ihr Kleid zu Boden gleiten und öffnete ihr Haar. Ihre goldenen Locken legten sich geschmeidig um ihre wohlgeformten Brüste. Anerkennend schnalzend trat der König einen Schritt zurück und nahm sie wie ein prächtiges Stück Wild in Augenschein. Dann drückte er sie sanft, aber bestimmend in die weichen Kissen. Leichte Aufregung überkam sie und ließ sie das ganze Szenario wie von außen betrachten. Edward schnürte sein Wams auf und entledigte sich seiner Beinkleider.

Ihr Blick löste sich von seinem schönen roten Mund und wanderte seinen makellosen Körper hinab. Ungestüm drückte er sie mit seinem Körper weiter in die Kissen. Mit seinen kundigen Händen erforschte er ihren Körper und ließ nahezu keine Stelle unbedacht. Jetzt war es an ihr, schneller zu atmen. Seine rechte Hand glitt langsam, aber sicher ihren Bauchnabel hinab und drückte ihre Schenkel auseinander. Ihr Gesicht war mit seinen dunklen schulterlangen Haaren bedeckt, die sie kitzelten, als er ihre Brüste mit der Zunge liebkoste. Sie fing an zu kichern und erntete einen zarten, unwiderstehlichen Kuss, der sie nach mehr verlangen ließ. Leicht schob sie ihre Scham seinem Körper entgegen und senkte den Blick, als er sie wissend zuzwinkerte. Ohne zu zögern und voller Hast drang er in sie ein. Vor Überraschung entglitt ihr ein Laut.

Edward hielt in seinen Bewegungen inne und schaute sie voller Unschuld an. Auf seinen Ellenbogen abgestützt strich er ihr mit seinem Daumen über die Lippen und öffnete diese. Unverwandt schaute er dabei in ihre Augen und begann langsam mit seinen Bewegungen fortzufahren. Angestachelt von der Lust des Königs wölbte sie sich ihm entgegen. Edward, den dies ermutigte, wurde wieder schneller und küsste ihren halb geöffneten Mund. Mit wachsender Ungeduld biss sie ihn keck in die Unterlippe und verblüffte ihn mit ihrer abgelegten Scheu. Unversehens bäumte er sich auf und gab dem Liebesspiel laut stöhnend ein Ende.

Verwundert über das jähe Ende schaute Joan zum König hinüber, der sich zufrieden neben ihr in die Kissen fallen ließ. Sie ahnte, dass er ganz genau wusste, dass nur er es war. Als könne sie Gedanken lesen, sah sie ihm an, dass er sie darben sehen wollte, um eine weitere Liebelei ihrerseits zu bekommen. Ihre anfängliche Verwunderung wich aufkommenden Zorn. Was bildete er sich eigentlich ein? Es ärgerte sie, dass es ihr nicht gelang ihre fordernden Blicke zu verstecken.

Unaufgefordert stieg sie aus dem Himmelbett und suchte ihre Kleider zusammen. Das Ankleiden erwies sich ohne Magd als sehr kompliziert und so ließ sie es letztlich entnervt sein. Es wird wohl keine Menschenseele mehr auf den Gängen zu finden sein, dachte sie sich und ließ ihre offenen Haare nach hinten fallen, so würde ihr nackter Rücken zumindest keinem auffallen. Ohne einen Blick zurückzuwerfen, ging sie auf die Wendeltreppe zu, blieb jedoch prompt stehen, als sich Edwards warme Hand um ihren Arm legte.

»Habt Ihr nicht etwas vergessen, das Euch gehört?«

Sie drehte sich schwungvoll um und sah sich seinem charmanten Gewinnerlächeln gegenüber. Sie hatte nicht bemerkt, dass Edward aufgestanden war und sich seinerseits angekleidet hatte.

Er griff in seine Hosentasche und beförderte einen blauverzierten Stoff zu Tage. Es war ihr blaues Strumpfband.

Würdevoll neigte sie ihr Haupt, raffte ihre Röcke und hielt ihm ihr linkes Bein entgegen.

Achtsam streifte der König das zusammengeknotete Strumpfband wieder an ihren Schenkel, wo es hingehörte. Dabei ließ er sie keine Sekunde aus den Augen und nahm jede Regung ihres Körpers wahr. »Honi soit qui mal y pense!«, wiederholte er seine Worte vom Abend und grinste sie spitzbübisch an.

»Hier bist du! Ich habe dich schon überall gesucht.«
Erschrocken legte Martha die Hand vor den Mund.
Sie war so in die Aufzeichnungen vertieft gewesen, dass sie nicht
mitbekommen hatte, wie Jonah durch das große Eichenportal in
die Kapelle getreten war. »Musst du dich so anschleichen?«
Vorsichtig legte sie die vergilbten Briefe mitsamt dem Tagebuch
zurück in die Holzschatulle.

»Ich habe mich nicht angeschlichen!« Empört verschränkte er
die Arme vor der Brust. »Ich habe angenommen, dass mich das
Quietschen vom Portal verrät. Die Königin ist auf dem Weg zum
Essen, ich dachte mir, das würde dich vielleicht interessieren. Du
solltest lieber zu ihr gehen, bevor sie nach dir rufen lässt.«

»Oh! Ich muss völlig die Zeit aus den Augen verloren haben!«
Geschickt stand sie auf, die Schatulle hielt sie fest in der Linken
umklammert. Mit der Rechten strich sie sich die Falten aus dem
Kleid und schritt zum Portal. Bei diesem angekommen, drehte
sie sich noch einmal um. »Danke, Jonah«, sagte sie grinsend und
ging auf den Hof hinaus.

Sie sputete sich in die Privatgemächer der Königin zu
gelangen. Bevor sie diese erreichte, bog sie auf dem langen
Korridor nach links in die ihr und Gail zugeteilte Kammer ab.
Gail schien gerade unten in der Gesindeküche zu sein und so
konnte Martha die Schatulle ungesehen unter ihr Kopfkissen
legen. Schnell warf sie sich noch ein wollenes Tuch um die
Schulter, damit die lockere Schnürung am Rücken nicht zu sehen
war, und trat wieder hinaus auf den Korridor. Tatsächlich
schaffte sie es noch, sich hinter zwei Nachzüglern einzureihen, die

ebenfalls spät dran waren. Es waren der Earl of Essex, Robert Devereux, und der Lord High Treasurer, William Cecil, zwei von Elizabeths wichtigsten Beratern. Beide konnten einander nicht ausstehen. Zwar wurde ihre auf Gegenseitigkeit beruhende Abneigung nie offen angesprochen und doch wusste jeder am Hof um die getrennten Lager. Martha war im Grunde für keines der beiden Lager und doch teilte sie Cecils Meinung über Devereux. Seine Augen wirkten seltsam kühl. Sie hatten etwas Verschlagenes an sich.

Der alte Cecil, in dessen Domizil sie seit zwei Wochen eingekehrt waren, hatte sich über die letzten Jahrzehnte als einer der wertvollsten Berater der Königin erwiesen. Sie hatte ihm den Spitznamen »Geist« gegeben. Er war dafür bekannt, im Untergrund zu arbeiten, und hatte ein beträchtliches Netz an Spionen an den europäischen Königshäusern aufgebaut. Es wurde ihm sogar ein Geheimdienst nachgesagt. Ganz besonderes Engagement hatte er im Umbruch der Kirche und Durchsetzung des neuen Glaubens bewiesen, vor allem aber in der Sache um Mary Stuart. Heute vor genau zwei Jahren wurde die schottische Königin Mary wegen Hochverrats hingerichtet. Nach dem fragwürdigen Tod von Marys zweitem Ehemann kam es letztlich zu inneren Unruhen in Schottland. Es wurde ihr unterstellt, nicht ganz unschuldig am Tod ihres Mannes zu sein. Folglich hatte man sie festgesetzt und gezwungen, zu Gunsten ihres gerade mal einjährigen Sohnes abzudanken. Kurze Zeit darauf gelang es einigen treuen Anhängern, sie aus der Gefangenschaft zu befreien und mit ihr ins Exil nach England zu flüchten. Elizabeth hatte ihren Aufenthalt in England geduldet, sie allerdings unter Hausarrest gestellt. Mary hatte mit ihrem

Haushalt ein standesgemäßes Leben führen können, doch ihre politische Situation und Unfähigkeit zu handeln hatten sie mit den Jahren immer mehr verbittert. Cecil, der kein Sympathisant Marys war, hatte sie genaustens im Auge behalten. Besser gesagt, er ließ sie beschatten. Mit Hilfe seiner vielen Kontakte schleuste er getarnte Katholiken in Marys Haushalt und gewann ihr Vertrauen. Er hatte geahnt, dass sich zwischen ihr und dem spanischen Königshaus eine Allianz gebildet hatte. Spanien wollte Elizabeth als Protestantin und angeblichen Bastard nicht als rechtmäßige Königin Englands anerkennen und lieber Mary als Katholikin auf dem Thron sehen. Durch das erlangte Vertrauen schaffte es Cecil, einen perfiden Versuch, Elizabeth zu stürzen, aufzudecken. Er hatte sogar Beweise vorgelegt, die darlegten, dass Mary an einem Mordkomplott an der Königin beteiligt gewesen sei. Das änderte die Sachlage vollends. Martha, die zu jener Zeit frisch an den Hof gekommen war, wusste, welchen inneren Kampf Elizabeth ausgefochten hatte. Eine gesalbte Königin hinrichten zu lassen, war etwas Abscheuliches. Wenn selbst vor der Königswürde nicht Halt gemacht wurde, wovor dann? Wochenlang hatte sie gezögert, eine Entscheidung zu fällen. Eines Morgens hatte sie bei der allmorgendlichen Routine des Schminkens durch den Spiegel zu Martha geschaut und angefangen, still zu weinen. »Wieso nur musste mich meine Cousine verraten? Ich habe sie in meinem Land aufgenommen, sie hier beherbergt, ihr Schutz geboten, eine Pension zukommen lassen und sie obendrein auch noch ihren verklärten katholischen Glauben praktizieren lassen. Und das ist ihr Dank für meinen Großmut?«

Strenggenommen war Mary ihre Großcousine, wusste

Martha. Doch am Hof nahm es keiner so genau mit der korrekten Bezeichnung verwandtschaftlicher Verhältnisse. Zudem dieser feine Unterschied die Schwere ihres Verrats nicht im mindesten geschmälert hätte.

Erzürnt hatte sich Elizabeth die Tränen mit dem Handrücken von ihren pockenvernarbten Wangen abgewischt und verächtlich aufgelacht. Ihr Blick hatte sich verhärtet. »Die Spanier würden denken, dass ich klein beigebe, wenn ich jetzt nicht handle. Mir bleibt einfach keine andere Wahl, wenn ich mein Land nicht schutzlos dastehen lassen möchte. Dumm, Mary Stuart, das war schlichtweg dumm von dir.« An diesem Tag hatte Elizabeth dem Parlamentsbeschluss zugestimmt und Marys Hinrichtung angeordnet.

Im letzten Jahr hatte Elizabeth dann veranlasst, am Tag von Marys Hinrichtung ihrer zu gedenken. Das Ganze geschah natürlich inoffiziell, nur ihr engster Kreis war eingeweiht. Heute war genau dieser Gedenktag. Dem Anlass entsprechend ahnte Martha, in welchem Gemütszustand Elizabeth vorzufinden war.

Als die Wachen die Flügeltüren zu den Privatgemächern der Königin öffneten, saß Elizabeth kerzengerade am Kopf der Tafel und stocherte mit ihrem Löffel im Haferbrei herum. Mit geschürzten Lippen richtete sie sich noch ein Stück weiter auf und schaute den Nachzüglern streng in die Augen.

»Guten Morgen, Eure Majestät«, murmelten die drei wie im Chor.

»Mylords, wie herzallerliebst, dass Sie heute auch noch aufgestanden sind. Alle Achtung!« Mit säuerlicher Miene schaute sie beide Herren an und ging dann über zu der knicksenden Martha. »Martha, meine Liebe, wie mir Stanley berichtete, bist du heute Morgen zeitig in die Kapelle gegangen und hast für die Seele unserer armen Cousine gebetet?«

Martha nickte zustimmend. »Ich tat es in Eurem Namen, ich weiß, Euch beschäftigen gerade andere Sorgen.«

»Ihr tatet wohl daran, meine Liebe. Wenn bloß alle so mitdenken würden, wie Ihr es tut.« Sie verengte ihre Augen und schaute wieder zu Cecil und Devereux. Beide deuteten eine erneute Verbeugung an. Letzterer ging anschließend mit großen Schritten auf seine Königin zu, griff nach ihrer Hand, küsste diese mit einem Augenzwinkern und murmelte eine Entschuldigung. Martha, die es sich auf einem gepolsterten Fenstersims bequem gemacht hatte, bemerkte Cecils Augenrollen. Beide Berater ließen sich auf die Plätze neben Elizabeth nieder.

Cecil legte sogleich seinen dicken Ordner ab, den er zuvor unter dem Arm geklemmt hatte, und begann geschäftig darin zu blättern. Der blass aussehende Devereux flüsterte indessen Elizabeth etwas ins Ohr, woraufhin sie mädchenhaft zu kichern begann. Es war kein Geheimnis, dass sie eine Schwäche für den dreißig Jahre Jüngeren hatte. Sie genoss seine Aufmerksamkeit in vollen Zügen. Zeitweise behandelte sie ihn wie eine stolze Mutter, die ihren prachtvollen Sohn bewunderte, und manches Mal gab sie sich wie seine Geliebte.

Devereux war der Stiefsohn ihres vorherigen Favoriten Robert Dudley, dem Earl of Leicester. Aus den Erzählungen bei Hof hatte Martha erfahren, dass sie Dudley bereits aus ihrer Kindheit kannte. Beiden wurde nachgesagt, dass sie ineinander verliebt waren. Einige Gerüchte gingen so weit, ihnen fleischliche Liebe anzudichten. Sogar von einem Kind war die Rede. Martha, die die Königin dagegen besser kannte, wusste um ihre Sittsamkeit. Nie wäre sie diesen Schritt gegangen. Elizabeth, deren eigene Mutter Anne Boleyn in Ungnade fiel und zum Zweck einer erneuten Vermählung ihres Vaters geköpft wurde, hatte sich geschworen, niemals zu heiraten. Ihr Vater Henry VIII. war insgesamt sechsmal verheiratet. Zwei der Ehen wurde annulliert, zwei endeten mit einer Hinrichtung der jeweiligen Ehefrau, eine durch den Tod im Kindbett und die letzte durch seinen eigenen. Ihr eigener Vater hatte sie durch die Hinrichtung ihrer Mutter zum Bastard erklären lassen. Selten hatte er ihr Beachtung geschenkt. Erst kurz vor seinem Tod hatte er sie wieder in sein Testament und die Thronfolge aufnehmen lassen. Elizabeth, die all die Jahre die willkürlichen Entscheidungen ihres Vaters duldsam mit verfolgen musste, hatte sich im Beisein Marthas Mutter geschworen, sich nie dem Willen eines Mannes beugen zu müssen. Marthas Großmutter hatte ihr von diesem Schwur berichtet und auch davon, dass Elizabeth diesen trotz unzähliger Heiratsanfragen nicht brach. Denn natürlich hatte es nach ihrer Thronbesteigung vor dreißig Jahren mehrere Bewerber gegeben. Doch jeden einzelnen von ihnen hatte sie der Reihe nach verschmäht. Einzig ihrem Jugendfreund Dudley wurden durchweg gute Chancen als möglicher Heiratskandidat nachgesagt. Abgesehen davon, dass der Adel solch einen Aufstieg nie akzeptiert hätte. Und Elizabeth war zu schlau gewesen, ihre Position wissentlich zu schwächen, auch wenn sie Dudley mit großer Sicherheit liebte. Eine Liebe ohne jede Hoffnung. Wer andere Gerüchte in die Welt setzte, musste sich von seinen Ohren verabschieden.

Letztendlich empfand Martha Mitgefühl für ihre entfernte

Verwandte. Sie opferte ihr Leben für den Königstitel und England. Eine Ehre und Bürde zugleich.

Nach dem unerwarteten Tod Dudleys letzten Herbst war die Königin häufig in niedergeschlagener Verfassung. Martha kam es vor, als wäre ein Stück von Elizabeths Seele mit ihm begraben worden. Der Einzige, der es schaffte, ihre Stimmung zu heben, war Dudleys Stiefsohn. Durch Dudleys zweite Ehe kam sein Stiefsohn Devereux mit an den Hof und wurde zu einem ihrer engsten Vertrauten. Jetzt genoss dieser die Favoritenrolle. Auch wenn Elizabeth seine Mutter Lettice Knollys verachtete, da sie ihren lieben Dudley ohne ihre Zustimmung und heimlich geehelicht hatte. Vor Zorn hatte sie Lettice auf ewig vom Hof verbannt. Zu Lebzeiten Dudleys entstand das Gerücht, dass dieser nur Gefallen an Lettice gefunden hatte, da diese eine verblüffende Ähnlichkeit mit Elizabeth besaß. Mit großer Wahrscheinlichkeit war Lettices Mutter das Resultat einer Affäre von Henry VIII.; Lettices Großmutter Mary Boleyn wiederum war die Schwester von Elizabeths Mutter, Anne, was die Ähnlichkeit zwischen Lettice und der Königin erklärte. Lettices Sohn, Devereux, könnte dementsprechend so aussehen, wie ein Sohn von Elizabeth ausgesehen hätte, mit dem feinen Unterschied, dass Elizabeth selbst niemals Kinder bekommen würde. Böse Zungen behaupteten nun, dass Elizabeth den Spieß umdrehen würde und Lettice das Liebste nahm, was sie besaß, um sich an ihr zu rächen.

Trotz der Verbannung und des gesellschaftlichen Abstiegs seiner Mutter, hatte es Devereux verstanden sich unabdingbar für die Königin zu machen. Martha war sich unsicher, ob sie Devereux um seine Rolle beneiden oder bemitleiden sollte. Sie wusste aus eigener Erfahrung, wie einnehmend Elizabeth sein konnte. Natürlich schätzte sie sich glücklich, dass die Königin ihre Nähe und ihren Rat verlangte, sicherte dies doch obendrein ihre Zukunft ab. Ihr Vater und ihre Großmutter hatten ihr zwar ein beträchtliches Erbe hinterlassen, ohne den nötigen Einfluss würde ihr das aber nicht viel nützen. Die Königin könnte sie an den Meistbietenden verschachern und im Handumdrehen wäre sie ihre Unabhängigkeit, die so kostbare Freiheit, eigene Entscheidungen zu treffen, und auch ihr Vermögen los.

Bei Devereux verhielt es sich ein wenig anders. Im Gegensatz zu ihr hatte er hohe Schulden. Die Unterhaltung seiner Anwesen und die aufwändigen neuen Roben waren kostspielig. Elizabeths Gunst bedeutete auf der einen Seite neue horrende Ausgaben und auf der anderen Seite eine Duldung seiner Schulden. Und wenn er sich weiterhin so geschickt anstellte, könnte die Königin sogar dazu geneigt sein, ihm diese vollends zu erlassen, überlegte Martha. Andererseits gefiel es dieser sicher, dass er auf ihr Wohlwollen angewiesen war. Devereux blieb damit nichts anderes übrig, als sich von Elizabeth vereinnahmen zu lassen, was unterm Strich bedeutete, dass er Junggeselle bleiben musste. Die Königin nahm keine Nebenbuhlerin hin. Gemeinhin war allerdings bekannt, dass Devereux amouröse Abenteuer liebte. Ob sie von diesen Gerüchte wusste, ließ sie sich jedoch nicht anmerken.

Martha besah sich Devereux' Profil. Mit seinem dunkelbraunen krausen Haar, das er lang trug, war er rein äußerlich betrachtet eine passable Partie, musste sie zugeben. Zudem war er gut gebaut und wie sein Stiefvater von beachtlicher Größe. Seinen zerzausten Bart mochte sie nicht leiden und hätte ihm diesen am liebsten gestutzt. Dennoch konnte sie im Ansatz nachvollziehen, weshalb die Zofen bei seinem Anblick dahinschmolzen. Sie für ihren Teil traute ihm hingegen nicht über den Weg. Es waren nicht nur seine kalten Augen, die Argwohn in ihr erweckten, auch seine berechnende Art, machten ihn schlichtweg unsympathisch. Ihr war es schleierhaft, dass sie und Cecil scheinbar die einzigen waren, die diese Auffassung teilten.

Ihr Blick wanderte zu den Zofen hinüber. Dicht gedrängt saßen die Zofen auf einem ausgelegten Fell vor dem Kamin, in dem frisch aufgestapelte Holzscheite munter vor sich hin knisterten. Von dort aus konnten sie das Gespräch nicht mit verfolgen, das inzwischen hitziger zu werden schien.

»– können es nicht einfach so hinnehmen.« Cecils Stimme war eindringlich.

»Recht habt Ihr. Auch wenn ich heute eigentlich meiner Cousine gedenken wollte, aber die Angelegenheiten dulden keinen Aufschub. England regiert sich schließlich nicht von allein.« Mit einer energischen Handbewegung schob Elizabeth ihren Teller beiseite und verlangte bei einer herbeieilenden Magd nach verdünntem heißen Wein.

»Doch hier wird uns Euer Verhandlungsgeschick nichts nützen, werter Lord High Treasurer. Die Spanier benötigen eine andere Ansage.«

Der Angesprochene hörte auf, in seinen Unterlagen zu blättern, und schenkte Devereux ein aufgesetztes Lächeln. »Stimmt ja, ich vergaß, Lord Devereux möchte den Spaniern mit seiner ganzen Manneskraft entgegentreten.«

Devereux beugte sich vor, sodass seine mit Edelsteinen besetzte Robe die Tischkante berührte. »Meine Manneskraft wird immer noch besser sein als Euer kläglicher Versuch, das Problem mit Pergament und Feder zu lösen!«

Cecil blies die Luft aus seiner Nase. »Meine besten Männer sind am Hof von Felipe II.«

»Wir haben der spanischen Kriegsflotte unter der Führung des Duke de Medina-Sidonia erhebliche Verluste zugefügt. Wir dürfen keine weitere Zeit verstreichen lassen und sie weiter unter Druck setzen! So viel Verstand müsst doch selbst Ihr besitzen!« Um seinen Worten mehr Kraft zu verleihen, donnerte er mit seiner Faust auf den Tisch.

Ehe Cecil beleidigt antworten konnte, ergriff Elizabeth das Wort. »Ich sehe es ganz ähnlich wie Lord Devereux. Spanien wollte meinen Sturz erzwingen und wird trotz der Verluste nicht ruhen. Was sollte sie dazu bewegen, auf einmal eine Protestantin auf dem Thron zu akzeptieren? Nein, ich denke Kanonenschüsse sind das Einzige, was sie verstehen.«

Zufrieden lächelnd lehnte sich Devereux zurück.

»Eure Hoheit, natürlich dauert es länger, einen Frieden auszuhandeln als einen Krieg wieder aufzunehmen. Worte sind bekanntlich geduldiger als – «

»Meine Geduld ist jedoch versiegt! Reicht es nicht, dass sie meine Cousine Mary in ihre Ränke miteinbezogen haben? Weiter lass ich mich nicht denunzieren von diesen spanischen Hunden!« Ihre Stimme war mit jedem Wort lauter geworden.

Einen Moment blieb es still, auch die Zofen hatten überrascht ihre Gespräche eingestellt.

Dann regte sich Devereux. »Ich schlage Admiral Francis Drake und Sir John Norreys vor. Ihre Kriegskunst auf dem Meer ist unvergleichlich. Sie werden die Straßenköter im Nu aufspüren und auf den Grund des Meeres schicken.«

Cecil, der sich geschlagen sah, ergänzte einlenkend: »Drake und Norreys könnten spanische Hafenstädte belagern. Hierbei würde dann die Möglichkeit bestehen, Diplomatie walten zu lassen. Wenn wir es nach und nach schaffen, Spanien zum Umdenken zu bewegen, könnte der erste Grundstein für Verhandlungen gelegt sein.«

»Und sollten sie diese Bedingungen nicht akzeptieren, werden unsere Kanonen für uns sprechen.« Devereux hob seinen Weinbecher und prostete Elizabeth zu. »Auf England und seine gewitzte Königin!«

Martha wendete den Blick von der Tafel ab und schaute durchs milchige Fenster in den großzügigen Garten mit all seinen Obstbäumen, Holzbänken und kunstvoll gearbeiteten Springbrunnen. Wie friedvoll ihr der Garten von Burghley House unter seiner feinen Decke aus Pulverschnee erschien. Doch so friedlich es draußen auch war, hier drinnen war davon wenig zu spüren. Martha hatte noch nie einen Sinn für länderübergreifende Politik gehabt. Sie konnte nicht verstehen, weshalb nicht Bündnisse geschlossen und dieser blutige Krieg endlich beendet wurde. Sie stimmte Cecil zu und fand, es zeugte nicht von Schwäche, sondern von wahrer Größe, trotz der Intrigen einen für beide Seiten akzeptablen Frieden auszuhandeln. Es hatten schon so viele Menschen ihr Leben lassen müssen. Wie um sich ihren Widerwillen zu bestätigen, schüttelte sie sachte den Kopf und drückte ihre Stirn gegen die kalte Fensterscheibe.

»Ist euch nicht gut, Liebes?«

Martha zuckte zusammen, sie hatte nicht bemerkt, dass

Elizabeths Blick auf ihr ruhte. Sie zögerte kurz und nutzte dann die ihr dargebotene Chance. »Mir ist nicht ganz wohl, Majestät.« Sie log ohne Scham, während ihre Gedanken um den geheimnisvollen Fund kreisten.

»Ja, wem sagt Ihr das?« Die Königin seufzte und stützte ihren Kopf seitlich in ihrer Hand ab. »Ihr seid entlassen, liebste Martha. Ich habe Euch bereits heute Morgen vermisst. Ich könnte es nicht ertragen, Euch heute Abend nicht an meiner Seite zu wissen. Geht und ruht Euch aus.«

»Zu gütig, Eure Majestät.« Mit einem Knicks in ihre Richtung verließ sie den Raum und ging beschwingt zu ihrer Kammer. Gail war inzwischen zurückgekehrt und war gerade dabei, das Feuer im Kamin zu entfachen.

Als Martha die Tür hinter sich ins Schloss fallen ließ, zog ihre Magd eine Schnute. »Na? Wo waren Mylady so früh am Morgen?«, fragte sie eine Spur bissig.

»In der Kapelle, wenn es genehm ist«, entgegnete sie spöttisch.

»Seit wann ist Mylady denn so gewissenhaft?«

»Das genügt, Gail!« Eine Augenbraue nach oben ziehend, betrachtete sie ihre Magd. »Hast du nichts anderes zu tun, als mich zu maßregeln? Geh wieder nach unten. Du bist für heute freigestellt. Mir geht es nicht so gut und ich möchte für den Rest des Tages meine Ruhe haben.« Sie stemmte ihre Hände in die Hüfte und blieb solange in der Mitte des Raumes stehen, bis Gail die Kammer verlassen hatte. Dann stürmte sie fast auf das Bett zu und holte die Schatulle unter dem Kissen hervor. Sie konnte es nicht abwarten, zurück in die Zeit von Joan of Kent zu tauchen. Hastig öffnete sie das Tagebuch und begann zu lesen.

Anno Domino 1360-1362

»Factum fieri infectum non potest.«
Geschehenes kann nicht ungeschehen gemacht werden.

Eine Woche nach dem Mitsommerfest entschied sich der Eisheilige Christophorus, das nasskalte Wetter zu verabschieden und es schien, als sollte es doch noch ein herrlicher Sommer werden. Man konnte praktisch hören, wie die englischen Bauern aufatmeten, die ihre Saat bereits am Verfaulen wähnten.

Mit geschlossenen Augen sog William die erwärmte Luft auf. Als er sie wieder öffnete, ließ er seinen Blick über die weitläufigen Ländereien von Windsor Castle, der Sommerresidenz des Königs, schweifen. Es war ein beeindruckendes Fleckchen Erde, wobei Fleckchen mehr als untertrieben war, korrigierte er sich in Gedanken. Gemeinsam mit seinem Vater hatte er sich am heutigen Tag auf einen Ausritt begeben. Seine älteren Halbbrüder führten inzwischen ihre eigenen Haushalte und sein jüngster Halbbruder war noch zu klein, als dass man mit ihm wirklich etwas unternehmen konnte. Folglich genoss William die ungeteilte Aufmerksamkeit seines Vaters.

Ein durchdringender Pfiff durchschnitt das gedämpfte Hufgetrappel. »Pepin?« Suchend schauten sich Fitzdavis und Greenley, zwei Männer aus der königlichen Leibgarde, die sie begleiteten, nach Williams grauweißen Wolfshund um.

»Ihr braucht euch keine Sorgen zu machen, Mylords«, entgegnete William. »Entweder erkundet Pepin die angrenzenden Wälder oder er ist zurück zu Rob und Harry gelaufen.« Er wusste nur zu gut, dass Pepin gerne mit seinen besten Freunden herumtollte.

Gemeinsam mit Harry Fitzhenry und Robert Pomeroy, den

alle nur Rob nannten, wurde William am königlichen Hof zum Ritter ausgebildet und wenn ihre Pflichten es zuließen, verbrachten sie fast jede freie Minute miteinander.

Rob entstammte einem alten Adelsgeschlecht, das der Königsfamilie bereits seit der normannischen Eroberung treu ergeben war. Aufgrund dieser Treue hatte bereits Edward I. angeordnet, dass die Erben Pomeroys zum Dank zukünftig am Hof des Königs ausgebildet werden sollten. Daher kannten sich William und Rob von Kindesbeinen an und waren seither unzertrennlich.

Der zwei Jahre ältere Harry war ebenso wie William ein Bastard. Erst vor einem knappen Jahr war er zu ihnen an den Hof gekommen, nachdem sein Vater, Henry of Grosmont unerwartet verstorben war, und obwohl sie einander noch nicht lange kannten, verband sie bereits ein enges Band der Freundschaft. Sie hatten sich auf Anhieb verstanden, was vielleicht auch dem Umstand geschuldet war, dass beide das gleiche Schicksal teilten. Der Unterschied lag nur darin, dass Harry im Gegensatz zu ihm von seinem Vater nie offiziell anerkannt wurde. Das hatte zur Folge, dass er bei dessen Tod nicht in der Erbfolge bedacht wurde und seine Halbschwester, Blanche of Lancaster, die Alleinerbin der immensen Erbschaft war. Williams Halbbruder, John of Gaunt, der Blanche zuvor zur Frau genommen hatte, konnte damit mehr als dreißig Burgen, Schlösser, Herrenhäuser und ausgedehnte Ländereien und Grafschaften in England sowie in Frankreich sein Eigen nennen. Somit war er nicht nur einer der größten Landeigner, sondern auch einer der einflussreichsten Männer neben dem König. Am Hof wurde gemunkelt, dass John sogar der reichste Mann

Englands war. Dementsprechend hatte keiner widersprochen, als er Harry an den Hof schickte, um ihm eine standesgemäße Erziehung zu ermöglichen.

William hatte sich insgeheim gefragt, ob Harry mit seinem Schicksal haderte, doch er war zu dem Entschluss gekommen, dass sein Freund wahrlich bescheiden war und gar keinen Gedanken daran verschwendete mögliche Ansprüche geltend zu machen. William wusste sich überaus glücklich zu schätzen. Ihm hatte es nie an etwas gemangelt, ganz besonders nicht an familiärem Zusammenhalt oder Zuneigung. Ferner trug er auch nicht wie Harry den üblichen Nachnamen eines unehelichen Sohns. Strenggenommen hätte er sich William Fitzroy nennen müssen. ›Fitz‹ bedeutete Sohn von und ›roy‹ stammte aus dem altfranzösischen und bedeutete König. Doch für Edward stand nie etwas anderes als Plantagenet zur Debatte. Sein Stolz aus der Dynastie der Anjou-Plantagenet abzustammen, kannte keine Grenzen, nicht einmal bei einem Bastardsohn.

Während ihrer Ausbildung zum Ritter des Königs erhielt das Trio Unterricht im Lesen und Schreiben, Latein und insbesondere in Politik. Ihnen wurde die Geschichte der königlichen Familie bis hin zu William I. erörtert. Für alle drei galt es, die verwandtschaftlichen sowie politischen Verhältnisse zu anderen Königs- und Adelshäusern auf dem Festland zu verinnerlichen.

Darüber hinaus wurden Strategien, umsetzbare Taktiken und raffinierte Täuschungsmanöver einer Schlacht bis ins letzte Detail theoretisch geschult und unter anderem im Schach erprobt. Bei diesem Spiel musste man seinem Gegenüber immer einen Schritt voraus sein, um klug abwägen zu können, was dieser als nächstes zu tun gedachte. ›Schach‹ leitete sich aus einer fremdländischen Sprache ab und bedeutete König. Der Spielzug, mit dem man gewann, hieß ›Schach matt‹ und hieß so viel wie besiegter König. Darum wurde es auch das Spiel der Könige genannt. William vermutete, dass die Engländer das Spiel auf ihren Kreuzzügen ins Heilige Land kennengelernt und bei ihrer Heimkehr am Hof eingeführt hatten.

Ein weiterer Aspekt ihrer Ausbildung war der praktische Unterricht. Hierfür erhielten sie mit anderen Adelssprösslingen Reitunterricht und wurden im Kampf mit Schwert, Axt, Speer, Armbrust, Pfeil und Bogen gestählt. Zudem gingen sie häufig auf die Jagd. Die aktive Teilnahme am Erlegen sollte den männlichen Charakter formen und den Jungen die Angst vor dem Töten im Krieg nehmen. Die Jagd sollte die Bewährungsprobe für die heranwachsenden jungen Männer darstellen. Allen wurde deutlich gemacht, dass diese Probe bald keine mehr sein würde. Auch ihre Zeit würde kommen, in der sie ihr Vaterland gegen die französischen Thronräuber verteidigen müssten. Sie seien die Zukunft Englands und könnten König Edward dazu verhelfen, sich seine rechtmäßige französische Krone zu holen. Bisweilen hielt Jean II. diesen Königstitel inne, da dessen Großvater jedoch später geboren wurde als Edwards Großvater, vertraten die Engländer die Ansicht, ihr Thronanspruch wäre größer. Seit über zwanzig Jahren focht Frankreich gegen dieses Erbrecht an. Das hatte zur Folge, dass jeder Engländer mit dem Hass gegen die Franzosen und dem Willen, sich gegen diese zur Wehr zu setzen, aufgezogen wurde. Jeden Tag wurden sie in allen ritterlichen Disziplinen gefordert und gefördert. Die meisten ihrer Lehrmeister waren selbst bereits in den Krieg gegen die Franzosen gezogen und wussten, wie und worauf sie die Jungen trainieren und vorbereiten mussten. Jeder Drill, jede Ohrfeige, jede Anstrengung diente einem einzigen Zweck, und diesem wollte jeder Junge gerecht werden.

Mit seinen elf Jahren schien William bereits jetzt ein vielversprechender Stratege auf dem Kriegsfeld zu werden. Er kannte alle taktischen Manöver von Eds erstem Feldzug als Befehlshaber in Crécy in- und auswendig und träumte davon seinen eigenen Trupp in einer Schlacht zu befehligen. Nur Latein wollte nicht sein Steckenpferd werden. Ganz gleich wie viel er büffelte, es gelang ihm häufig nur einzelne Wortfetzen zu übersetzen. Harry verstand sich vornehmlich darauf politische und familiäre Verbindungen zu durchdringen und natürlich beherrschte er Latein im Schlaf. Rob stellte sich vor allem geschickt im Kampf mit dem Schwert und im Umgang mit der Armbrust an. Zusammen ergaben sie eine starke Einheit, überlegte William schmunzelnd.

Greenleys durchdringende Stimme riss William abrupt aus seinen Gedanken. » – sieht immer mehr aus wie unser König, ist ihm wie aus dem Gesicht geschnitten.« Genau wie seine Halbbrüder Ed und John, war es auch bei William nicht von der Hand zu weisen, wer sein Vater war.

»Nur die grauen Augen, die muss er von seiner Mutter haben«, mutmaßte Fitzdavis.

»Vielleicht hat er sie ja auch von meiner Mutter geerbt?«, stieg Edward feixend in die Unterhaltung ein.

»Eure Königinmutter hatte doch blaue Augen, wenn ich mich nicht täusche, Sire.«

Edward grinste. »Wie sicher bist du dir da, Fitzdavis?«

Fitzdavis legte seinen Kopf schief und zuckte letztlich mit den Achseln. »Dass Ihr immer noch Stillschweigen darüber bewahren könnt. Es ist schon so lange her und längst keinen Skandal mehr wert.«

»Gib es auf, Fitzdavis, wenn es uns der König nicht mal bei einem unserer Saufgelage erzählt, warum dann heute? Und ausgerechnet dir, du Taugenichts?«

Greenley kassierte einen Seitenhieb und hielt sich grienend seine Rippen.

»Ich verrate euch nur so viel, meine Herren: Sie war und ist nach wie vor bildhübsch. Ich gehe sogar so weit zu sagen, dass sie die schönste Frau Englands ist.«

Aufmerksam lauschte William dem Gespräch. Genau wie Fitzdavis und Greenley wusste auch er nicht, wer seine Mutter war; keiner außer dem König wusste es. An einem Abend vor vielen Jahren, er konnte noch nicht lange am Hof gewesen sein, hatte er Edward nach seiner Mutter gefragt. Er hatte nicht verstanden, weshalb sie nicht bei ihm war. Edward hatte ihn daraufhin auf seinen Schoß gezogen und ihm versichert, dass seine Mutter ihn nicht vergessen hatte. Er erklärte ihm, dass er als Sohn des Königs zu Großem bestimmt war und deshalb bei ihm und nicht bei seiner Mutter aufwachsen werde. Außerdem müsste er das Geheimnis um seine Mutter wahren, denn es entsprach der Tugend eines edlen Ritters, die Ehre einer holden Dame zu schützen. Mit kindlicher Faszination hatte William an seinen Lippen gehangen und sich vorgestellt, ein stolzer Ritter zu sein, genau wie seine größeren Brüder, die er so vergötterte. Und so verblassten die schemenhaften Erinnerungen an seine Mutter mit der Zeit. Das einzige, an das er sich noch erinnern konnte, war der Tag, an dem er seine Mutter verlassen musste. Auch wenn er damals noch sehr klein war, hatten sich jene ereignisreichen Tage fest in seinem Gedächtnis eingebrannt. Es kam ihm vor, als wäre es erst gestern gewesen. Er konnte sich an die tränennasse Küsse seiner Mutter erinnern, die sie ihm auf die Wange gedrückt hatte. Er hatte gespürt, dass sich sein Leben von nun an ändern würde. Von einem dunkel gekleideten Mann, dessen Sprache ihm verraten hatte, dass er kein Engländer war, war er fortgebracht worden. Erst nach mehreren Stunden, die ihm wie Ewigkeiten vorgekommen waren, hatten unbekannte Reiter ihren Weg gekreuzt. Auch sie waren unkenntlich gekleidet. William entsann sich, wie riesig ihm die unbekannten Männer damals vorgekommen waren. Eingeschüchtert hatte er beobachtet, wie sie ein Bündel entgegengenommen hatten, dieses entfalteten und einen goldener Ring zu Tage beförderten. Heute wusste er, dass der kostbare Ring, der in seiner Mitte einen schimmernden Mondstein fasste, ein Geschenk des Königs an seine Mutter war. Er sollte Williams Herkunft symbolisieren und sein Blut bestätigen. Danach war alles ganz schnell gegangen. Ein hochgewachsener Reiter, bei dem es sich um Greenley handelte, wie er später erfuhr, hatte ihn zu sich auf das Pferd gehoben und war mit ihm nach Windsor Castle davongeritten. Noch heute packte ihn Ehrfurcht, wenn er daran dachte, wie er das erste Mal seinem Vater, dem König gegenüberstand. Es war schlichtweg überwältigend für einen kleinen Jungen. Mit der reibungslosen Übergabe von William waren die Bedingungen des Königs erfüllt: Keiner seiner Reiter wusste, woher sein Bastard stammte und keiner den William kannte, wusste wohin er gebracht wurde. Damit konnte niemand eine Verbindung von William zu seiner

Mutter herstellen und die Liaison zwischen ihr und dem König würde ein Geheimnis bleiben.

Doch gerade das Geheimnis um seine Mutter verlangte William viel Geduld ab. Es verging selten ein Tag, an dem nicht hinter mäßig vorgehaltener Hand geflüstert wurde, wann ihn der König wohl verstoßen oder seiner Hure von Mutter zurückbringen würde. Als gute Grundlage für die wildesten Spekulationen, erwies sich die Vielzahl an jungen unverheirateten, wie auch verheirateten Damen, Mägden, Mätressen und Kurtisanen, die der Hof beherbergte. Neid und Missgunst spielten in dieser Hinsicht eine ebenso bedeutsame Rolle wie Unverständnis. Denn längst nicht alle waren ihm so zugetan, wie die königliche Familie. Ein Bastard war das Erzeugnis einer Sünde und nicht jeder sah über die Fehltritte des Königs so duldsam hinweg wie seine eigene Frau. So manch einer aus dem höheren Adel missgönnte ihm seine Stellung am Hof. Dank seiner höfischen Ausbildung hatte er jedoch früh gelernt seine umherwirbelnden Gedanken und sein angegriffenes Ehrgefühl hinter einem höflich neutralen Ausdruck zu verbergen. Ein Leben bei Hof barg neben den Sonnenseiten eben auch Schattenseiten, diese Erkenntnis blieb auch William nicht erspart. Philippas herzliche, fast mütterliche Liebe und die brüderliche Aufnahme seiner Halbgeschwister ließen ihn letztlich über das Gerede und Getuschel hinweghören. Irgendwann würden die Kommentare über seine Mutter schon verstummen, da war er sich sicher.

Lauter werdendes Bellen ließ William aufschauen. Im schnellen Tempo kam Pepin zu ihnen über den Hügel gerannt, die Zunge hing ihm bis zum Hals.

»Da bist du ja, du kleiner Strolch! Hatte ich dir nicht befohlen bei uns zu bleiben?« Williams halbherziger Versuch seiner Stimme Schärfe zu verleihen, scheiterte und Pepin hüpfte weiter freudig neben den Pferden auf und ab, was Edwards Hengst nervös schnauben ließ.

Neugierig besah er sich den Rappen seines Vaters. Es schien, als wenn er sich nur widerwillig an einen Reiter gewöhnen könne. Elegant schwang er einen Huf vor den anderen, ohne richtig den Boden zu berühren. Diese Gangart im Trab machte die Haquenée, Edwards neue Züchtung der altenglischen Zelter, besonders einzigartig. »Er ist ein wirklich schönes Tier. Welchen Namen habt Ihr ihm gegeben, Vater?«

»Ferox, da er so wild und unbändig ist. Ich fand das recht passend, du nicht auch?« Wie zur Bestätigung schlug Ferox mit dem rechten Hinterhuf aus.

»Er wird seinem Namen bestimmt alle Ehre machen«, erwiderte William.

»Gewiss.« Eingehend musterte Edward Williams Pony. »Aber wie ich sehe, wird Bouclé bald zu klein für dich sein. Du wächst unaufhörlich, mein Junge. Gut so, aus dir wird mal ein furchteinflößender Krieger werden.«

Traurig schaute William auf Bouclés Mähne. Er hatte Bouclé vor vier Jahren von Edward zu seinem siebten Geburtstag geschenkt bekommen. Seinen Namen verdankte er seiner prächtigen Lockenmähne, die eigentlich untypisch für die Rasse der Fell Ponys war. Fell Ponys, so erklärte ihm sein Vater damals, existierten seit ungefähr tausend Jahren und stammten aus den Grafschaften Westmorland und Cumberland, aus dem Nordwesten Englands. »Da mögt Ihr recht haben, aber ich kann mir trotzdem nicht vorstellen, ein anderes Pferd als ihn zu besitzen. Ich wünschte, ich würde nicht so schnell wachsen, Vater.« Er schob die Unterlippe vor und beugte sich herunter, um sanft Bouclés Hals zu klopfen.

»Wenn die Zeit reif ist, wirst du den Vorteil eines größeren und kräftigeren Pferdes schon zu schätzen wissen, mein Junge. Vor allem, wenn du neues Schuhwerk benötigst, weil deine Füße beim Reiten über den Boden schleifen.« Lachend verwuschelte er ihm seine schwarzen Locken und ließ Ferox antraben.

An einem kleinen Wäldchen angelangt, zügelte Edward seinen Hengst und hieß William abzusitzen. Sie banden ihre Pferde an einen Baum im Schatten und setzten sich ans hohe Ufergras der Themse, die geschäftig Richtung London floss. Ihre Begleiter saßen ebenfalls ab, zogen allerdings den Schatten des moosbewachsenen Baumes vor. Pepin gesellte sich zu William und Edward und trank genüsslich schmatzend vom kalten Wasser der Themse. Dann legte er sich hechelnd neben sie ins Gras.

Die Sonne stand bereits tief am Horizont. Ihre einfallenden Strahlen ließen das Wasser glitzern. Einen Augenblick lang schauten Vater und Sohn wie gebannt der Strömung zu.

Dann unterbrach Edward die Stille. »Bist du ein Pfeifengräser?«

»Ein was?«, fragte William verständnislos.

Edwards Lachen klang überlegen. »Schau zu und lerne!« Geübt rupfte er eine Handvoll wilde Gräser ab, positionierte sie zwischen seine Daumen und formte mit den Händen eine Faust. Vorsichtig blies er durch die schmale Öffnung und ein hoher Pfeifton ließ Pepin seine Ohren anlegen. Euphorisch ahmte

William seinen Vater nach und nach wenigen Anläufen fingen auch seine Gräser an zu singen.

Versonnen beobachtete Edward seinen Spross dabei. »Weißt du eigentlich, warum du den Namen William trägst?«

Grübelnd ließ William die Grashalme sinken. »Weil mich meine Mutter auf den Namen taufen ließ?«

Sein Vater gluckste amüsiert. »Ja, damit hast du nicht Unrecht. Aber kennst du den Grund, warum deine Mutter dich gerade auf diesen Namen taufen ließ?«

William schüttelte den Kopf und bemerkte nicht, dass Pepin ihm die Gräser heimlich entwand.

»Nun, dann will ich es dir erzählen. William bedeutet im übertragenen Sinne ›der Schutzbringende‹ und rührt von dem Eroberer Englands her. Vor mehreren hundert Jahren eroberte William das von den Wikingern besetzte England. William der Eroberer, ein Normanne übrigens, war der Earl of Normandy, dessen Urväter Wikinger und Franzosen waren. Er befreite England von der tyrannischen Herrschaft und befriedete das Land. William I., wie er nach seiner Krönung hieß, ist der Begründer unseres Geschlechts und wiederum unser Urvater. Und William I. war ein Bastard, genau wie du einer bist.«

Williams Augen leuchteten auf. »Ein Bastard, sagt Ihr?«

Edward betrachtete ihn aufmerksam. »William I. war der illegitime Sohn eines normannischen Herzogs und dessen Mätresse.«

Tief beeindruckt klappte William der Mund auf.

»Bereits große Männer trugen den Namen des Schutzbringenden. William Marshal zum Beispiel; fünf gekrönten Häuptern konnte dieser treu ergeben dienen und sicherte sogar als Regent von England die Krone seines minderjährigen Schützlings Henry III., deinem Ururgroßvater nebenbei bemerkt. Mit über siebzig Jahren besiegte William Marshal Ludwig VIII. und verdrängte ihn aus unserem Land. Marshal war der Inbegriff ritterlicher Tugenden.« Gedankenversunken legte er eine kleine Pause ein und ließ seinen Blick über die Baumgruppe auf der anderen Seite der Themse wandern. »Zweien meiner Söhne gab ich bereits den Namen William. Doch keiner konnte ihm bisher gerecht werden.«

»Ich habe zwei Brüder, die denselben Namen tragen wie ich, ist das wahr? Wieso konnte denn keiner dem Namen gerecht werden?«, fragend zog er eine Augenbraue in die Höhe.

»Du hattest«, korrigierte ihn der König. »Keiner lebte länger als ein paar Monate. Als wenn sich William der Eroberer höchstpersönlich seine Namensvetter aussucht und die aussortiert, die ihm nicht gerecht werden können. Du aber scheinst dem Namen gerecht werden zu können, William Plantagenet. Im weiteren Sinne bist du also ein Auserwählter.«

»Ein Auserwählter? Das sind keine kleinen Fußstapfen, in die ich steigen soll, Vater«, schloss William. »Ich glaube, ich möchte versuchen, meinen ganz eigenen Weg zu gehen …« In sich gekehrt nahm er einen kleinen Kieselstein auf und warf ihn flach über die Themse.

Edward sah zu, wie der Stein mehrmals über das Wasser sprang, ehe er unterging. »Vielleicht hast du recht, Will. Sei deines eigenen Glückes Schmied. Wer weiß, vielleicht ist genau das deine Bestimmung.«

Der König tobte vor Wut und auch die Königin schien bestürzt zu sein; diese Art von Neuigkeit hatten sie nicht erwartet.

Ungehalten fuhr sich Edward durch die Haare. »Das kann nicht dein Ernst sein! Sag Uns, dass das nicht dein Ernst ist! Sag es Uns!« Prompt erhob er sich und durchquerte mit schnellen Schritten das Turmzimmer.

Mit ausgestopften Jagdtrophäen, Säbeln und Schwertern aus einer längst vergangenen Zeit bekam der Raum etwas Geheimnisvolles verliehen. Große Glasfenster an der Südseite des Zimmers verschafften tagsüber genügend Licht zum Arbeiten. Zumeist nutzte es Edward für Kriegsdebatten mit seinen engsten Beratern. In einem Teil des Raumes hatte ein großer Eichentisch mit darauf befindlicher Landkarte seinen Platz gefunden. Die Karte zeigte ganz England, Schottland, Irland, Frankreich und auch Teile anliegender Länder. Kleine, detailgetreue Figuren aus Messing, Schiffe, Belagerungstürme, Zelte, eine eigene sowie gegnerische Armee, bestehend aus Bogenschützen, Rittern auf Pferden und auch Fußvolk, wurden für diese Zwecke hin- und hergeschoben. Rote Fahnen kennzeichneten die von Frankreich besetzten Territorien, grüne die von England. Zurzeit fanden mehr grüne Fahnen ihren Platz auf der Karte. Auf der anderen Seite des Zimmers standen mehrere bequeme Sessel für einen Siegestrunk auf die zuvor ausgeklügelten Kriegsstrategien bereit.

Die Nacht war bereits eingefallen. Kerzen und an der Wand angebrachte Fackeln erhellten den Raum, jedoch nicht die Stimmung. William und sein jüngerer Halbbruder Thomas saßen schweigend vor dem Kamin und verfolgten neugierig die hitzige Diskussion. Geistesabwesend zupfte Thomas am Ohr des vor ihm liegenden Hundes, bis dieser zu quieken begann. Philippa saß auf einem Sessel nahe dem Kamin und schürzte die Lippen.

Edward, der bis eben neben ihr gesessen hatte, stand nun keine Elle von Williams ältesten Halbbruder Ed entfernt. »Wir wollen hören, dass das nicht dein Ernst ist!« Edwards Wangen waren gerötet vor Empörung.

»Nein, Vater. Ich werde mich nicht rechtfertigen! Ich werde sie heiraten, ob es Euch genehm ist oder nicht.« Er sah ihn entschlossen an. »Außerdem könnt Ihr aufhören so zu sprechen, als würden wir uns auf einem offiziellen Anlass befinden. Hier befinden sich keine Außenstehenden, falls Ihr es noch nicht bemerkt haben solltet!«

»Kreuzsakrament! Wie spricht er mit Uns? Habt Ihr gehört, wie Euer Sohn mit Uns spricht?« Ungläubig drehte sich Edward zu seiner Frau herum. Dabei ignorierte er den Einwurf von Ed und verwendete weiterhin den Pluralis Majestatis.

»Nun, wenn er der meine ist, ist er auch der Eure, müsst Ihr bedenken«, erwiderte Philippa in ruhigem Tonfall.

Edwards Gesicht nahm einen sauertöpfischen Ausdruck an. »Ed, Wir werden diese Art von Verbindung nicht dulden! Auf keinen Fall!«

Mit einem hilfesuchenden Blick an Philippa gerichtet, verschränkte Ed die Arme vor der Brust. »Das ist kein bloßer Einfall von mir. Ich will und werde keine andere zur Frau nehmen! Und wenn Ihr oder England von mir einen Erben wünscht, so rate ich Euch dringend, Eure Meinung diesbezüglich zu ändern!«

Aufgebracht von diesen Worten raufte sich Edward erneut die Haare und durchschritt ruhelos den Raum. »Wie stellst du dir das vor? Diese Frau hat bereits fünf Kinder und war zweimal verheiratet. Zweimal! Es kann nicht dein Ernst sein, dass sie einmal Königin von England werden soll.«

»Warum nicht? Was macht das schon aus? Ihre Anzahl an Kindern zeigt mir nur, dass sie fruchtbar ist und mir gewiss mehrere Söhne schenken wird. Ist das denn nicht ausreichend? Außerdem fließt königliches Blut in ihren Adern.« Verzweifelt wandte er sich an die Königin. »Mutter, meint Ihr nicht auch, dass eine Enkelin von Edward I. eine gute Partie für mich darstellen würde?«

Bevor Philippa eine Antwort geben konnte, fuhr der König dazwischen. »Fruchtbar! Das ich nicht lache.« Wütend blieb er vor dem Fenster stehen und blickte auf die mondbeschienenen Ländereien. »Im besten Alter, um dir auch gesunde Söhne zu gebären, ist sie aber längst nicht mehr. Wenn ich mich nicht täusche, ist sie sogar älter als du!«

»Ist Mutter denn nicht auch älter als Ihr?«

»Herrgott, deine Mutter und Wir spielen hier jetzt keine Rolle. Es geht um die Zukunft unseres Vaterlandes, verstehst du das denn nicht?« Sich in Rage redend, bewegte sich Edward auf den Tisch mit der Landkarte zu und tippte auf England. »Du brauchst eine junge Prinzessin, die dir einen Erben und England einen Thronfolger gebären kann. Es geht um die Interessen unseres Landes, nicht um die deinen! Und Wir sagen dir, sie sind wirtschaftlicher und politischer Natur, sie nehmen keine Rücksicht auf Wünsche oder Vorlieben deinerseits. Aus eurer Verbindung muss ein starkes Bündnis entstehen, möglichst mit einem einflussreichen Land auf dem Kontinent. Wie wäre es beispielsweise mit Constanza d' Aragón, der Erstgeborenen von Pedro IV., dem König von Aragón?« Edward tippte auf Spanien. »Sie müsste knapp achtzehn Jahre alt sein, wenn ich mich nicht täusche. Oder Margaretha de Flandre, sie ist zwar erst elf, aber bereits Witwe und erwartet ein großes Erbe. Oder auch Clara von Meißen, eine Enkelin von Ludwig IV. von Bayern, sie müsste bereits sechzehn sein. Meinetwegen auch Jeanne de France, die Tochter von Philippe VI. de Valois! Mir egal, aber es muss ein Bündnis sein, das England zum Vorteil gereicht!« Erregt donnerte Edward seine Faust auf den Tisch.

Vor einem knappen Jahr hatte Edward im Zuge erneuter Friedensverhandlungen seinen Verzicht auf den französischen Thron erklärt. Obwohl England aus den vergangenen Schlachten als Sieger hervorgegangen war, so war der Krieg doch für beide Seiten kostspielig und nervenaufreibend. Franzosen wie Engländer waren froh über den vorläufig ausgehandelten Waffenstillstand. Der erste seit mehr als zwanzig Jahren. Doch allen war bewusst, dass der Frieden an einem seidenen Faden hing. Eine Vermählung mit einer französischen Prinzessin würde nicht nur den Frieden nachhaltig sichern. Aus unzähligen Gesprächen am Hof hatte William aufgeschnappt, dass Nachkommen, die aus solch einer Verbindung entstehen, Englands Anspruch auf den französischen Thron gehörig bekräftigen würden.

Den Prinzen schien das allerdings nicht zu interessieren. Fassungslos hob er seine Hände über den Kopf. »Wie ich sehe, habt Ihr schon reichlich Erkundigungen einholen lassen. Über meinen Kopf hinweg? Wie überaus zuvorkommend von Euch!

Jedoch solltet Ihr bedenken, dass ich keine von ihnen zu heiraten gedenke! Ich bin immerhin der Thronerbe Englands und sollte doch wohl selbst – «

»Verdammt, dann benimm dich auch wie einer!«, schrie der König und fegte vor lauter Zorn die Messingfiguren von ihrer wohlgeordneten Position und beugte sich schnaubend über den Tisch. Das laute Scheppern hallte bedrohlich von den Wänden des Turmzimmers wider. Vater und Sohn sahen sich tief in die Augen.

Ruhig von einem zum anderen blickend, beendete Philippa die Stille. »Darf ich die Herren nun in Ihrer Raserei unterbrechen, ja? Mich würde interessieren, ob Lady Joan bereits weiß, dass du sie zu ehelichen gedenkst, mein Sohn.«

»Sicher, Mutter, sie weiß es und sie will.« Um Fassung ringend schaute er zu Boden. »Ich hätte sie bereits früher um ihre Hand gebeten, wäre auch ihre erste Ehe mit Holland vom Papst annulliert worden. Wir sind uns sehr zugeneigt, schon seit Längerem. Nun, da sie verwitwet ist und ihre Trauerzeit dem Ende zugeht, will ich sie endlich zu meiner Frau nehmen.«

Gebannt schaute William zu ihrem Vater hinüber.

»Dem Ende zugeht?«, prustete dieser bedrohlich. »Ihr Mann ist erst vor vier Monaten verschieden!«

Ed drehte sich betont langsam zu ihrem Vater um. »Ich werde sie mit oder ohne Euer Einverständnis heiraten, doch mit wäre mir lieber.«

William beobachtete, wie des Königs Blick zu Philippa wanderte und schließlich auf ihm hängen blieb. Seine Miene schien undurchdringlich.

»Factum fieri infectum non potest.«

Joan blickte andächtig auf und musterte ihr Gegenüber. Er trug Kleidung aus feinster schwarzer Seide. Das schulterlange dunkle Haar hatte er ordentlich hinter die Ohren gestrichen und seinen Bart frisch stutzen lassen. Aufrecht und stolz stand er neben ihr und hielt ihre Rechte in seiner großen Linken fest. Ihr Blick wanderte zu seinen warmen Augen. Unwillkürlich musste sie an die Worte der alten Wahrsagerin denken: »Euer dritter Mann wird Eurer wahren Liebe Ziel sein.« Ein wissendes Lächeln umspielte ihre Mundwinkel: Endlich war sie angekommen! Wispernd übersetzte Joan seine Worte: »Geschehenes kann nicht –«

» – ungeschehen gemacht werden«, beendete der ganz in Schwarz gehüllte Prinz ihren Satz. Sanft drückte er Joan an sich und küsste sie ungeniert vor dem Pater auf ihre kirschroten Lippen.

Vernehmlich räusperte sich Gemma im Hintergrund.

»Amen«, murmelte Pater Anselm, schlug das Kreuz und entließ das frisch vermählte Paar damit.

Es klopfte laut und die Tür zu Joans Kammer wurde schwungvoll von einem Pagen geöffnet. Mit langen Schritten kam der König herein. Mit einem Wink in die Richtung des Pagen ließ er die Tür von außen schließen. Joan hatte im vordersten Sessel am Kamin gesessen und sich die Zeit mit Sticken verdingt. Ruhig legte sie die Nadeln beiseite und richtete sich auf, um vor Edward zu knicksen.

»Lass uns allein«, sagte Edward zu Gemma, die vor der Fensterbank gesessen und Wäsche gefaltet hatte, ohne sie auch nur eines Blickes zu würdigen.

Gemma knickste tief und verschwand in die angrenzende Schlafkammer. Kaum hörbar schloss sie die Tür hinter sich.

Unwirsch hieß er Joan, sich aufzurichten, und trat unruhig vor den Kamin. Eine Weile stand er reglos da, die Hände auf dem Rücken verschränkt. »Ihr gedenkt also, Unseren Erben zu heiraten, ja?«

»Sire, Euer Sohn und ich haben seit langem Gefallen aneinander gefunden. Uns ist bewusst, dass Ihr uns nicht verstehen werdet.« Joan schritt zum Fenster und schlang die Arme um ihre Taille.

»Dass Wir es nicht verstehen?« Er wirbelte herum und packte sie bei den Armen. »Herrgott, Joan! Es geht hier nicht um dein und Eds Liebesglück! Es geht um das Wohl Englands. Nichts weiter sollte ihn interessieren! Und was macht er stattdessen? Lässt sich von einem ehrgeizigen Weibsstück die Sinne vernebeln!«

Sie entwand sich seinem Griff und verpasste ihm eine harte Ohrfeige. Verwundert schaute er sie an.

»Du solltest dir genau überlegen, was du sagst.« Rote Flecken hatten sich auf ihren Wangen gebildet. Erzürnt glommen ihre Augen auf.

Etwas ratlos stand er vor ihr und strich sich über den immer noch tiefschwarzen Bart an Kinn und Wangen. Trotz seiner fast fünfzig Jahre, die König Edward inzwischen zählte, bot er immer noch einen stattlichen Anblick. »Wie stellst du dir das denn vor, meine Liebe? Was glaubst du, was ich tun soll? Soll ich als König von Gottesgnaden einfach zustimmen, dass eine bereits zweimal vermählte, obendrein ältere Frau den Thronfolger Englands ehelicht? Die mir zudem einen Bastard geschenkt hat? Soll ich zustimmen, dass sie nun den Halbbruder ihres Sohnes heiratet?« Kopfschüttelnd betrachtete er sie.

»Glaubst du etwa, ich habe mich damals selbst in dein Bett gelegt? Glaubst du etwa, ich habe es darauf angelegt, deinen Bastard auszutragen? Glaubst du das wirklich?«

»Joan, ich – « Sie schnitt ihm das Wort ab.

»Und du hast es erfasst: Ich war bereits verheiratet. Allerdings solltest du in deiner grandiosen Aufzählung nicht die Tatsache unterschlagen, dass die zweite Ehe mit Montague vom Papst rückwirkend aufgelöst worden ist. Und ja, ich habe meinem Mann Thomas Holland – Gott hab ihn selig – fünf Kinder geschenkt. Und auch dir habe ich einen Sohn geboren. William ist der lebendige Beweis dafür, dass du von Ed verlangst, wozu du selbst nicht fähig warst.« Sie holte tief Luft und fuhr fort: »Ich bin nun einunddreißig Jahre alt, bereits verwitwet und Zeit meines Lebens der Spielball adliger Herrschaften gewesen. Glaub nicht, ich wäre ein Schaf, nur weil ich eine Frau bin! Ich weiß sehr wohl, dass es mein Schicksal als Frau ist, mich dem Willen des edleren Geschlechts zu beugen. Und wenn du mich nun munter an einen deiner treuen Vasallen verschacherst, dann ist es von Gott gewollt, dass ich ihm einladend die Beine breit mache! Zum Wohle Englands!«

»Joan … Beruhige dich doch bitte!« Er umfasste ihre Arme wieder, dieses Mal sanfter. »So habe ich das nicht gemeint. Ich würde dich nicht mit einem meiner Vasallen verheiraten. Du könntest hier am Hof bleiben und dir selbst einen Ehemann deiner Wahl suchen. Oder auch gar nicht mehr heiraten.«

»Um dir dann nachts das Bett zu wärmen?« Joan schnaubte

verächtlich.

»Nun hör aber auf!«

»Nein, Edward. Ich habe genug von diesen Spielchen. Denkst du im Ernst, dein Sohn würde an dich herantreten, wenn es hier um eine bloße Schwärmerei gehen würde? Dann kennst du deinen Sohn aber schlecht, scheint mir. Und falls es dir entfallen sein sollte, auch in meinen Adern fließt königliches Blut. Ich bin seiner also würdig.«

»Das ist auch alles schön und gut, meine Liebe, doch seit wann werden Ehen aus Liebe geschlossen, und das in unserer Position? Ed ist es England und der Krone als Thronerbe schuldig, eine Prinzessin vom Festland zu heiraten. Auch wenn zwischen uns und Frankreich gerade Waffenstillstand herrscht, wäre eine politisch motivierte Ehe das, was wir so dringend bräuchten, um den elenden Krieg für uns zu entscheiden!«

»Dafür ist es jetzt wohl zu spät.«

Entgeistert schaute der König auf ihre schmale Taille herab und zog die Augenbrauen in die Höhe.

Nun war es an ihr, den Kopf zu schütteln. »Um dir gleich den Wind aus den Segeln zu nehmen, dein Sohn ist ein Ehrenmann und begehrt nicht nur meine fleischliche Hülle.« Verächtlich funkelte sie ihn an. »Es ist zu spät für jegliche Einwände, da wir gestern Nacht im Angesicht des heiligen Herrn den Bund der Ehe eingegangen sind.«

Ruckartig ließ er ihre Arme los und zog scharf die vom Kamin erwärmte Luft ein. »Das habt ihr nicht gewagt!« Seine Stimme war bedrohlich leise.

»Doch. Dein Sohn und ich lieben uns.«

Kochend vor Wut trat er gegen den von Gemma fein

säuberlich zusammengelegten Wäschestapel, hob eins der Kleidungsstücke auf und warf es laut schnaubend quer durch den Raum. »Mit heimlichen Eheschließungen kennst du dich inzwischen recht gut aus, ja?«, fragte er sie schneidend.

Joan ließ die Frage unbeantwortet und betrachtete ihn ruhig. Als sich der König von ihr abwandte und die Hände am Fenstersims abstützte, richtete sie das Wort wieder an ihn. »Wir konnten einfach nicht anders, Sire. Wir wären eingegangen ohne einander. Und wir wissen, dass wir die Krone mit unserem ungehorsamen Verhalten in eine missliche Lage gebracht haben. Doch wer, wenn nicht Ihr, kann Entscheidungen treffen, ohne dass das Wohl Englands darunter zu leiden hätte? Ihr seid der König von England, König von Gottes Gnaden, auserwählt, das Schicksal des Landes zu bestimmen. Euer Sohn und ich vertrauen auf Euren Großmut und Eure Milde, Sire.«

Am Tag des heiligen Paulinus fand schließlich die offizielle Trauung von Ed und Joan in der St. George Kapelle in Windsor Castle statt. Es sollte ein unvergessliches Ereignis werden. William, mit der Königsfamilie in der ersten Reihe sitzend, lauschte fasziniert den beiden Ehegelöbnissen. Er fand, dass sie ein schönes Paar abgaben. Joan trug ein dunkelrotes Samtkleid, das mit vielen kleinen und großen Perlen bestickt war. In ihrem unter einem Schleier bedeckten Haar war eine blühende Rosenblüte befestigt. Ihre Augen strahlten. Ed, der kaum seine Augen von seiner Braut lassen konnte, trug ein schwarzes Gewand, das an den Säumen goldverziert war.

Das anschließende Festmahl wurde groß und prunkvoll und überragte Williams gesamte Vorstellungen. So vorzügliches

Essen, so verzaubernde Musik und so viele Menschen hatte er noch nicht zu Gesicht bekommen. Und er war nicht der Einzige. Selbst sein Halbbruder John, dessen Hochzeit mit Blanche ebenfalls ein rauschendes Fest gewesen war, war sichtlich erstaunt und begeistert von dem, was ihm geboten wurde. Nicht lange nachdem die vielen Gänge serviert wurden, eröffnete der anwesende Sänger die Tanzfläche. Der erste Tanz gehörte wie immer dem Kronprinzen. Und so manch einer, der schon vor mehr als zehn Jahren am Hof des Königs anwesend war, fühlte sich an den ersten Tanz von Joan und Ed erinnert. Der König tat dies definitiv. Wie damals geleitete der Prinz Joan in die Mitte des Saals. Stolz, ehrerbietig und jetzt auch vor Freude strahlend.

Bald schon mussten die geladenen Gäste ohne das Brautpaar auskommen. Kurz nach dem Tanz zogen sich beide zurück. Einzeln und nacheinander, doch dass beide dasselbe Ziel hatten, das lag in der Luft. Aus späteren Erzählungen eines Küchenjungen schnappte William auf, dass Joan das Brautbett der beiden passend zu ihrem Kleid mit rotem Samt hatte beziehen lassen. Als Ed das Schlafgemach betrat, soll sie sich bereits darauf drapiert haben, mit vielen silbernen Straußenfedern bedeckt. Passen würde es, dachte William achselzuckend, denn Strauß war eines der Hauptgerichte.

Ein paar Monate nach der Vermählung von Joan und Ed ernannte der König seinen Sohn zum I. Duke of Aquitaine. Kurz darauf entschied das Paar sich mit ihrem Haushalt im Herzogtum Guyenne in Südfrankreich niederzulassen. Am Hof ging das Gerücht umher, dass der Prinz den verliehenen Titel hinterfragt haben soll, ob es ein verspätetes Hochzeitsgeschenk darstellen sollte oder ob der König es womöglich nicht mit ansehen konnte, wie glücklich beide waren. In dem Punkt war sich William nicht sicher, was er glauben sollte. Seit dem heftigen Streit von seinem Vater und Halbbruder hatte es immer wieder kleinere Streitereien zwischen ihnen gegeben, die auch John nicht zu schlichten vermochte.

Als letzte Etappe, bevor sie auf das Festland übersetzen würden, steuerten die frisch Vermählten Windsor Castle an. Zum Abschied waren auch seine Halbbrüder Edmund und John mit Gefolge gekommen und so wurde es wieder einmal voll in der großen Halle. William, der unweit des Prinzenpaares Platz genommen hatte, schaute sich in der Halle um. Sein Blick blieb auf Ed hängen. Aufrecht und stolz saß er neben seiner Gemahlin und hielt ihre schmale Hand mit seiner Linken fest umschlossen. William fand, er hatte auch jedes Recht, stolz zu sein. Joan of Kent sah wirklich umwerfend aus. Ihre langen honigblonden Haare waren zu einem aufwändigen Zopf geflochten und hochgesteckt. Darüber fiel ein dünner cremeweißer Schleier. Vereinzelt hatten sich hier und da ein paar Strähnen gelöst und umrahmten ihr schmales Gesicht. Sein Blick wanderte zu ihren hellgrauen Augen und er bemerkte, dass sie ihn scheinbar ebenfalls musterte. Für kurze Zeit trafen sich ihre Blicke. Fast unmerklich schien sie ihn anzulächeln. Bevor er jedoch weiter darüber nachdenken konnte, was das zu bedeuten hatte, erregte die gedämpfte Unterhaltung neben ihm seine Aufmerksamkeit.

»–unlängst mit dem König darüber gesprochen«, raunte John seinem grauhaarigen Sitznachbarn zu.

»Entschuldigt meine Direktheit, aber der König wird immer unwilliger, Entscheidungen zu fällen, scheint mir. Sollte er noch länger warten, dann tut er dem Jungen damit keinen Gefallen!«

»Wenn der König, womit noch länger wartet, Mylords?« Die Worte waren aus William herausgeplatzt, ehe er sie zurückhalten konnte.

John schaute ihn prüfend an. »Wie alt bist du jetzt, Will?«

»Fast dreizehn!«

»Fast dreizehn«, wiederholte sein Halbbruder nickend und nippte versonnen an seinem Weinbecher. »Hättest du nicht Lust, in meinen Haushalt nach Lancashire zu kommen?«

Mit leuchtenden Augen strahlte William ihn an.

»Das deute ich als Ja. Mach dich bereit, kleiner Bruder, am St. Patrick's Day hole ich dich zu mir.«

ein energisches Klopfen riss Martha von den Briefen los. Hastig stopfte sie diese unter ihr Kopfkissen und antwortete: »Herein.«

Vollkommen aufgelöst kam Peggy in ihr Gemach gestürmt. »Du musst mir helfen, Martha!« Ihre rosafarbenen Röcke tanzten.

Martha stand auf und schloss leise die Tür hinter ihr. »Setz dich erst einmal und komm zur Ruhe.« Sie nahm die Kanne, die auf der Steinkante vor dem Kamin stand, zur Hand und schenkte ihr einen Becher vom warmen Bier ein.

Unter Tränen nahm Peggy einen Schluck zu sich und spuckte ihn sogleich wieder in den Becher. Verwundert zog Martha eine Augenbraue in die Höhe und probierte das Bier aus ihrem Becher. Es war tadellos. »Was ist los, Peggy? Was hat dich so in Aufruhr versetzt?«

»Ich bekomme meine Monatsblutung nicht mehr, das ist los!« Sie schrie fast und umklammerte den warmen Becher in ihren Händen krampfhaft.

»Oh.«

»Ich weiß nicht, was ich jetzt tun soll. Sie wird mich in den Tower werfen und dort verrotten lassen!« Mit ›sie‹ war die Königin gemeint.

»Weißt du denn, wer der Vater des Ungeborenen ist?«

»Natürlich weiß ich das!«, zischte sie erbost über die unausgesprochene Unterstellung. Schluchzend wiegte sie sich auf dem gepolsterten Sessel langsam vor und zurück. »Lord Devereux«, hauchte sie kaum hörbar.

Das machte die Sache nicht besser. Martha schritt vor dem Kamin auf und ab und dachte nach.

»Gestern Abend bin ich zu ihm gegangen. Er hat mich ausgelacht und gefragt, ob ich glauben würde, dass er mich nun zur Frau nehmen würde. Ihn würden meine Probleme nicht interessieren, er hätte ganz andere Dinge, um die er sich kümmern müsse. Ich solle selbst schauen, wie ich da wieder rauskomme.« Ihr Schluchzen wurde heftiger.

Martha blieb vor dem Kamin stehen und nahm ihre Freundin in Augenschein. Mit ihren hellbraunen, locker geflochtenen Haaren und den noch mädchenhaften Rundungen sah sie recht hübsch aus, stellte Martha fest. Peggy, die vor knapp sechs Monaten an den Hof gekommen war, war ungefähr ein Jahr älter als sie. Trotzdem kam sich Martha sichtlich reifer vor. »Ich kann mir gut vorstellen, dass er sich keinen Bastard ans Bein binden lassen will.« Bei dem Wort ›Bastard‹ fing Peggy an zu wimmern. Martha versuchte, die verquere Lage pragmatisch zu betrachten. »Seit wann genau ist deine Blutung ausgeblieben?«

Peggy schien nachzurechnen und sagte schließlich: »Seit ungefähr acht Wochen.«

»Dann bist du jetzt im dritten Monat.« Martha ging weiter auf und ab.

»Kannst du nicht noch einmal mit ihm sprechen? Oder mit der Königin?« Peggy klang verzweifelt.

»Und was soll ich ihr sagen? Dass du dich ihm hingegeben hast und nun sein Kind unter dem Herzen trägst? Ich denke nicht, dass du damit bekommst, was du dir wünscht. Du weißt genau, was sie tun würde.« An ihren ersten Tagen am Hof hatten ihr die anderen Mädchen erzählt, dass die Affären der Zofen bisher immer aufgeflogen sind. Die einen wurden schwanger, die anderen in flagranti erwischt. Mit solch einem Ungehorsam hatten alle den unwiderruflichen Zorn der Königin auf sich gezogen, saßen im Tower oder waren auf Lebzeiten vom Hof verbannt.

»Und wenn ich sage, dass er mir die Ehe versprochen hat?«

»Hat er das denn?«

»Nicht direkt«, wich sie aus.

»Denk doch an dein Seelenheil, Peggy!«

Peggy begann wieder zu schluchzen.

»Gut, in Ordnung. Ich schaue was ich machen kann. Doch wir brauchen einen Plan B. Was ist mit Lord Coldwell?«

Peggy schien in sich zusammen zu sinken.

Lord Coldwell war einer von Cecils Sekretären und schon gut betagt. Martha schätzte ihn auf Mitte vierzig. Seit längerem machte er Peggy den Hof, doch diese hatte seine Anfragen bei der Königin bisher vereitelt. »Wir müssen pragmatisch denken! Lord Coldwell hat eine gute Stellung und kann dir somit ein angenehmes Leben bieten. Sollte er nach wie vor interessiert an dir sein – seinen Blicken nach zu urteilen, ja – kannst du dein Unglück noch abwenden.«

»Aber wie denn? Wer will schon ein schwangeres, ehrloses Weib wie mich zur Frau?«

Martha kniete sich vor Peggy hin und legte ihre Hände um die ihren, die trotz des wärmenden Bechers eiskalt waren. »Natürlich würde er nichts von deiner Schwangerschaft erfahren. Wir müssen es nur geschickt anstellen. Mach ihm schöne Augen und bitte deinen Vater um eine Vermählung mit ihm.«

Erneut liefen Peggy die Tränen über die Wangen.

Martha nickte verständnisvoll. Coldwell war wirklich kein Mann, der die Herzen von Mädchen beflügelte. »Sieh ihn als einen netten Onkel, vielleicht fällt es dir dann leichter. Eine andere Lösung fällt mir nicht ein, Peggy.«

»Ich könnte auch zu einer Engelsmacherin gehen. Das würde mir einiges Leid ersparen.«

»Peggy! So darfst du nicht einmal nur denken! Das ist gottlos! Schalte deinen hübschen Kopf ein.«

»Du hast keine Ahnung, wie Lord Devereux sein kann, Martha! Er ist so einfühlsam, so zärtlich und liebevoll. Ich liebe ihn!«

Als würde das jetzt noch eine Rolle spielen, dachte Martha. Sie wusste sehr wohl, wie Devereux sein konnte. Nicht nur einmal hatte er ihr aufgelauert und ihr mit Komplimenten den Kopf verdrehen wollen. Er war ihr näher gekommen, als es Anstand und Moral zugelassen hätten. Es war unmissverständlich, welche Intentionen er hatte. Ihr Glück, dass ihre Großmutter sie vor ihrem Umzug an den Hof eingehend vor Devereux gewarnt hatte. Sein Ruf war ihm voraus, wenn auch die Königin nichts darauf gab. Mitleidig sah sie Peggy an. »Dann schlag ihn dir aus dem Kopf, meine Liebe. Ich werde probieren, mit der Königin zu sprechen, aber stell dich darauf ein, dass sie es nicht zulässt, dass er dich zur Frau nimmt! Ich glaube nicht, dass sie ihn so schnell ziehen lässt, wenn man bedenkt, wie kurz der Tod von Dudley her ist. Sie klammert sich an Devereux. Coldwell ist vielleicht keine ansehnliche Partie, aber eine sichere. Immerhin besser als der kalte und rattenverseuchte Tower.«

Das erste Mal schaute Peggy Martha wieder in die Augen. Sie atmete ein und erwiderte kraftlos: »Du hast recht.«

Martha fischte ihr Taschentuch aus dem breiten Ärmel ihres Kleides und trocknete Peggys tränennasses Gesicht. »Ich werde gleich heute Abend versuchen, mit der Königin zu sprechen. Sollte sie es ablehnen, kann dein Vater mit Coldwell verhandeln und ihr seine Bitte vortragen.«

Peggy nickte verzweifelt.

»Geh jetzt in dein Gemach, wasch dir dein Gesicht und ruh dich aus. Stress ist in deinem Zustand nicht gut.«

Peggy nickte. »Danke, Martha. Du bist ein Engel.« Peggy stand auf und küsste sie auf die Wange. Martha drückte ihre Hände und begleitete sie zur Tür. Die Hand auf dem Türknauf verweilend, schloss ihre Freundin die Augen, atmete zweimal kräftig durch und schritt auf den Korridor hinaus.

»Es wird alles gut. Du wirst sehen!« raunte Martha ihrer Freundin zu.

Peggy lächelte zart und mit einem angedeuteten Kopfnicken ging sie in Richtung ihres Gemachs. Eine Weile schaute Martha ihr gedankenverloren nach, schloss dann die Tür und lehnte sich gegen das dunkelgebeizte Holz. Devereux war wirklich ein Schuft, dass er die naive Peggy einfach so mit ihren Problemen allein ließ. Sie wollte nicht mit ihr tauschen. Sie fragte sich, ob sie jemals in so eine Situation kommen könnte, doch verneinte sich die Frage sofort. Dafür war sie zu sehr ein Kopfmensch. »Es gibt zwei Arten von Menschen«, hatte ihre Großmutter immer gepflegt zu sagen, »Kopfmenschen, die sich ihrem Handeln zu jeder Zeit bewusst sind, und Bauchmenschen, die sich jeder Situation mit Haut und Haar hingeben.« Sie gehörte zu den Ersteren, Peggy anscheinend zu Letzteren. Auch wenn Martha gerne und leidenschaftlich aussprach, was sie dachte, ohne über mögliche Konsequenzen nachzudenken, konnte sie ihre Lage grundsätzlich überblicken und einschätzen. Seufzend griff sie nach ihrem Becher und schenkte sich von dem heißen Bier nach. König Edward hätte anders gehandelt, so viel wusste sie, was für ein Edelmann, überlegte sie schmachtend. Ein Mann, der zu seinen Taten stand, sie fragte sich, ob es sowas heutzutage noch gab. Nachdenklich ging sie mit dem Becher in der Hand zum Bett und setzte sich. Etwas ratlos fuhr sie sich mit der Hand durchs Gesicht und atmete tief aus. Sie musste es klug anstellen, in der delikaten Angelegenheit mit der Königin zu sprechen, ohne gleich abgeschmettert zu werden.

Ein paar Stunden später am Abend hatte sich Martha in Elizabeths Gesellschaft begeben. Die Königin liebte es, mit ihren Zofen und Höflingen Schach oder Karten zu spielen, sie war es nie müde, ganz gleich, wie oft sie gewann. Natürlich wollte sie würdige Gegner und kein leichtes Spiel. Sie mochte die Spannung und doch war sie deutlich lieber die Gewinnerin als Verliererin. Wenige hatten so wie Martha den Mumm, die Königin verlieren zu lassen. Doch heute legte sie es darauf an, die Königin nicht zu verstimmen, sie sollte für ihr Vorhaben bei guter Laune bleiben. Und so verschenkte sie ihre Chance beim Schach und ließ sich schachmatt setzen.

»Du wirst nachlässig, meine Liebe!«, gängelte Elizabeth sie.

Martha heuchelte Enttäuschung vor. »Heute scheint nicht mein Tag zu sein. Ich denke, ich brauche wieder mehr Trainingsstunden, um von dir zu lernen!«

Elizabeth machte eine wegwerfende Handbewegung und kicherte mädchenhaft. »Ach, meine liebe Martha, was täte ich nur ohne dich unter all den Hühnern?«

Da sah Martha ihre Chance gekommen. »Wo wir von den anderen Zofen sprechen, ich glaube, unsere Peggy würde gerne den Bund der Ehe eingehen.«

Elizabeth verzog das Gesicht zu einer Grimasse. »Ach, ist dem so?« Ihr Ton veränderte sich schlagartig.

Ein Gefühl in der Magengegend riet Martha, Vorsicht walten zu lassen. Sie strich den Versuch, Devereux überhaupt zu erwähnen. Fieberhaft dachte sie nach. »Ich schätze, dass Lord Coldwell ein Auge auf unsere Peggy geworfen hat.«

»Dieser Tattergreis? Wie alt wird er sein? Vierzig oder fünfzig?«

Darauf wusste Martha nichts zu erwidern.

»Außerdem ist unsere Peggy gerade erst an den Hof gekommen. Ich erfreue mich an ihrer Anwesenheit und damit basta. Ich gedenke, keine von meinen Zofen zu verheiraten. Obwohl ich zugeben muss, dass mir eine gewisse Verbindung schon länger vorschwebt.« Während sie sprach, taxierte sie Devereux und sprach diesen an. »Dir ist bewusst, dass du ab morgen eine Bartsteuer zahlen müsstest, mein Lieber?«

Der Angesprochene strich sich mit einer Hand über seinen Stoppelbart, der ihm ein verwegenes Aussehen verlieh. »Euch entgeht auch nichts, Eure Exzellenz! Ich werde ihn heute Abend noch stutzen lassen, wenn ich Euch dann besser gefalle.« Er setzte sein charmantestes Lächeln auf und Elizabeth blickte zufrieden zu Martha.

Verwirrt versuchte sie, Elizabeths Gedankengänge nachzuvollziehen. »Ich verstehe nicht recht…«

»Oh, du verstehst sehr gut, Liebes. Ich könnte dich niemals unter Wert hergeben und wer wäre eine bessere Partie als

Devereux?«

»Niemand«, hauchte Martha und versuchte krampfhaft, ihre aufkommenden Tränen wegzublinzeln.

»Der Gute braucht demnächst einen Erben, das kann ich leider nicht mehr lange hinauszögern. Bei seinem Stiefvater hat es ja auch nicht funktioniert. Verstehe jemand diese Männer!« Ein Funkeln in ihren Augen verriet ihre immer noch währende Kränkung über die heimliche Eheschließung ihres Jugendfreundes Dudley. Mit einer energischen Handbewegung verscheuchte sie die Dämonen der Vergangenheit und fuhr mit hochgezogenen Augenbrauen fort: »Devereux hat bereits vor Monaten bei mir um deine Hand angehalten. Erst war es mir unbegreiflich, doch dann ist mir der Gedanke gekommen, dass er so ja quasi in unsere Familie einheiraten würde, nicht wahr, meine Liebe? Welch bessere Wahl könnte er also treffen?« Bei ihren letzten Worten senkte sie ihre Stimme zu einem kaum hörbaren Flüsterton. »Ich denke, ich kann mich mit der Vorstellung sehr gut anfreunden! Doch müsstest du mir versprechen, mich häufig am Hof besuchen zu kommen! Na, aber wie dem auch sei, das ist kein Thema, was ich mit dir weiter erörtern werde. Die Einzelheiten werde ich mit Lord Devereux besprechen.« Mit einer entschiedenen Geste erklärte sie das Thema für beendet und bemerkte nicht, dass Martha jegliche Farbe aus dem Gesicht gewichen war und sie, wie versteinert neben ihr saß. »Eine Partie Karten?«

Anno Domini 1366

»Ad infinitum.«
Bis ins Unendliche.

London, März 1366

*R*uhig, ganz ruhig, Hector.« Tätschelnd versuchte William seinen Rappen zu besänftigen, dessen Fell in der untergehenden Sonne silbern glänzte.

William hatte Hector letztes Jahr von seinem Vater zum Geburtstag bekommen. Das Vollblut kam aus der Zucht mit Ferox, von dem er ohne Zweifel das Temperament und das Feuer geerbt hatte. Nur wenigen war es anfangs gelungen, lange auf seinem Rücken zu bleiben, und auch William war einige Male unsanft auf seinem Hosenboden gelandet. Er hatte einen langen Atem vorweisen müssen bis Hector aufhörte zu buckeln und ihn auf sich akzeptierte. Als besonders vorteilhaft erwies sich dabei Pepin, der Pferde ausnahmslos liebte. Bereits bei seinem Pony hatte er seine beruhigende Wirkung bemerkt und so hatte er ihn jeden Tag mit in die Stallungen genommen. Pepin verbesserte ihre Beziehung zueinander merklich. Langsam, aber stetig hatte Hector angefangen, ihm Stück für Stück zu vertrauen. Mit viel Geduld wurde der Vierjährige schlussendlich zahm wie ein Lämmchen. Er behielt zwar sein nervöses Naturell, gehorchte William jedoch verlässlich.

Nachdenklich fuhr sich William mit einer Hand durch seine kinnlangen schwarzen Locken. Eine Angewohnheit, die er von seinem Vater übernommen hatte. So Gott wollte, würde Hector schon bald auf dem Schlachtfeld auf die Probe gestellt werden. Dort würde aber nicht nur Hector beweisen können, was er gelernt hatte, sondern auch er. Und es war ihm ein inneres Bedürfnis sich auf dem Schlachtfeld einen Namen zu machen. Er wollte nicht mehr bloß der Bastard des Königs sein, vielmehr wollte er allen zeigen, dass seine Stellung am Hof nicht unverdient war. Er wollte sich Respekt und Achtung verdienen und dafür arbeitete er hart. Es verging kaum ein Tag, an dem er sich nicht mit Rob im Schwertkampf übte. Selten war er mit sich und seiner Leistung zufrieden. Doch er vertrat auch die Ansicht, dass Zufriedenheit Stillstand bedeutete und das konnte er sich nicht leisten. Vor allem als Sohn des Königs durfte er sich keinerlei Schwächen erlauben. Seine Brüder hatten schon in jungen Jahren ihr Können unter Beweis stellen müssen. Ed erzielte in Williams Alter seine ersten militärischen Erfolge auf dem Schlachtfeld. Er galt gemeinhin als kluger Stratege. John erhielt mit fünfzehn seinen Ritterschlag und mit neunzehn Jahren befehligte er seine eigenen Truppen im Kampf gegen die Franzosen, unter der Führung von Ed. William war fasziniert von ihren unzähligen Heldentaten und fieberte dem Tag seines eigenen Ritterschlags entgegen, der in einigen Monaten endlich stattfinden sollte.

»Geduld ist bekanntlich eine Tugend, die es zu üben lohnt«, hätte ihm Harry in diesem Moment wahrscheinlich belehrend zugeraunt. Harry war wahrlich der Belesenste unter ihnen und unumstritten ein kluger Kopf. Seine weichen Gesichtszüge täuschten über seinen messerscharfen Verstand hinweg.

Schmunzelnd betrachtete William die hohe, schlanke Statur des Älteren. Man könnte fast meinen, dass er ein wenig ungelenk auf seinem Pferd aussah, doch eben nur fast.

Die Zügel kurz nehmend, schloss er zu Rob und Harry auf, und drängte sich mit ihnen durch die dichten Menschenmassen Londons. Es war ein verhältnismäßig kühler Tag, weshalb sich die beißenden Gerüche nach ungewaschenen Leibern, Fäkalien und Rauch der Schmiedefeuer in Grenzen hielten. An heißen

Sommertagen, wusste er aus leidvoller Erfahrung, sollte man London tunlichst meiden. Unabhängig davon war die Stadt auch für ihren Wankelmut berüchtigt. Seit jeher war es für die Königsfamilie von Bedeutung, dass sie sich mit London gut stellten. Das eindrucksvollste Ereignis, das dies begünstigen sollte, war die Hochzeit von Williams Halbbruder John und Harrys Halbschwester Blanche, erinnerte er sich. Die ganze Stadt hatte sich im Ausnahmezustand befunden. Aus ganz England und Umgebung waren die verschiedensten Schichten der Gesellschaft zusammengekommen: Könige samt Gefolge aus Edelmännern und -frauen; Gaukler, Spielleute, Scharlatane, Händler, Bettler, Diebe und Huren. Und auch aus den niederen Schichten schienen einige vom Festland gekommen zu sein. William hatte das Gefühl, als wäre es erst gestern gewesen, als er mit dem Gefolge seines Vaters durch die Stadt ritt und die teils fremdartigen und auch fremdländischen Menschen mit großer Neugier bestaunen konnte. Eine Woche lang wurde zu Ehren des Brautpaares ein Turnier vor den Toren Londons veranstaltet. Es wurden große Tribünen für die Zuschauer errichtet, eine Zeltstadt für die Teilnehmer und ein Markt, der für das leibliche Wohl diente. Und obwohl das Wetter nicht ganz mitspielte, wurde es ein packendes Turnier. Es wurde sich im Kampf mit dem Schwert und der Lanze gemessen. Viele junge Ritter versuchten ihr Glück im Turnierkampf, um ihrem Namen Ehre zu bereiten oder auch um den Töchtern des Königs und anderen edlen Damen schöne Augen zu machen. Zudem traten die Stadtväter Londons an, so wollte es der Brauch, auch wenn diese kaum bis gar keine Übung im Umgang in den Disziplinen hatten. Alles, was Rang und Namen besaß, hatte sich blicken lassen. Und zum Schluss schien es, als hätten die Stadtväter Londons das Turnier gewonnen. Die Bürger hatten sich Freude jubelnd von der Tribüne erhoben und applaudierten den Siegern. Als die Stadtväter zur Ehrung vor dem König schließlich von den Rössern stiegen und langsam ihre Helme abnahmen, hatte London sprichwörtlich den Atem angehalten: Nicht die Stadtväter waren zum Turnier angetreten, sondern die Söhne des Königs. Seine Halbbrüder, die Prinzen Ed, Lionel, John und Edmund hatten im Namen Londons gekämpft und gesiegt. Den Zuschauern zugewandt, hatten die vier respektvoll ihre Häupter gesenkt und »Für London!« gerufen. Hatte die Stadt vorher gejubelt, glaubte man ab da, die Tribüne würde entzweibrechen, so sehr feierte das Publikum das Spektakel. Die Menschen hatten zu tanzen begonnen und die Namen der Prinzen gerufen. Die Euphorie hatte damals noch für Wochen angehalten.

Trotzdem hatte William Mühe mit dieser altehrwürdigen Stadt und seinen Bewohnern warm zu werden. Nach Harry Gesichtsausdruck zu urteilen, ging es ihm nicht anders. Nur mit Glück verfehlte sie der Inhalt eines Nachttopf, der achtlos aus einem Fenster geschüttet wurde. Angewidert hielt sich sein Freund den Ärmel vor die Nase und blickte stur geradeaus.

Mit seiner souveränen Erscheinung wirkte Harry seltsam fehl in dem verruchten Viertel, in dem sie sich inzwischen befanden. Rob hingegen hätte sich rein äußerlich gesehen gut unter die Bürger Londons mischen können. Zwar war Rob einen halben Fuß kleiner als er, beeindruckte jedoch durch seine breiten Schultern. Seine schiefe Nase zeugte von mindestens einer Schlägerei und verlieh ihm in Kombination mit seinem markanten Kinn etwas Verwegenes. William wusste, nichts anderes wollte Rob ausstrahlen, vor allem um die Damenwelt zu beeindrucken. Manchmal wusste er nicht recht, ob er über seinen Freund den Kopf schütteln oder in Lachen ausbrechen sollte.

»Wieso genau müssen wir Chaucer nochmal hier treffen?« Harry bemühte sich nicht einmal sein Unverständnis über ihren gewählten Treffpunkt zu verbergen.

»Weil Chaucer heute erst vom Festland gekommen ist und uns nicht einfach so auf offener Straßen begegnen kann«, entgegnete Rob.

Bei Chaucer handelte es sich um einen Kundschafter und Diplomaten, der im Auftrag von John, in Erfahrung bringen sollte, ob die Gerüchte um die kastilische Krone stimmten. Es galt herauszufinden, ob England mit politischem Geschick einen Verbündeten gegen Frankreich gewinnen konnte und wenn ja, welche Schritte folgen mussten. Das Trio hatten sich angeboten, die Depesche von Chaucer entgegenzunehmen und sie anschließend sicher an den Hof zu bringen.

»Hinter der nächsten Biegung müssten wir schon da sein«, versuchte William seinen Freund aufzumuntern. Und er sollte recht behalten. Nach der Biegung tauchte vor ihnen ein altes Fachwerkhaus auf, auf dessen Schild in verblasster Schrift »Gasthaus zum goldenen Hirsch« zu entziffern war. Die Fenster zur Straße hin waren klein und schmutzig. Auch sonst wirkte es nicht besonders einladend, weshalb es bestens für ihre Unterredung geeignet war.

Nachdem sie ihre Pferde in die anliegenden Ställe gebracht hatten und sie dort einigermaßen gut versorgt wussten, betraten sie die schummrige Gaststube. Der Geruch nach angebranntem Fleisch, der sich mit den Ausdünstungen der Gäste mischte, schien William die Sinne zu vernebeln. Er brauchte einen Moment bis sich seine Augen an die Umgebung gewöhnt hatten. Harry hatte unterdessen einen kleinen runden Tisch in der dunkelsten Ecke ausgemacht und führte sie zielstrebig durch die Stube.

»Was trinkst du, Will?«, wollte Rob ungeduldig von ihm wissen, während er die Bedienung mit einem Handzeichen auf sich aufmerksam machte.

»Ale, einen Becher Ale«, antwortete er zerstreut. Zu dem Ale bestellten die drei zusätzlich etwas Brot und Käse, was sie hinterher jedoch bereuten. Das Brot war steinhart und der Käse hatte seine besten Tage bereits hinter sich.

Mürrisch rief Rob die Bedienung wieder zurück. Die schmächtige Frau schaute ihn fragend an. »Etwas nicht in Ordnung?« Ihre Stimme besaß mehr Festigkeit, als William ihr aufgrund ihrer Erscheinung zugetraut hätte.

»Bei König Artus' Eiern! Das fragst du noch? Diesen Fraß könntest du ja nicht mal mehr den Bettlern auftischen!«

Naserümpfend erwiderte die Frau bloß: »Wenn's Euch nicht passt, mein edler Herr, dann geht halt woanders hin!«

Nur mit Mühe hielt William Rob fest, der tatsächlich Anstalten zum Gehen machte.

»Rob! Wir hatten vereinbart, nicht aufzufallen! Wird dir das wenigstens einmal gelingen?« Harrys Blick war streng, als er seinem erbosten Freund den Krug Ale hinschob. »Hier, vielleicht besänftigt dich ja das Bier.«

Mürrisch nahm der Gescholtene einen kräftigen Schluck und schaute finster hinter der Frau her.

»Euer Freund hat recht, es ist nie verkehrt, unauffällig zu

bleiben.« Ein beleibter Mann trat an ihren Tisch. »Darf ich mich vorstellen? Chaucer. Geoffrey Chaucer. Ich bin Lancasters Mann.« Eine Verbeugung andeutend, sah er jedem einzelnen freundlich in die Augen.

Sie erwiderten seine Begrüßung erfreut und rückten auf der Holzbank näher zusammen.

»Es scheint nicht das erste Mal zu sein, dass Euch Eure Leidenschaft übermannt?« Mit einem Finger deutete Chaucer auf die frische verheilte Narbe oberhalb Robs linker Augenbraue.

Harry glockste. »Schön, dass zur Abwechslung nicht nur mir das auffällt.«

Rob ignorierte die Spitze. »Die Narbe stammt von einem kleinen Hinterhalt.«

Chaucers Augen begannen vor Neugierde zu leuchten. »Sprecht ruhig unverblümt. Wir sind hier doch unter uns.« Er unterbrach sich und ließ seinen Blick durch den Raum schweifen. »Wir sollten eh warten bis es ein wenig voller geworden ist, so können wir sicher gehen, dass man unsere Gespräche nicht belauschen kann.«

Gleichgültig zuckte Rob mit den Achseln. »Roger White, der Bruder meiner Geliebten wollte die Ehre seiner Familie wiederherstellen, indem er mir die Narbe als Geschenk verpasste. Allerdings besaß er nicht den Schneid mich zu fordern, sondern hat mich lieber des Nachts auf dem Weg zum Abort mit seinen Männern überfallen.« Es gelang ihm nur mäßig seine Wut aus der Stimme zu verbannen.

Es war nichts Neues, dass Robs amourösen Abenteuer unschöne Wellen schlugen. Er schien ein Händchen für Dramen zu haben. Erst vor kurzem war seine letzte Affäre mit einer verheirateten Küchenmagd am Hof des Königs aufgeflogen und hatte ihm von John einiges an Schelte eingebracht. Der Grund für die Narbe war indes noch heikler. Und auch, wenn Rob es nicht weiter ausführte, hatten Whites Männer ihn übel zugerichtet. Er hatte sogar sein Bewusstsein verloren und stundenlang blutüberströmt auf dem Gang gelegen. Zu seinem Glück, hatte William ihn gefunden und ohne Aufsehen in ihre Kammer verfrachtet. Ansonsten wäre Rob wohl wochenlang ausgelacht worden und diesen Gefallen wollten sie White nicht machen. Da Rob in der Nacht überfallen wurde, hatte er nicht beweisen können, dass es White war. William ahnte, dass Rob es nicht leichtfiel, zurückzuschlagen, doch bei seiner Stellung musste er Haltung bewahren. Wäre White keiner von Johns Männern gewesen, hätte das Ganze anders ausgesehen. Er mutmaßte aber, dass Rob im Ansatz nachvollziehen konnte, warum White wütend auf ihn war. Whites Schwester Adele, die bereits verlobt war, schien guter Hoffnung von ihm zu sein. Doch das rechtfertigte seinen feigen Hinterhalt in keiner Weise. Er hätte ihn sachgemäß zum Duell fordern können, wobei Whites eher schmächtige Statur verriet, dass er womöglich den Kürzeren gezogen hätte. Noch bevor jegliche Gerüchte aufkommen konnten, wurde Adele anderweitig mit einem Mann des niederen Adels verheiratet, den lediglich der soziale Aufstieg interessierte. Hätte John von der Affäre erfahren, dann hätte er Rob zusehends mit Adele verheiratet. William wusste nur zu gut, dass sein Freund froh war, dass seine Liebschaft keine weiteren Konsequenzen nach sich gezogen hatte. Seit dieser unschönen Ereignisse bemühte sich Rob White aus dem Weg zu gehen. Und wenn sie einander doch begegneten, wies White jedes Mal hämisch grinsend auf Robs Narbe. Seine Augen sprachen jedoch nicht von Häme, sondern von purem Hass. Hätten Blicke töten können, dann wäre Rob jetzt mausetot. William hoffte, dass Whites Hass mit der Zeit verrauchen würde, denn John hatte absolut nichts übrig für Reibereien unter seinen Männern.

Chaucer pfiff leise durch die Zähne. »Alle Achtung, die Geschichte könnte fast einen Eintrag in Eure Familienbibel wert sein.«

Rob lächelte gequält und nahm einen Schluck vom Ale.

»Doch nun lasst uns zum wichtigen Teil des Abends übergehen, Freunde!« Mit einem Kopfnicken verwies er auf die sich füllende Wirtshausstube. Unter den Gästen konnte William Tagelöhner, Bettler und auch einige Huren ausmachen.

»Was habt Ihr über die Lage in Kastilien in Erfahrung bringen können, Sir? Sind die Gerüchte war, gibt es innere Unruhen?«, fragte Harry ernst.

Chaucer nickte. »Tatsächlich gibt es wie vermutet einige Unruhen im Land. König Pedro I. de Castilla muss wahrhaftig um seine Krone fürchten. Man erzählt sich, dass sein Erzfeind und Halbbruder Enrique de Trastámara versucht Verbündete zusammenzutrommeln, um ihn zu stürzen.«

»Aber ich dachte Enrique sei nur ein Bastard.« William war verwirrt.

»Ja und nein.« Chaucer wiegte seinen Kopf von links nach rechts. »Das Volk und sogar ein Teil des kastilischen Adels ist unzufrieden mit Pedro. Meine Informanten haben mir zugetragen, dass er als erbarmungsloser und unberechenbarer Herrscher berüchtigt ist und seine Landsleute ihn deshalb durch seinen Bastardbruder ersetzen wollen.«

»Das heißt, Pedro ist durchaus geneigt eine Allianz mit England einzugehen?«, hakte Rob nach.

»Durchaus. Pedro ist bereit England gegen die Franzosen finanziell und wenn nötig auch mit einer Armee zu unterstützen. Vorausgesetzt Prinz Eduard hilft ihm, seinen Thron zu sichern.« Während der Kundschafter sprach, holte er eine Depesche aus seinem Wams. »Der Prinz bat mich dringlichst seine Depesche umgehend zu John zu bringen. Die Zeit drängt.«

William nickte zur Bestätigung. »Ich gehe davon aus, dass Ed von der Idee, einen Verbündeten gegen Frankreich zu gewinnen, ganz angetan ist?«

»Damit liegt Ihr richtig.«

»Dann schätze ich, dass sich John möglichst schnell mit König Edward beratschlagen sollte, ehe sich Pedro anderweitig Hilfe sucht«, überlegte Harry.

John hatte William gegenüber bereits seine Bedenken über einen Krieg mit Kastilien geäußert. Er vertraute Pedro nicht und doch wusste er, dass der Krieg mit Frankreich die Krone finanziell in den Ruin stürzte und sie neue Gelder dringend brauchten.

»Wir werden noch im Morgengrauen aufbrechen und die Depesche sicher zu John bringen«, versicherte Rob dem Kundschafter.

»Gut, dann ist meine Arbeit hiermit beendet.« Er überreichte William die Depesche und stand langsam von der Bank auf. »Meine Herren, meine Glieder sind müde, mein Magen verlangt nach Essen ... Ich darf mich empfehlen.«

»Habt Dank, Chaucer.« William lächelte ihm freundlich zu.

Mit einer Verbeugung verabschiedete sich der beleibte Mann

und verschwand im schummrigen Licht.

Ein Blick durch die dreckigen Fensterscheiben verriet ihnen, dass die Nacht bereits eingefallen war und die Londoner Tore dabei waren, zu schließen. Und da der Aufwand es nicht wert war, das Gasthaus für die Nacht zu wechseln, entschieden sie sich notgedrungen hier zu nächtigen. Nachdem sie ihre Kammer im oberen Stockwerk bezogen hatten, war keiner mehr sonderlich gesprächig und so einigten sie sich stillschweigend darauf, schlafen zu gehen.

Es musste weit nach Mitternacht sein, als William von verhaltenen Rufe geweckt wurde. Müde schaute er sich um und entdeckte Rob, der schnarchend und mit offenem Mund neben ihm auf der Strohmatte lag. Die Rufe wurden lauter. Es war ihm unmöglich, wieder einzuschlafen. Verärgert über den anhaltenden Lärm, schlüpfte er in seine Kleidung und trat auf den spärlich beleuchteten Korridor. Auf leisen Sohlen folgte er den wütenden Stimmen, die ihn hinunter in den Speisesaal des Wirtshauses führten.

Auf dem Boden vor der Tür zur Küche lag eine zusammengekauerte kleine Gestalt. Eine Flut aus feuerroten Haaren verdeckten ihr Gesicht. Vor ihr hatten sich zwei Männer aufgebaut. Der eine groß und dick, der andere alt und dürr.

»Wo hast du das Geld versteckt, du kleine Hure? Antworte! Oder ich prügle es aus dir heraus!« Wütend hob der fettleibige Mann, den er als Wirt erkannte, seine große Pranke und schlug der zierlichen Magd mitten ins Gesicht. Wimmernd sackte diese in sich zusammen.

»Würde mir bitte jemand erklären, was hier vonstattengeht?«, fragte William und taxierte den Wirt.

Der Wirt und der Alte schauten ihn überrascht an. »Das geht dich einen feuchten Dreck an, Bürschchen«, antwortete der Wirt drohend.

William, der diese Reaktion erwartet hatte, schlug die Falte aus seinem Überwurf und gab damit Lancasters Wappen zu erkennen. »Das sehe ich anders.«

»Verzeiht, Mylord. Wir wussten nicht wen wir vor uns haben.« Mit verengten Augen heuchelte der Wirt seine Entschuldigung.

»Aber die kleine Hexe hat mich bestohlen!«, stieß der hagere Mann zischend hervor. »Und wenn sie mir nicht gleich verrät, wo sie das Geld versteckt hat, dann geh ich den Sheriff holen! Der wird schon wissen, was er mit ihr anstellt, um es zu erfahren.«

»Ich habe dir nichts gestohlen! Wahrscheinlich hast du so viel gesoffen, dass du vergessen hast, wie viel du für die Zeche gezahlt hast!« Angriffslustig funkelte die kleine Magd den alten Mann an. Der Wirt hob bedrohlich seine Rechte.

»Was ist dir entwendet worden?«, fragte William den Alten.

Mit zusammengekniffenen Augen zählte dieser eilig den in seiner Hand ausgekippten Inhalt seines Geldbeutels. »Fünfzehn Pence!«

William glaubte ihm nicht, doch ohne zu zögern zückte er seinen Geldbeutel. »Hier hast du zwanzig Pence und wir vergessen den Vorfall.«

Gierig griff der Alte das Geld, nickte mürrisch und verschwand schnellen Schrittes zur Tür hinaus.

Abschätzend sah der Wirt William an. »Für zwanzig Pence vergesse auch ich die ganze Geschichte und Ihr könnt mir ihr machen, was Euch beliebt.«

»Abgemacht.« Er legte die verlangten Pence auf den Tisch

neben ihm.

Mit einer kraftvollen Handbewegung machte der Wirt der Magd deutlich, dass sie aufstehen sollte. Kaum da sie stand, versetzte er ihr einen rüden Schups. Beinah wäre sie in Williams Armen gelandet. »Noch so ein Ding und du kannst dir dein Brot woanders verdienen gehen, merk dir das!« Er spuckte vor der Magd auf den Boden und verschwand in einer Kammer neben der Küche.

Zitternd wischte sich die Magd mit dem Handrücken die Tränen von den Wangen. Unsicher schaute sie William an und bedeutete ihm mit einem Kopfnicken, ihr zu folgen. Sie führte ihn durch die Küche hindurch, quer über den Innenhof in einen kleinen schäbigen Raum. Der Boden war notdürftig mit muffigem Stroh bedeckt, der hinterste Teil beherbergte frisches, aufgeschichtetes Stroh, unter einem schlampig ausgebreiteten Laken. Die Magd kniete sich auf die fleckige Schlafstätte. Mit dem Blick auf den Boden gerichtet, fragte sie: »Wie wollt Ihr mich?«

Er ließ sich neben ihr nieder und betrachtete das ihm zugewandte junge Gesicht. »Gar nicht. Ich wollte nur, dass dich der Wirt in Ruhe lässt.«

»Ich habe dem Alten nichts entwendet! Ehrlich, das müsst Ihr mir glauben! Der hat in seinem Leben wahrscheinlich noch nie mehr als zehn Pence besessen.«

»Das habe ich mir schon gedacht.«

»Ihr wusstet es und habt ihm trotzdem so viel gegeben?« Stirnrunzelnd schaute sie ihm in die Augen.

Er nickte. »Purer Eigennutz. Mir war klar, dass er so schneller Ruhe geben wird. Mein Schlaf ist mir heilig.« Er zwinkerte ihr zu.

»Wie heißt du eigentlich?«

»Maud.«

»In Ordnung, Maud. Um den Schein zu wahren, bleiben wir beide heute Nacht hier. Doch ich werde nicht mit dir schlafen.«

Sie errötete und senkte ihren Blick. »Wieso interessiert es Euch, was mit mir passiert?«

Er zuckte mit den Achseln. »Ich schätze, mein Ehrgefühl verbietet es mir über so etwas hinwegzusehen.«

Keck küsste sie ihm die Nasenspitze und setzte sich aufrecht hin. »Danke, Mylord. So nett war noch keiner zu mir.«

Die restlichen Stunden verbrachte William in dem kleinen, muffigen Raum. Um nicht auf dem mit Flecken besudelten Laken zu schlafen, hatte er seinen Überwurf ausgebreitet und sich neben Maud ausgestreckt. Beim ersten Hahnenschrei war er aufgestanden und unbemerkt zu seinen Freunden zurückgekehrt. Gemeinsam machten sie sich mit der Depesche auf den Weg nach Windsor Castle.

Beim Hinausreiten aus der Stadt entdeckte William zufällig den alten Mann aus der Wirtsstube. Mit einem Stock rumfuchtelnd, stand er über einen Marktstand gebeugt und feilschte um einen Kanten Brot. Unbemerkt zog William seinen Dolch und schnitt dem Alten im Vorbeireiten und üblichen Stadtgedränge geschickt dessen Geldbeutel ab. Als sie an einer Kirche vorbeikamen, warf er den Beutel in die ausgestreckten Hände eines bettelnden Knaben, der kaum älter als fünf sein durfte. Ungläubig über sein Glück riss dieser seine Augen weit auf und bedankte sich mehrmals. Am Ende bekommt jeder seine gerechte Strafe, der eine früher, der andere später, doch letztlich bekommt jeder, was ihm zusteht, dachte William grinsend. Zufrieden ließ er Hector antraben und kehrte der verruchten Stadt seinen Rücken.

Die Depesche hatte genau das verlauten lassen, was auch Chaucer den dreien gesagt hatte. William hatte lange Gespräche mit John geführt. Auch wenn beide der Ansicht waren, dass Pedro nicht zu trauen war, war ihr Unterfangen mit Frankreich zu kostspielig, als dass sie seine Hilfe so einfach ablehnen konnten. William wusste, ein Feldzug nach Kastilien war unvermeidlich. Ed hatte berichtet, dass er sich mit Pedro und dessen Verbündeten, dem König von Navarra, Charles le Mauvais, in den kommenden Monaten treffen und die Bedingungen ihrer Allianz verhandeln würde. Das letzte Wort lag nun beim König; er entschied, wie viele Männer er hergeben würde. Außerdem musste geklärt werden, wann ein möglicher Feldzug stattfinden könnte. Allerdings musste schnell entschieden werden, damit ein Bote Ed noch rechtzeitig erreichen konnte.

Nachdem alle Einzelheiten geklärt waren, hatte sich Harry dafür bereit erklärt, den Boten mit ihrem Schreiben an Ed bis an die Küste Englands zu begleiten. Rob hatte sich unterdessen auf den Weg nach Devonshire zu seiner Familie begeben, um die Männer seines Vaters für den Kampf zu wappnen. William war im Auftrag von John nach Lancaster Castle zurückgekehrt. Mit einigen von Johns Getreuen sandte er Boten an die umliegenden Grafschaften und unterrichtete sie über den anstehenden Feldzug. Sie sollten Truppen zusammenstellen und sich bereithalten, schrieb er. Zusätzlich schickte er dutzende von Knappen aus, um fähige Schmiede in der Umgebung ausfindig zu machen. Diese erhielten dann Aufträge für die benötigten Pfeilspitzen, Schwerter und Rüstungen. Des Weiteren mussten einige neue Schlachtrösser herbeigeschafft werden.

Doch das war natürlich nicht alles, womit William sich beschäftigte. Er war froh gewesen, als John ihn damit beauftragte, nach Lancaster zu reiten und sich um die Aufstellung der Truppen zu kümmern. Gab es da doch die hinreißende Lady Rochfort, die am Hof von Lancaster verweilte. Vergangenes Frühjahr war sie an der Seite ihres Gemahls, Roderick Rochfort, in Blanche of Lancasters Gefolge getreten. Sie war ihm direkt aufgefallen mit ihrer anmutigen Erscheinung. Aus der Ferne hatte er sie angehimmelt und jedes Mal befürchtet, dabei ertappt zu werden, wenn er sie anstarrte. Eines milden Frühsommertages, das gesamte Gefolge Lancasters hatte sich auf die Jagd begeben, war er ihr erstmals von Angesicht zu Angesicht begegnet. Er hatte nicht mit auf die Jagd gekonnt, da sich Hector an der Vorderhufe im Training verletzt hatte. Daher hatte er beschlossen, sich um ihn zu kümmern. Pepin hatte sich rührend in Hectors Box zusammengerollt und ihn keine Sekunde aus den Augen gelassen, während William die Hufe dick mit einer übelriechenden Salbe einrieb. Mit einem wehmütigen Seufzer erinnerte er sich an seinen zotteligen Freund zurück. Vor ein paar Monaten hatte Pepin leblos am Kamin in seinem Gemach gelegen. Stolze zehn Jahre war er geworden, was für seine Rasse erstaunlich alt war. Nachdem er an jenem Tag Hector versorgt hatte, hatte er zurück in die Burg gehen wollen, doch plötzlich und unverhofft hatte Isabella Rochfort vor ihm gestanden. Beiläufig hatte sie ein Gespräch mit ihm begonnen und über belanglose Dinge geplaudert. Er schätzte sie auf Anfang zwanzig.

Trotz oder gerade wegen ihres Altersunterschieds fand er sie sehr anziehend. Ihre hohen Wangenknochen, ihre vollen, immer rot geschminkten Lippen, ihre weiblichen Rundungen – alles an ihr erschien ihm perfekt. Er konnte sich nur noch daran erinnern, dass er sich wie ein Tölpel vorgekommen war, da er gefühlt keinen geraden Satz in ihrer Anwesenheit herausgebracht hatte. Das hatte sie aber nicht abgeschreckt, sondern eher belustigt. Wenn er so zurückdachte, würde er behaupten, dass sie genau wusste, wie es um ihn stand. Sie hatte mit ihren Reizen gespielt und genau beobachtet, welche Wirkung sie auf ihn hatte. Und noch am gleichen Tag, noch bevor die Jagdgesellschaft erfolgreich und grölend zurückgeritten kam, waren sie miteinander in einer der leeren Pferdeboxen verschwunden. Ehe er wusste, wie ihm geschah, hatte sie ihn kokett lächelnd bei der Hand genommen und mit sich ins Stroh gezogen. Als verheiratete Frau war sie ihm um einiges voraus. Mehr als ein paar gestohlene Küsse hatte er nicht vorweisen können. Rob hatte ihn einige Male damit aufgezogen, doch William hatte sich bis dato als recht schüchtern im Umgang mit dem anderen Geschlecht erwiesen. Lady Isabella hatte damit jedoch umzugehen gewusst.

Langsam, um jede seiner Regungen wahrzunehmen, hatte sie begonnen, ihre Bluse aufzuschnüren und ihm einen Blick in ihr tiefes Dekolleté gestattet. »Gefällt dir, was du siehst?«, hatte sie ihn mit halb geschlossenen Lidern gefragt. Als sei es gestern gewesen, spürte er, wie ihm das Blut in die Lenden raste. Ohne eine Antwort abzuwarten, hatte sie seine Hand genommen und sie um eine ihrer Brüste gelegt. Sie hatte sich warm und weich angefühlt. Während sie eine seiner schwarzen Locken um ihren Finger wickelte, hatte sie sich weiter zu ihm gebeugt und ihre sinnlich roten Lippen auf seine gedrückt. »Ich mag dich. Du bist so süß«, hatte sie ihm schmunzelnd eröffnet. Ohne ihn aus den Augen zu lassen, war ihre Hand hinab zu seinen Lenden geglitten. Mit geschickten Händen hatte sie erst ihn und anschließend sich entkleidet. Graziös war sie aus ihrem Mieder und ihren nicht enden wollenden Unterröcken geschlüpft. Ohne jedwede Hemmung und mit beinah ernstem Gesichtsausdruck hatte sie nackt, wie Gott sie schuf, vor ihm gestanden. Ungeduldig hatte er ihre Hand ergriffen und sie zu sich herangezogen. Dann war alles ganz schnell gegangen. Lasziv hatte sie seine Hand zwischen ihre Beine geschoben und ihn ihre Scham erkunden lassen. Verführerisch hatte sie ihren Kopf in den Nacken gelegt und sich seiner Unerfahrenheit überlassen. Ihre beispiellos zügellose Art war es, die William nach wie vor anzog. Es verging kaum eine Gelegenheit, in der er nicht versucht war, sie auf ein heimliches Stelldichein zu treffen. Sie mussten höllisch aufpassen, dass sie niemand erwischte. Schließlich war sie eine verheiratete Frau. Obgleich er der Sohn des Königs war, würde es ihrem Ruf trotzdem schaden. Und er hatte kein Bedürfnis nach einem Skandal, er wollte zu keinem Gesprächsthema des Hofs werden.

In Gedanken an ihre erste amouröse Begegnung unterbrach er das Schreiben, das er hatte aufsetzen wollen. Das konnte warten. Draußen war es bereits tiefste Nacht. Es würde kaum noch einer auf den Beinen sein. Lord Rochfort war einer der Ersten, den er zu Lancasters Getreuen ausgesandt hatte. Mit einem verschmitzten Lächeln schloss er umsichtig die Tür seines Gemachs und machte sich auf den Weg zu Isabella. Bei ihren Räumlichkeiten angekommen, schlüpfte er lautlos hinein. Vor ihrem breiten Bett blieb er stehen und schaute ihr eine Weile beim Schlafen zu. Auf einmal hielt er es nicht mehr aus, ihr Anblick ließ ihn keinen klaren Gedanken mehr fassen. Hastig zog er sich aus. Er musste sie haben. Jetzt. Behutsam legte er sich zu ihr ins Bett und küsste sie sanft wach. Gleichzeitig schob er ihr Nachthemd hoch und drückte mit seinem Knie ihre Beine auseinander. Noch ehe Isabella richtig wusste, wie ihr geschah, glitt er in sie. Erstaunt stöhnte sie auf, wich aber nicht zurück, sondern wölbte sich ihm entgegen. Bekannte Wonnen durchzuckten seinen ganzen Körper. Mit jedem Atemzug wurden ihre Bewegungen schneller. Hemmungslos ließ sie ihren Empfindungen freien Lauf und krallte ihre Fingernägel in seinen Rücken. Zeitgleich gaben sie ihrem kurzen, aber heftigen Liebesspiel ein Ende.

Erschöpft streckte er sich neben seiner Geliebten im Bett aus und begutachtete sie im schwachen Mondlicht, das durch einen Spalt der zugezogenen Vorhänge fiel. Überraschend rückte Isabella näher und küsste ihn auf den Mund. Instinktiv hatte er ihr ausweichen wollen, besann sich dann aber eines Besseren. Er mochte sie, keine Frage, doch nicht so, wie sie es gerne gehabt hätte. Er ahnte, dass sie inzwischen innige Gefühle für ihn hegte und fühlte sich jedes Mals aufs Neue schlecht, da er diesen Umstand gekonnt ignorierte. Beschämt über sich selbst, zog er sie zu sich heran und begann sachte ihren Arm zu streicheln. Ihm war bewusst, dass es ein kläglicher Versuch war, um sein schlechtes Gewissen zu beruhigen, doch er wusste nicht, was er sonst hätte tun sollen.

Erst nachdem sie friedlich in seinen Armen eingeschlafen war, trat er den Rücktritt zu seinem Gemach an.

Windsor Castle, Juni 1366

Die Halle in Windsor Castle war gut gefüllt. Fein gekleidete Lords und Ladys drängten sich dicht aneinander, um einen Blick auf den vorderen Teil der Halle zu erhaschen. Ringsherum an den Wänden waren unzählige Fackeln entzündet und verliehen dem Festakt etwas Mystisches. Ganz vorne in der Halle hatten die einflussreichsten Lords des Landes einen Halbkreis gebildet und richteten ihre Aufmerksamkeit auf ihre Mitte. In dieser knieten ein halbes Dutzend junger Männer. William, Rob und Harry waren drei von ihnen. Edel sahen sie aus, wie sie in ihren blank polierten Kettenhemden auf ihren Ritterschlag warteten. Eigens hierfür hatten sich die Jungen vom Hofschneider einen Umhang schneidern lassen, dessen Mitte ihr Familienwappen zierte.

Auf Robs Wappen thronte ein aufrechtstehender roter Löwe, dessen Krallen und Zunge blau waren. Der Untergrund war golden, die Umrandung schwarz. Harry hatte die drei goldenen Löwen auf rotem Grund von seinem Vater übernommen. Die eigentliche blaue Umrandung im oberen Teil hatte er allerdings in die Farbe Grün abgeändert und auch dem mittleren Löwen grüne Krallen verpasst. Um seine illegitime Abstammung zu kennzeichnen, befand sich in der Mitte des Wappens ein kurzer Schrägbalken, ein sogenannter Bastardfaden; ebenfalls in der Farbe Grün. William hatte sich bei seinem Wappen genau wie Harry vom Familienwappen inspirieren lassen. Den Grund schmückte ein Samtrot, die Mitte zierte die drei goldenen Löwen, die vom berüchtigten König Richard Löwenherz selbst entworfen wurden. Den obligatorischen Schrägbalken hatte er in der oberen linken Ecke angesetzt. Auch hierbei nahm er Bezug auf seine Abstammung und tauchte diesen in ein Königsblau mit darauf befindlichen goldenen heraldischen Lilien. Darüber hinaus hatte er die Zungen der Löwen blau gelassen, wie sie es auch im Wappen seines Vater waren. Damit wollte er vor allem auf sein Plantagenet-Temperament hinweisen.

Nächtelang hatten er und Harry die Köpfe zusammengesteckt und sich einen Spaß daraus gemacht, alte Familienwappen durchzugehen, um eigene Ideen zu entwickeln. Sie hatten die einzelnen Elemente mit Bedacht gewählt, sie wollten ihre Herkunft nicht verleugnen und trotzdem ein eigenes Familienwappen kreieren.

William stellte fest, dass es sich gut anfühlte sein ganz eigenes Wappen zu haben, als wäre er nun nicht mehr nur des Königs Bastard. Es beflügelte ihn irgendwie und er fühlte sich bereit kommende Verantwortungen zu schultern. Er war willens, als Ritter des Königs in den Krieg zu ziehen.

Ein leises Raunen ging durch die Menschenmenge und holte ihn aus seinen Gedanken. Im Hintergrund hörte er die Trommler. Er spürte sein Herz in der Brust schneller schlagen, als wollte es mit den Trommlern im Takt sein. Die erwartungsschwangere Luft ließ ihn schlucken. Aus dem Blickwinkel sah er, dass es Harry nicht anders erging; ihm stand der Schweiß auf der Stirn. Nur Rob schien einen gänzlich kühlen Kopf zu bewahren. Seit einer gefühlten Ewigkeit knieten sie bereits mit gesenkten Häuptern zu Füßen des Throns nieder. Auf diesem saß König Edward, neben ihm seine Gemahlin Philippa, ihre Hand in seiner Rechten. Genüsslich ließ der König seinen Blick über die Versammelten wandern, nickte einigen vereinzelt zu und unterhielt sich in leichtem Plauderton mit seiner Frau.

Nach einer geraumen Weile erhob er sich ohne Hast. In der golddurchwirkten roten Robe sah er wahrhaft königlich aus. Das Licht der Fackeln umspielte seine immer noch stattliche Figur. Seine Augen funkelten lebhaft, er hatte nichts von seinem Jungencharme eingebüßt. Lediglich die vereinzelten silbergrauen Strähnen, die sich durch Kinnbart und Haare zogen, verrieten sein Alter.

Nach wenigen Schritten breitete der König feierlich seine Arme aus und begrüßte die Anwesenden »Onus est honos«.

Die Würde ist eine Bürde, übersetzte sich William.

»Doch nur für diejenigen, die nicht reinen Herzens sind! Mit Großmut, Tapferkeit und Treue sollt ihr in Unseren Dienst treten.« Edwards fast schwarzen Augen ruhten auf den knieenden jungen Männern. »Möge euch die Würde stets mit Glück erfüllen. Möge es euch eine Ehre sein, für Uns und für England nach Gottes Geboten einzustehen.« Mit der Rechten zog er sein Schwert und hielt es einen Augenblick vor sich ausgestreckt. Das Licht spiegelte sich in dem blank polierten Stahl. Man konnte förmlich hören, wie die Menge den Atem anhielt, während er die wenigen Stufen nach unten zu den Knienden schritt. Breitbeinig stellte er sich vor William auf.

»William Plantagenet, seid Ihr bereit, Euer Leben in den Dienst der Krone zu stellen? Und wollt Ihr diese mit Eurem Leben schützen?«

William hob seinen Kopf und sah das freudige Strahlen in den Augen seines Vaters. Wahrheitsgemäß und mit kräftiger Stimme leistete er den geforderten Schwur. »Ad infinitum«, bis ins

Unendliche, Vater, und noch weiter, ergänzte William in Gedanken.

Edward nickte. »So sei es.« Ernst hob er die Klinge und berührte mit der flachen Spitze seine linke Schulter, dann seinen Kopf und seine rechte Schulter.

»Im Namen der Krone ernennen Wir Euch, Sir William Plantagenet, zum Ritter des Königs!« Edward nahm ihn bei den Schultern und half ihm auf. »Das hier ist dafür, dass Ihr Euren Eid niemals vergesst!«, fuhr er fort und gab William die ritualisierte Ohrfeige.

Sichtlich erleichtert, dass der Tag vorüber war, schmunzelten sich William und Harry einander über ihre Weinbecher hinweg an. Nach der Zeremonie hatte es wie üblich Turnierkämpfe gegeben. Die frisch zum Ritter geschlagenen jungen Männer und einige andere Freiwillige hatten sich im Kampf mit dem Kurzschwert und anschließenden Faustkampf gemessen. Das Los hatte die ersten Zweikämpfe entschieden. William trat gegen einen jungen Hünen an, der seinen Ritterschlag im Vorjahr erhalten hatte. So groß sein Gegner auch war, so offensichtlich waren seine Manöver. Es war ihm ein Leichtes, ihn zu entwaffnen und in die Ecke zu drängen. Da sie ohne Schild kämpften, blieb dem Hünen nichts anderes übrig als sich zu ergeben. Die weiteren Kämpfe dauerten länger und er kassierte einige kleinere Blessuren und Schnittwunden. Doch niemand schaffte es, ihn zu entwaffnen, genauso wenig wie Rob. Beide gingen als Sieger des Schwertkampfes hervor und traten daher im finalen Faustkampf gegeneinander an. William wusste nicht, ob es ein Vor- oder Nachteil war, dass sie einander fast in- und auswendig kannten.

Rob hatte ihn nicht geschont und gut platzierte Treffer gelandet. Doch auch Rob hatte einiges einstecken müssen. Am Ende hatte der König ein faires Unentschieden akzeptiert. Die Zuschauer hatten anerkennend gejohlt und geklatscht.

Inzwischen saßen sie bei Hirschbraten und gutem Wein an der großen Tafel im Speisesaal. William hatte Mühe beim Kauen und kühlte sich seine linke Gesichtshälfte mit einem Weinpokal; es kam ihm vor, als würde er Steine verspeisen müssen. »Bei König Artus' Eiern, wenn du noch einmal so zugeschlagen hättest, dann wäre mein Kiefer gebrochen. Ich schwöre es dir!«

»Habe ich alles meinem verfluchten Bruder zu verdanken. Wer früh kassiert, lernt früh auszuteilen. Ganz simpel«, erwiderte Rob mit noch vollem Mund. Seine Augen waren dunkelblau umrandet, in seinem Mundwinkel klebte noch etwas Blut.

Harry musste ein Lachen unterdrücken und hielt sich mit schmerzverzogener Miene die Rippen. Ein Schwerthieb hatte ihn in der zweiten Runde an den Rippen getroffen; er hatte kapitulieren und sich vom Medicus verbinden lassen müssen.

»Ehrlich gesagt, hätte ich beinah geglaubt, ihr zwei scheißt euch bei der Schwertleite vor Angst in die Hosen. Zu schade aber auch, das hätte mir jetzt eine klarere Sicht verschafft«, feixte Rob unter zugeschwollenen Lidern.

»Du hast ja auch gut reden. Deine Position ist niemals in Frage gestellt worden«, antwortete Harry mit gerunzelter Stirn.

»Und du brauchst dir kein Lehen verdienen. Du Glückspilz bist der Erbe deines Vaters«, ergänzte William.

Amüsiert versuchte Rob, eine Augenbraue nach oben zu ziehen, und deutete mit seinem Kopf zum Kopf der Tafel. »Mal im Ernst, als würdest du kein Lehen bekommen, Will.«

William ließ seinen Blick durch die gefüllte Halle zum Kopf der Tafel, dem Platz des Königs wandern und fand ihn verwaist vor. Hinter der hohen Stuhllehne standen Greenley und Fitzdavis, die Leibwächter des Königs. Sie standen dicht beieinander und unterhielten sich scheinbar angeregt. Greenley, der seinen Blick zu spüren schien, drehte seinen Kopf in seine Richtung und blinzelte ihm verschwörerisch zu.

Unerwartet legte sich eine Hand schwer auf seine Schulter. »Na, was heckt ihr drei wieder aus?«

William erkannte die elegante Gestalt seines Halbbruders hinter sich. »John! Setz dich zu uns.« Er rückte ein Stück zur Seite und klopfte auf den freigewordenen Platz neben sich auf der Bank.

»Später gerne. Der König schickt mich. Du sollst zu uns kommen, Will.«

»Jetzt noch? Worum geht es denn?«

»Das wird er dir selbst sagen müssen.«

Irritiert schaute Will seinen Halbbruder an.

»Frag nicht. Du wirst es gleich erfahren.«

William erhob sich und raunte seinen Freunden zu: »Sauft mir ja nicht alles weg.«

Rob und Harry warfen sich einen hämischen Blick zu und grinsten.

John schritt voran und führte ihn am Kopf der Tafel vorbei bis ans Ende der Halle. Dort wandte er sich im Gehen an einen rotgelockten Pagen, der aussah, als würde er noch über seine eigenen Füße stolpern. »Lass Wein in den kleinen Saal bringen!« Der Page lief vor Aufregung puterrot an und rannte so schnell ihn seine kleinen Beine tragen konnten. An William gewandt fuhr er fort: »Davon wirst du gleich einiges gebrauchen können.«

Durch den vielsagenden Blick seines Halbbruders beschlich William ein unbehagliches Gefühl. Gemeinsam durchquerten sie den angrenzenden Flur und eine kleinere Empfangshalle. Ihre Schritte hallten von den Wänden wider. William bemerkte, dass seine Hände schwitzig wurden, und er wischte sie unbemerkt an seinem Wams trocken. Am angekündigten Saal angelangt, fasste er John am Arm. »Was geht hier vor sich, John?«

Dieser warf ihm einen mitleidigen Blick zu. »Wenn ich dir das jetzt eröffne, dann wirst du mir vermutlich nicht mehr in den Saal folgen.« Ohne eine Antwort abzuwarten, bedeutete er den zwei postierten Wachen, ihnen Eintritt zu gewähren. Hinter den Flügeltüren kam ein gemütlicher Raum zum Vorschein. Die Wände waren mit Holz vertäfelt, mehrere Wildschweinfelle zierten den Boden, der Kamin war groß und verbreitete eine wohlige Wärme. An den Wänden waren mehrere Fackeln und in den Ecken große Kerzenhalter angebracht. In der einen Ecke des Raumes befand sich ein runder Tisch aus Buchenholz, auf dem mehrere Dokumente ausgebreitet lagen. Darin vertieft standen der König und ein weiterer Mann, den William nur flüchtig kannte. In der anderen Ecke standen mehrere lederbezogene hohe Ohrensessel. In diesen saßen zwei Damen, eine weitere stand etwas abseits, aber in Hörweite. Vom Altersunterschied hätte er auf Mutter, Tochter und Magd getippt. Die ältere der beiden Sitzenden musterte ihn aufmerksam, als er mit John den kleinen Saal betrat. Die Jüngere hielt fügsam ihren Blick gesenkt und wirkte seltsam entrückt.

»William!« Edward breitete freudig die Arme aus und winkte ihn heran. »Komm zu uns, Sohn. Dürfen Wir vorstellen, der Earl of Warwick. Lord Warwick, das ist Unser Sohn William Plantagenet und Sieger des vortrefflichen Turniers.«

»Angenehm, Mylord of Warwick.« William neigte höflich seinen Kopf.

»Lord Plantagenet.« Der Earl tat es ihm gleich. »Ihr habt heute eine gute Figur gemacht, wenn ich das anmerken darf. Sehr beachtlich.«

»Ich fühle mich geehrt.«

»Wir müssen Lord Warwick zustimmen. Und ein prächtiges Wappen habt Ihr Euch gewählt« Edward lächelte anerkennend.

Ein kurzes Klopfen durchbrach die Stille. Der rothaarige Page von vorhin trat gemeinsam mit einem etwas größeren, untersetzten Pagen ein. Mit leicht zitternden Händen stellten sie den Nachschub an Wein auf den runden Tisch vor ihnen ab. Mit einem kurzen Wink entließ Edward die Jungen.

William griff nach einem Krug, schenkte den Männern Wein nach und nahm sich selbst auch einen Becher. Er hatte Mühe, seine Neugierde zu verbergen.

Edward hob seinen Becher an und prostete ihnen zu. »Es gibt einen Grund für unser Zusammentreffen.« Er richtete seine Worte an William.

Aus den Augenwinkeln sah William, wie Johns Stirn krausgezogen war. Unbehaglich straffte er seine Schultern und versuchte sich zu wappnen für alles, was nun kommen möge.

»Der Earl und Wir sind unlängst zu einer Übereinkunft gelangt.« Edward nickte dem Earl zu. »Wir wollten lediglich bis zu Eurer Schwertleite warten.«

»Worauf warten, Sire?«

»Ihr seid nun alt genug, um Euer Leben in die Hand zu

nehmen. Wir haben uns mit dem Earl darauf geeinigt, dass Ihr eine seiner jüngeren Töchter zur Frau nehmt.«

William schluckte und hatte Mühe, nicht an Fassung zu verlieren.

»Da der Feldzug nach Kastilien bald ansteht, findet die Vermählung zur Sommersonnenwende statt.«

Seine Gedanken überschlugen sich. Mittsommer war bereits in einer Woche. »Sire, mit Verlaub, aber ich fühle mich noch nicht bereit für eine Ehe.«

Der Earl und sein Vater lachten.

»Wann ist ein Mann schon wirklich bereit dazu?« Der Earl zwinkerte ihm wohlwollend zu.

»Wir haben bereits alle Einzelheiten besprochen. Ihre Mitgift sind Ländereien in Warwickshire und Leicestershire. Die Ehe wird Euch zu einem wohlhabenden Mann machen. Und Ihr werdet Eure eigenen Truppen im Feldzug in Kastilien anführen.« Breit lächelnd wandte sich Edward an die ältere Frau. »Countness of Warwick.«

Die Angesprochene erhob sich aus ihrem Sessel und bedeutete ihrer Tochter mit einer unwirschen Geste, ihr zu folgen.

Der Earl trat zu den Frauen. »Lord Plantagenet, das ist meine entzückende Tochter, Lady Juliana.«

Lady Juliana mochte ein oder zwei Jahre jünger sein als William. Ihr Blick war züchtig auf ihre behandschuhten Hände gerichtet. Ihre Haut war perlweiß, ganz so, als hätte sie nie zuvor das Tageslicht erblickt. In ihrem hellblauen Kleid erschien sie noch fahler. Ihre mausbraunen Haare waren streng zusammengebunden. Sittsam knickste sie, wagte jedoch nicht, den Blick zu heben. Sie schien nicht weniger unglücklich mit der Situation als er.

»Mylady«, presste er mühsam zwischen den Zähnen hervor.

»Prächtig, prächtig. Ihr werdet ein wunderbares Paar abgeben«, sagte Edward. »Ihr werdet noch genug Zeit haben, einander kennenzulernen.«

Der Earl gluckste. »Gut, dann ist es beschlossene Sache. Juliana verabschiede dich von deinem Verlobten.« Bei dem letzten Wort zuckte Juliana leicht zusammen und geriet bei dem erneuten Knicks kurz ins Wanken.

»Sire, Mylord ich empfehle mich.« Damit verließen der Earl, seine Frau und Juliana den Raum, die dritte Frau folgte ihnen mit etwas Abstand.

Als die Wachen von außen die Tür schlossen, griff William nach seinem Weinbecher und stürzte den Inhalt hinunter.

»Weniger schockiert hättest du nicht dreinblicken können!«

William starrte seinen Vater entsetzt an. »Entschuldigt bitte, aber Ihr habt mir schließlich eine Verlobte serviert und kein neues Pferd geschenkt.«

»Zügle deine Zunge!«

William schenkte sich erneut Wein nach. »Sag du doch auch einmal etwas«, wandte er sich hilfesuchend an John.

John stand mit dem Gesicht vorm Kamin und erwiderte: »Die Mitgift ist sehr einträglich für dich, Will.«

»Was interessiert mich die Mitgift?«

»Die sollte dich interessieren. Dadurch gelangst du an Ländereien. Zudem ist der Earl sehr einflussreich. Du heiratest in eine sehr mächtige Familie ein.«

»Hat das nicht noch etwas Zeit? Ich bin gerade mal siebzehn

Jahre alt.«

»In deinem Alter war ich bereits ein Jahr verheiratet«, gab Edward zu bedenken. »Und außerdem gibt es nichts mehr zu besprechen. Du wirst sie heiraten, ohne Wenn und Aber.«

»Das werden wir ja noch sehen!«

Nun war es am König, fassungslos zu sein. »Was hast du da gesagt?«

»Ihr habt mich ganz genau verstanden, Vater! Dieses mausgraue Geschöpf werde ich nicht heiraten!«

»Will, nun sieh doch –«, versuchte John einzulenken.

»Nein! Ich werde nicht zu seinem Spielball! Wenn er seine Lords nur so an sich binden kann, dann soll er sich einen anderen Dummen dafür suchen. Mit mir nicht!« Erzürnt stürmte William zur Tür.

»Wie konnte ich auch annehmen, dass der Apfel weiter vom Stamm abfällt als üblich! Du bist genauso halsstarrig wie deine Mutter!«, schmiss ihm der König wutschnaubend an den Kopf.

William drehte sich um. »Einen besseren Zeitpunkt, um auf meine Mutter anzuspielen, hättet ihr kaum wählen können«, bekundete er bitter und verließ den Raum. Im Hintergrund hörte er es laut klirren. Er wusste um das Temperament des Königs und ahnte, dass die tönernen Weinbecher das Zeitliche gesegnet hatten.

So aufgebracht, wie William war, war er nicht in die Halle zurückgekehrt, sondern hatte die St. Georgs Kapelle angesteuert. Er wollte in Ruhe über seine vertrackte Situation nachdenken. Bei der Kapelle angelangt, schloss er die hohen Türen von innen und legte sogar den Riegel vor. Er wollte nicht gestört werden. Als er sich umdrehte, bemerkte er jedoch überrascht, dass er nicht allein war.

»Sieh an, so gottesfürchtig habe ich Euch ja noch nie erlebt, Lord Plantagenet.« Isabella kniete vor dem Altar, ihre Hände hatte sie noch andächtig zum Gebet geformt. Mit zur Seite geneigtem Kopf, schaute sie ihn durchdringend an.

»Das mag wohl daran liegen, dass Ihr mich immer in missliche Lagen bringt«, erwiderte William grinsend.

»Wohl eher umgekehrt!«

»Ach, das ist doch Haarspalterei.« Er lachte schelmisch und streckte ihr seine Hand entgegen. »Mylady.«

Sie ließ sich aufhelfen und gestattete ihm einen Handkuss. »Ihr habt Euch gut geschlagen.«

»Ihr habt dem Turnier beigewohnt? Ich habe Euch gar nicht gesehen.«

»Ihr seid auch zusehends damit beschäftigt, allen Frauen am Hof die Köpfe zu verdrehen. Da kann man mich leicht übersehen.«

»Ich mache was?«, fragte er lachend. Sie hatte natürlich recht. Sie war nicht die Einzige, die er gelegentlich aufsuchte. Doch davon brauchte sie zweifellos nichts zu wissen. »Ich glaube, Ihr schaut nicht recht hin, Mylady. Aber falls es Euch beruhigt, bald werde ich ein braver Ehemann sein. Der König will, dass ich Juliana Beauchamp heirate, und das schon nächste Woche«, endete er bitter.

»Warwicks Tochter?«, fragte sie eine Spur bissig.

Er nickte sparsam.

»Was stört Euch an Ihr? Sie ist vielleicht ein Gänslein, aber ansehnlich.«

Er durchschaute ihr Spiel und hatte keine Lust, ihr in die Falle zu tappen. »Es geht nicht um sie. Ich will nicht zum Spielball der Krone werden.«

»Aber Ihr seid der Sohn des Königs! Was dachtet Ihr, dass man Euch vorher nach Euren Befindlichkeiten befragt?« Sie lachte spöttisch und strich ihm dabei mitleidig über seine Wange.

Wütend hielt er ihr Handgelenk umklammert. »Vorsicht, Mylady. Ich bin in der Stimmung, meine guten Manieren zu vergessen.«

»Was lässt Euch glauben, dass ich Eure gute Seite sehen will?«, fragte sie kokett und legte ihre Hand in seinen Schritt.

Er ließ sie gewähren und schaute ihr in die Augen. »Weshalb seid Ihr so spät nachts überhaupt noch unterwegs?«

»Sorgt Ihr Euch etwa um mich?« Ihre Stimmte klang erneut spottend. Sie wusste genau, dass ihn das rasend machte.

»Im Ernst, Isabella. Du musst besser auf dich Acht geben.« Er ließ die Höflichkeitsfloskeln beiseite.

»Ich habe dich monatelang nicht zu Gesicht bekommen, Will. Und jetzt sorgst du dich um mich? Falscher Zeitpunkt, mein Lieber. Ehrlich gesagt hatte ich gehofft, dich nicht mehr anzutreffen. Die Dinge haben sich geändert.«

»Welche Dinge?«

Sie seufzte. »Ich bin im zweiten Monat schwanger. Wir können uns nicht weiter sehen. Ich kann das nicht verantworten. Mein Mann würde denken, es sei nicht sein Kind. Ich habe bereits mit ihm gesprochen, ich reise morgen Mittag auf eines unserer abgelegenen Güter, um dort in Ruhe und Abgeschiedenheit seinen Erben zu gebären.«

Er betrachtete seine Geliebte und strich ihr eine Haarsträhne hinters Ohr. »Vor mir musst du dich nicht in Sicherheit begeben, ich reise im Morgengrauen ab.«

»Zu dem anderen hast du nichts zu sagen?«

»Was soll ich dazu schon sagen, Isabella? Du bist eine verheiratete Frau.«

»Lass mich für heute Nacht vergessen, dass ich seine Frau bin«, raunte sie ihm beinah flehend zu und begann ihre Röcke zu raffen. Dann nahm sie seine Linke und schob sie zwischen ihre Schenkel.

William gab einen kehligen Laut von sich. Er konnte ihr einfach nicht widerstehen. Mit seiner freien Hand griff er nach ihrem Kinn und küsste sie sanft, während seine Linke sie erforschte.

»Wir kommen in Teufelsküche, wenn uns hier jemand erwischt«, gab sie atemlos zwischen den Küssen zu bedenken.

»Uns wird keiner erwischen«, flüsterte er ihr ins Ohr, zog sie hinter den Altar und drückte sie an die kalte Kirchenwand. Hastig schnürte sie seine Beinkleider auf und ließ sich von ihm hochheben. Begierig schlang sie ihre Beine um ihn und bewegte sich rhythmisch seinen Stößen entgegen. Sie versuchte erst gar nicht ihr Stöhnen zu unterdrücken.

Ihre ungezähmte Leidenschaft feuerte ihn jedes Mal aufs Neue an. Sie sah hinreißend aus, wie sie ihre Unterlippe zwischen die Zähne geschoben hatte und die Augen vor Wonne geschlossen hielt. Er legte seine Hand in ihren Nacken und küsste sie. Gemeinsam gaben sie ihrem geübten Liebesspiel ein Ende. Eine Weile stand er noch da, mit heruntergelassenen Hosen, und drückte sie an die Wand. Dann zog er sich zurück und beide richteten sorgsam ihre Kleidung. Einen Augenblick sahen sie einander an, dann ergriff William ihre schmale Hand und küsste diese zum Abschied. »Lebt wohl, Mylady«, sagte er leise, kehrte ihr den Rücken und ging langsam zum Kirchenportal.

Im Morgengrauen hatte William seine Freunde geweckt. Rob und Harry waren einige Stunden nach ihm in die Schlafkammer gekommen und hatten ihn scheinbar schlafend vorgefunden. Er hatte sich schlafend gestellt, um die Ereignisse sacken zu lassen. So hatte er die komplette Nacht wach gelegen und kein Auge zumachen können. Harry und Rob hatten ihrerseits nicht in die Weinbecher gespuckt und William hatte seine liebe Mühe, sie wach zu bekommen. Im Schnelldurchlauf erzählte er ihnen die Geschehnisse des gestrigen Abends und teilte ihnen seinen Entschluss mit, den er nachts gefasst hatte. »Ich habe alles genaustens durchdacht. Ich werde Lady Juliana nicht heiraten. Nicht jetzt und nicht später. Ich suche mir meine Braut selbst aus, sowie das auch Ed und John getan haben! Ich schätze jedoch, es wäre besser, wenn darüber noch niemand in Kenntnis gesetzt wird.«

»Hm«, brummte Rob. »Du musst aber schon zugeben, dass ihre Mitgift sehr verlockend klingt.«

»Dann heirate du sie doch!«

»Ruhig, Brauner, ganz ruhig.«

Mit zusammengekniffenen Augen funkelte William Rob an. »Entweder seid ihr für mich oder gegen mich.«

Harry fuhr sich mit der Hand durch die ohnehin schon zerzausten Haare. »Du meinst es wirklich ernst, he?«

»Todernst.« Er presste seine Lippen zu dünnen Linien zusammen.

Rob musterte ihn gespannt. »Wie lautet also dein Plan?«

William zuckte mit den Achseln. »Erst mal weg hier. Je weiter, desto besser werde ich mich fühlen.«

»Sollten wir nicht sowieso im Norden weitere Truppen ausheben gehen?«

»Richtig«, stimmte Harry Rob zu.

»Gut. Harry, kümmerst du dich um die Pferde? Rob, magst du in der Küche nach etwas Proviant fragen? Ich packe derweil unsere Sachen ein. In einer Stunde vor dem Hoftor.«

Beide nickten. In Windeseile waren sie angezogen und machten sich an die Vorbereitungen. William packte ihre Habseligkeiten zusammen. Dann setzte er sich auf die Strohmatte, atmete tief aus und besann sich zur Ruhe. Ruhig holte er Federkiel, Tinte und ein Blatt Pergament hervor. In knappen Sätzen schilderte er John seinen Entschluss und bat ihn darum, ihren Vater davon in Kenntnis zu setzen. Des Weiteren bat er ihn, mit Lord Warwick zu sprechen mit der Bitte, das Verlöbnis vorerst auf seine Wiederkehr zu verschieben. Von seinem tatsächlichen Entschluss verriet er nichts, denn zunächst galt es alle Beteiligten zu besänftigen. Eilig pustete er das Schreiben trocken, faltete es in der Mitte und schulterte ihre wenigen Sachen.

Der Hof war wie ausgestorben, hier und da waren einige Schnarchgeräusche zu hören, nur vereinzelt waren noch Fackeln entzündet. An Johns Gemach gelangt, schob er das Schreiben unter der Tür hindurch und machte sich auf zum verabredeten Treffpunkt.

Stamford, Februar 1589

Nach und nach fielen immer mehr kleine Schneeflocken auf Marthas Fellmantel. Ihr machte das nichts aus. Unablässig formte sie einen Engel in den Schnee am Boden, indem sie ihre Arme und Beine im Liegen öffnete und schloss. Öffnete und wieder schloss. Ob die Engel wohl Gefallen daran finden würden, wenn sie ihr dabei zuschauten? Sie blickte in den Himmel und sah mit einem Mal das Gesicht ihrer Großmutter Marthilda vor sich auftauchen. Sie blinzelte, um sicherzugehen, dass sie sich nicht irrte, aber kein Zweifel, es war ihre Großmutter. Die silberdurchwirkten Haare waren unverkennbar. Erfreut streckte Martha ihre Hand nach ihr aus. Ihre Großmutter griff nach dieser und zog sie zu sich. Zusammen mit ihr schwebte sie über den schneebehangenen Baumwipfeln hinweg. Von hier oben hatte sie einen herrlichen Überblick über Burghley House. Sie war begeistert, wie klein alles aussah. Dann lenkte Marthilda sie, um Cecils Residenz herum und blieb mit ihr vor einem Fenster im zweiten Stock schweben. Nach einer Aufforderung ihrer Großmutter drückte sie ihre Nase gegen die Scheibe und versuchte etwas von der Inneneinrichtung zu erkennen.

Vor einem schmalen Bett und einer Kleidertruhe, entdeckte sie ihre Freundin Peggy unruhig im Raum auf- und abschreiten. Ehe Martha sich versah stand sie neben Peggy. Von ihrer Großmutter war nichts mehr zu sehen. Sie versuchte Peggy anzusprechen und auf sich aufmerksam zu machen, doch diese schien sie nicht wahrzunehmen. Sie ging auf ihre Freundin zu und fasste nach ihrem Arm, bemerkte aber, dass sie durch sie hindurchgriff, als wäre sie Luft. Verwundert beobachtete sie, wie

Peggy mit einem Mal entschlossen stehen blieb, sich ihr Kleid glattstrich und tief durchatmete. Zielstrebig griff sie nach zwei Bechern, die auf einem Regal an der Wand standen und einem gefüllten Krug, der seinen Platz vor dem Kamin hatte. Dann verließ Peggy ihr Gemach, dicht gefolgt von Martha. Auf leisen Sohlen bewegte sich Peggy zum südlichen Flügel.

Martha wusste, dass sich hier Cecils Arbeitsräume befanden. Besorgt merkte sie, wie sich ein ungutes Gefühl in ihr ausbreitete. Was wollte Peggy hier? Vor einer Tür am Ende eines Flures blieb Peggy schließlich stehen. Martha sah, wie die Hände ihrer Freundin leicht zitterten. Ein paar Atemzüge verharrte sie vor der Tür. Schwankend glitt ihr Blick den Flur entlang. »Oh Peggy«, flüsterte Martha »geh lieber wieder zurück!« Doch Peggy hörte sie nicht, sondern hob ihre schmale Rechte und klopfte vorsichtig an der Tür. Nichts geschah. »Er ist gar nicht da, Peggy, also verschwinde von hier!«, probierte Martha erneut vergeblich ihre Freundin zu erreichen. Peggy klopfte erneut, dieses Mal kräftiger. Marthas konnte ihr Herz schlagen hören, so sehr versuchte sie sich auf Geräusche zu konzentrieren. Sie konnte ein hörbares Stühlerücken ausmachen. Mit einem Knarren öffnete sich die Tür und ein hagerer Mann mit Stirnglatze stand vor ihnen: Geoffroy Coldwell. Sein anfänglich fragender Blick wandelte sich in ein knabenhaftes Lächeln.

»Lady Bowsmith, wie schön, Euch zu sehen. Was hat Euch in diesen Teil des Hauses verschlagen?«

»Ich dachte, Ihr könntet eine kleine Stärkung vertragen, Mylord«, betete Peggy wie auswendig gelernt herunter.

»Gewiss doch. Gewiss doch. Herzallerliebst von Euch. Tretet ein!« Er öffnete die Tür einen Spaltbreit weiter und gewährte ihr

Eintritt in das düstere Arbeitszimmer. Bevor er die Tür wieder schloss, schlüpfte Martha mit hindurch. Unbehaglich sah sie sich im Zimmer um. Lediglich eine Kerze brannte auf einem großen Schreibtisch. Neben dieser waren einige Federkiele, Tintenfässchen, Pergamente und Bücher fein säuberlich angeordnet. An den Wänden hingen mehrere kleine Jagdtrophäen, die allesamt mit Staub behangen waren. Über dem kalten Kamin war ein altehrwürdiges Schwert angebracht.

Martha begann zu frösteln. Ihr gefiel die Situation ganz und gar nicht. Beklommen drehte sie sich zu Coldwell, der Peggy taxierte, als müsste er ihren Wert ermitteln.

Diese hatte unterdessen die Becher auf dem Schreibtisch abgestellt und mit dem inzwischen nicht mehr dampfenden Wein gefüllt.

»Was führt Euch hier her, Mylady?« Coldwell hatte anscheinend nicht vor, um den heißen Brei herumzureden.

»Um ehrlich zu sein, geht mir Euer Heiratsantrag nicht mehr aus dem Kopf.«

Gespannt lauschte Martha dem Wortwechsel.

»Heißt das, Ihr seid gewillt, meine Frau zu werden?« Seine Worte überschlugen sich fast.

Peggy nickte sparsam. »Ihr seid eine vernünftige Partie. Ich denke, mein Vater und auch die Königin werden ihr Einverständnis geben.«

Coldwell sah beseelt aus. Seine Augen strahlten. »Meine Teuerste, ich werde gleich morgen einen Boten zu Eurem Vater schicken.«

»Ihr seht mich von Glück erfüllt, Mylord.« Peggy neigte ihren Kopf und bewegte sich wieder in Richtung der Tür.

Ja, bis hierhin hast du alles richtig gemacht und nun geh! Martha war froh dem düsteren Raum und ebenso ihrem schlechten Bauchgefühl entkommen zu können.

Doch sie hatte die Rechnung ohne Cecils Sekretär gemacht. »Wo wollt Ihr so schnell hin?« Er stellte sich Peggy in den Weg und umfasste ungeniert ihre Schultern. »Ihr seid doch sicherlich nicht nur hergekommen, um mir persönlich Euer Einverständnis mitzuteilen. Das hättet ihr auch in der Eingangshalle oder beim Abendmahl tun können.«

Martha nahm wahr, dass Peggy wie angewurzelt dastand. Zaghaft schüttelte sie ihren Kopf, was Coldwell jedoch geflissentlich ignorierte. Sie versuchte ihre Freundin bei der Hand zu nehmen, sie zum Gehen zu bewegen, aber sie griff durch sie hindurch. Tatenlos musste sie mitansehen, wie Coldwell seine Hände von den Schultern zu Peggys Ausschnitt wandern ließ. Martha schlug sich die Hand vor den Mund als sie sah, wie er ohne jede Hemmung begann Peggys Brüste zu kneten und dann ihre Röcke raffte.

Du Mistkerl!, fuhr es Martha durch den Kopf. »Du elender Schuft, lass sie in Frieden! Kannst du nicht warten bis ihr vermählt seid?« Sie schrie nun und spürte unbändige Wut in sich hochkochen.

Fahrig schob Coldwell die versteinerte Peggy zum Schreibtisch, fegte mit einer einzigen Handbewegung alles darauf Befindliche herunter und bedeutete ihr, sich hinzulegen.

Ein heiseres: »Bitte nicht!«, hielt ihn nicht davon ab an seiner Hose zu nesteln und sie gierig auf Mund und Hals zu küssen. Hilflos und scheinbar unfähig sich zu wehren, schloss ihre Freundin die Augen.

Martha raufte sich die Haare, als ihr klar wurde, dass sie nicht weniger hilflos war, wie Peggy. Tränen der Verzweiflung stiegen in ihr auf.

Als Coldwell seine Beinkleider achtlos herunterrutschen ließ, drehte sich Martha zum Fenster um und versuchte die Geräusche und Coldwells schneller werdenden Atem auszublenden.

Ein dumpfes, klatschendes Geräusch ließ sie abrupt herumfahren. Etwas verwirrt versuchte sie, die Ursache zu orten, und blickte zur Tür. Auf der Schwelle stand niemand anderes als Cecil. Unzählige Papiere waren ihm aus den Händen geglitten und auf dem Boden vor ihm gelandet.

Erschrocken fing Peggy an zu kreischen und versuchte ihre Blöße zu bedecken. Coldwell brauchte einige Sekunden, um das Ausmaß der Situation zu begreifen, und zog sich nur langsam die Beinkleider wieder hoch.

»Was hat das zu bedeuten, Coldwell?« Cecils Stimme war schneidend.

»Mylord, es ist nicht so, wie es aussieht!«

»Ach nein? Wonach sollte es denn aussehen?«

»Ich gedenke, Lady Bowsmith zur Frau zu nehmen. Ich habe ihr mein Versprechen gegeben!«

»Und sie entehrt?«

Marthas Freundin fing an zu schluchzen.

»Ihr lasst mir keine andere Wahl. Das muss an die Königin getragen werden! Das ist Unzucht!«

»Nein! Mylord, bitte habt Erbarmen!« Peggy rutschte vom Schreibtisch und kniete sich bettelnd vor Cecil.

Der musterte sie angewidert. »Reißt Euch zusammen! Das

Ganze ist schon liederlich genug!« Dann drehte er sich um und rief nach zwei Wachen.

Zitternd sackte Peggy in sich zusammen.

Schweißgebadet und mit einem flauen Gefühl in der Magengegend öffnete Martha die Augen. Draußen auf den Gängen waren aufgebrachte Stimmen zu hören. Desorientiert schaute sie sich um. Sie befand sich in ihrem Gemach und lag ausgestreckt auf ihrem Bett. Sie muss wohl über den Briefen eingenickt sein, vermutete sie. Unruhig richtete sie sich auf und versuchte sich mühsam an Einzelheiten aus ihrem Traum zu erinnern. Sie hatte von ihrer Großmutter geträumt und von Peggy. Peggy! Plötzlich fiel ihr alles wieder ein: Peggy war zu Coldwell gegangen und dieser hatte sie bestiegen, wie eine dahergelaufene Magd. Schlagartig begann sie zu frösteln, als hätte jemand einen Kübel eiskaltes Wasser über ihr geleert. War das einer dieser hellsehenden Träume, von denen ihre Großmutter einst gesprochen hatte, als sie klein war? Martha wusste, ihre Mutter soll gelegentlich solche Träume gehabt haben. Bisher war sie selbst davon verschont geblieben. Besorgt biss sie sich auf die Unterlippe. Sollte dieser Albtraum wirklich passiert sein? Oder hatte sie einfach nur schlecht geträumt?

»Was heißt, Ihr wolltet sie heiraten? Hattet Ihr Unsere Zustimmung, ohne dass Wir davon wussten? Schaut Uns gefälligst in die Augen, wenn Wir mit Euch sprechen!« Die Königin schrie vor Zorn. Sie hatte sich vor ihren knienden Opfern aufgebaut und beugte sich über sie wie eine Raubkatze, die sie gleich verspeisen würde. »Was fällt Euch dummem, nichtsnutzigem Frauenzimmer ein? Wollt Ihr, dass man über Uns lacht, weil ich meine Zofen nicht im Zaum halten kann? Ihr lasterhaftes Ding!«

Unter jedem Wort schien Peggy ein Stück tiefer im Boden zu versinken. Sie hatte längst keine Haltung mehr, wimmerte ohne Unterlass und ließ ihren Tränen freien Lauf.

Marthas Knie wurden weich, als sie ihre Freundin so leiden sah. Erschreckend, wie sich das vielversprechende Leben der armen Peggy im Handumdrehen ins Gegenteil verkehrt hatte. Nur, weil sie einmal schwach geworden ist. Und das alles wegen Devereux, der jungen, naiven Mädchen nachstellte und ihnen den Himmel auf Erden versprach, wenn sie sich mit ihm einlassen würden.

»Ihr kommt beide dorthin, wo ihr lange genug Zeit habt, um euch eine passende Antwort zu überlegen. Wachen, setzt sie unter Arrest, wenn wir in London sind, bringt sie umgehend in den Tower. Wir wollen sie nicht mehr sehen!«

Das Wort »Tower« hatte Peggys Lebensgeister geweckt. Sie straffte ihren Rücken und schaute Elizabeth unter ihren verquollenen Lidern flehend an. »Aber ich bin schwanger! Das könnt Ihr nicht tun, Eure Majestät!«

Innerlich schlug sich Martha die Hände vors Gesicht. Peggy merkte scheinbar nicht, wann es besser war den Mund zu halten. Denn, wenn sie dachte, dass die Königin die Tatsache besänftigte, hatte sie sich getäuscht.

Elizabeths Augen waren kaum noch zu erkennen, so verengt waren sie. »Er hat dir also auch noch einen Bastard gemacht?« Sie zeigte mit ihrem beringten Zeigefinger auf Coldwell, der erschrocken zu Peggy schaute und entrüstet den Kopf schüttelte.

Resolut drehte sich ihre Freundin zu Devereux um, der mit ausgestreckten Beinen auf einem Stuhl saß und das ihm gebotene Schauspiel amüsiert verfolgte. »Lord Devereux ist der Vater.«

Angespannt knetete Martha ihre Handknöchel. Jetzt bewegte sich Peggy auf sehr dünnem Eis. Aus dem Augenwinkel beobachtete sie Devereux' Reaktion genau.

Nicht das kleinste Zucken verriet, dass die Angeklagte die Wahrheit aussprach. Er blieb scheinbar ungerührt sitzen, lediglich eine Braue zog er in die Höhe, um seinem Missfallen Ausdruck zu verleihen.

»Ihr wagt es, den Earl of Essex in die Sache zu verwickeln? Wie tief wollt Ihr noch sinken?«

»Ich sage die reine Wahrheit! Gott ist mein Zeuge!«, kreischte Peggy angsterfüllt.

»Gott solltet Ihr lieber um Vergebung bitten, anstatt ihn in Euer Lügenkonstrukt einzuflechten!« Elizabeth kehrte ihnen den Rücken zu und nickte in Devereux' Richtung.

Der stand fast gelangweilt auf und nickte seinerseits den Wachen zu, die bereits hinter Coldwell und Peggy Stellung bezogen hatten. »Sperrt sie in den Kerker, aber getrennt voneinander«, fügte er mit einem süffisanten Lächeln hinzu.

Hoffnungslos versuchte Peggy, Marthas Blick aufzufangen. »Martha! Martha, so hilf mir doch!«, rief sie, während die Wachen sie unter den Armen packten und grob auf die Füße zerrten. Martha wurde erst heiß, dann kalt. Sie hatte das Gefühl, als würde ein dicker, heißer Knoten in ihrer Brust sitzen. Tatenlos musste sie mitanschauen, wie die Wachen ihre Freundin fortführten. Sie konnte es nicht leugnen, sie machte sich unendliche Vorwürfe.

Was wäre, wenn sie Peggy nicht dazu geraten hätte auf Coldwells Antrag einzugehen? Vielleicht wäre sie, dann nicht zu ihm gegangen und diese unaussprechliche Sache wäre nicht geschehen. Doch all ihre Schuldgefühle halfen weder ihr noch Peggy. Vorerst würde sie nichts für ihre Freundin tun können.

Anno Domini 1366-67

»Amantes amentes.«
Liebende sind von Sinnen.

ie Überfahrt von Plymouth nach Lamarque dauerte zwei volle Tage. Zwei Tage, die für William nicht hätten länger sein können. Sichtlich erleichtert, das Schiff wieder lebendig verlassen zu können, setzte William einen Schritt nach dem anderen auf festen Boden. Er hatte bisher nur auf Barken über die Themse gesetzt, nicht aber auf einem großen Schiff tagelang auf hoher See verbracht.

Glucksend drosch Rob ihm auf die Schulter. »So viel königliches Futter haben die Fische lange nicht bekommen, Plantagenet.«

William, der immer noch bleich um die Nase war, verzog das Gesicht zu einer Grimasse. »Süße Maria, ich brauche erst einmal einen Schluck Wein, bevor ich mich auch nur ein Stück weiterbewege.«

Grinsend löste Harry seinen Weinschlauch vom Gürtel und reichte ihm diesen. »Verrückt, wie angenehm mild es hier noch ist. Ich glaube, daran könnte ich mich gewöhnen.« Genießerisch sog Harry die Luft ein und ließ den Blick über die vor ihnen liegenden Ländereien gleiten.

Aus den Erzählungen von John wusste William, wie mild die Winter im Herzogtum Guyenne sein konnten. Doch da zum Antritt ihrer Reise bereits der erste Schnee an der Ostküste Englands gefallen war, erschien es ihm seltsam unwirklich.

»Welchen Tag haben wir heute?«

Harry und Rob tauschten einen amüsierten Blick aus, ehe Rob antwortete: »Mann, dich hat es wohl sehr durcheinandergeschaukelt. Wir haben heute den Gedenktag unseres Apostels Andreas. Und wenn du unsere Männer fragst, dann ist das mehr als ein gutes Omen. Der heilige Andreas – «

» – ist der Schutzpatron von Bordeaux«, beendete William den Satz seines Freundes und atmete mehrmals tief aus. »Die Männer tun gut daran, unsere Sache als gottgewollt anzusehen. Mögen sie lange davon zehren.« Er nahm einen kräftigen Schluck aus dem Weinschlauch, bevor er ihn wieder an Harry übergab. »Wir haben einen knappen Tagesmarsch vor uns. Rob, schick zwei deiner Männer nach Bordeaux. Sie sollen uns für heute Abend ankündigen.«

Rob nickte knapp und wandte sich einem kleineren Jungen zu, der direkt hinter ihm gestanden hatte. William beobachtete, wie der Junge einige Befehle entgegennahm und eilends auf das Schiff lief. Inzwischen hatte sich William daran gewöhnt, welch verblüffende Ähnlichkeit die beiden miteinander hatten. Nachdem die drei im vergangenen Sommer vor der geplanten Hochzeit Reißaus genommen hatten, hatte Robs älteste Schwester sie gebeten, sich ihrer drei Jüngsten, Godric, Humphrey und Adam, anzunehmen. Da sie für die anstehende Schlacht so oder so jeweils einen eigenen Knappen brauchten, hatten sie nicht abgelehnt. Damit sparten sie Zeit, in Lancasters Gefolge nach Jungen Ausschau zu halten, denn es war gar nicht so leicht, fähige Knappen zu finden. Während einer Schlacht würden sie keine Zeit haben, ihre Waffen und Rüstungen in Stand zu halten. Auch wollte das zweite Pferd, das die Ausrüstung schulterte, geführt und versorgt werden. Daher brauchten sie Knappen, auf die sie sich in jeder Situation blind verlassen konnten. Die zurückliegenden Monate hatten gezeigt, dass sie es nicht besser hätten treffen können. Godric, der Jüngste von ihnen, war vor ein paar Wochen gerade elf geworden. Humphrey war dreizehn und Adam vierzehn Jahre. William hatte sich den Mittleren des Trios ausgesucht, Rob den Jüngsten und Harry den Ältesten. Robs Befürchtungen, dass sich die Brüder darauf ausruhen könnten, dass er ihr Onkel war, hatten sich als unbegründet erwiesen. Die Tatsache änderte nichts an ihrem Eifer. Es war kaum zu übersehen, wie sehr sie zu ihnen aufschauten. Scherzhaft hatten sie die Brüder ihre »Schatten« genannt, da sie ihnen auf Schritt und Tritt folgten.

Nachdem Robs *Schatten*, gefolgt von zwei hochgewachsenen Männern mittleren Alters zu ihnen zurückkehrte, fuhr William mit seinen Anweisungen fort: »Harry, kümmere du dich darum, dass die Pferde, Waffen und der Proviant ordnungsgemäß abgeladen werden. Ich werde die Truppenaufseher aufsuchen und unseren baldigen Aufbruch bekanntgeben. Ich möchte ungern woanders Halt machen müssen.« Mit fast tausend Soldaten, davon hundert Berittene, fünfhundert Fußsoldaten und vierhundert Bogenschützen, waren sie aus England aufgebrochen. Die letzten Monate hatten William, Rob und Harry damit verbracht, auf Befehl des Königs ganz England nach weiteren Soldaten für die anstehende Schlacht im Frühjahr auszuheben. Dabei waren sie recht erfolgreich gewesen. John würde ihnen im März nächsten Jahres mit weiteren siebentausend Mann folgen. Dann würden sie gemeinsam aufbrechen, um König Pedro de Castilla gegen seinen Halbbruder Enrique de Trastámara zu unterstützen. Dadurch versprach sich England die uneingeschränkte Unterstützung Kastiliens gegen Frankreich.

In der frühen Abenddämmerung kamen sie endlich in

Bordeaux an. Vom Torwärter wurden die Truppen auf verschiedene Unterkünfte der Stadt aufgeteilt. William, Rob und Harry ritten weiter bis zur Burg. An dieser angelangt, staunten die drei nicht schlecht. Sie waren durch Lancasters Haushalt einiges gewohnt, doch Bordeaux übertraf alles ihnen Bekannte. Die Wände waren mit kostbaren Wandbehängen und Gemälden geschmückt und selbst die Böden wiesen fein geknüpfte Teppiche auf. In jedem Raum war eine verschwenderische Zahl an brennenden Kerzen vorhanden.

In der Empfangshalle der Burg angelangt, empfingen Ed und Joan sie freudestrahlend. Ed stand lachend auf und kam ihnen mit weit ausgebreiteten Armen entgegengeschritten. Jeden Einzelnen nahm er in den Arm und bekundete seine Freude über ihre sichere Ankunft. Joan stand hoheitsvoll neben dem Prinzen und streckte ihnen elegant ihre zarte schmale Hand entgegen. In ihrem purpurnen Kleid sah sie jetzt schon wie eine Königin aus. Ihre honigfarbenen Haare trug sie offen, mit einer Handvoll purpurner kleiner Schleifenbänder geschmückt. Ihre Haare fielen ihr bis auf die Hüfte und umspielten ihren sichtlich gewölbten Leib. Ihre Schwangerschaft schien weit fortgeschritten, was ihrer Schönheit keinen Abbruch tat.

William sah das verräterische Funkeln in Harrys und Robs Augen, während sie ihr einen Kuss auf den Handrücken hauchten. Mit ihren achtunddreißig Jahren sah die Prinzgemahlin immer noch sehr attraktiv aus. Im Grunde sah sie so aus, als wäre sie seit der Hochzeit um keinen Tag gealtert.

Einen Deut länger als gebräuchlich hielt William ihre Hand in der seinen fest und er spürte wie ihn seltsames Gefühl durchströmte. Überrascht versuchte er seine Gedanken zu ordnen. Erst Harrys Worte holten ihn aus seinen weitverzweigten Gedanken zurück.

» – konnten rund vierhundert Bogenschützen ausheben. Allerdings werden sie wohl nicht so treffsicher wie die Euren sein. Zum größten Teil handelt es sich um Bauern, aber das sollte in den nächsten Monaten präzisiert werden können.«

»Exzellent! Ich sage euch, unser Vorhaben steht unter einem guten Stern.« Lächelnd rieb sich Ed die Hände.

»Ihr seid sicher müde von den Strapazen eurer Reise. Ich werde sichergehen, dass eure Kammern gut beheizt werden«, ergriff Joan die Gelegenheit und wandte sich an ihren Mann: »Ich werde euch Wein bringen lassen.« Mit einem Kopfnicken verabschiedete sie sich anschließend aus der Runde: »Meine Herren …«

Ed wartete, bis Joans Schritte verhallten. »Meine hinreißende Gemahlin! Sie wird von Tag zu Tag schöner.«

Harry und Rob nickten zustimmend.

»Mit Verlaub, sie verdient wahrlich ihren Ruf, die schönste Frau Englands zu sein, Mylord«, ergänzte Rob bewundernd.

Robs Wortwahl ließ William aufhorchen. Nachdenklich blickte er in die Richtung, in der Joan verschwunden war.

Unvorhergesehen knuffte ihn Ed in die Rippen und lachte ihn verschmitzt an. »Will, such dir lieber mal endlich eine eigene Frau, anstatt anderen hinterherzugaffen.«

Harry und Rob johlten laut auf. »Da sprecht Ihr ein heikles Thema an.«

Leidvoll verzog William das Gesicht. »Bitte, nicht jetzt.«

»Hat der König dir etwa eine Braut zugeführt?« Sein Bruder beäugte ihn neugierig. Dann zwinkerte ihm verschwörerisch zu, um ihm zu verstehen zu geben, dass das wahrlich noch warten konnte. Zu Williams Wohlgefallen wechselte er das Thema.

»Folgt mir, meine durstigen Freunde!« Er hob zum Zeichen seine Hand, machte auf dem Absatz kehrt und führte sie durch eine Hintertür in ein großzügiges Studierzimmer. An den hohen Wänden standen Regale, die bis unter die Decke gingen und mit unzähligen Büchern gefüllt waren. Einige waren bereits ganz vergilbt, viele waren mit Staub behangen oder wiesen Abnutzungsspuren auf. Mit einer einladenden Geste wies der Prinz sie an, Platz zu nehmen. Die drei Freunde setzten sich an einen runden dunkelgebeizten Eichentisch. Ein Page betrat den Raum und brachte ihnen zwei große Krüge voll rotem Wein. »Lasst uns auf unseren baldigen Sieg über den Hurensohn Enrique trinken.«

»Auf unseren Sieg!«, sagten sie im Chor.

»Ausgesprochen köstlicher Wein.« Rob nahm einen weiteren Schluck.

»Nicht wahr? Der kommt aus den umliegenden Anbaugebieten des Herzogtums.« Der Stolz in Eds Stimme war nicht zu überhören.

»Wie sieht die Planung aus, Ed?«, fragte William etwas ungeduldig.

»Wenn alles nach Plan läuft – und danach sieht es derzeit aus – marschieren wir Mitte März nach Kastilien.«

»Wo werden wir auf Pedro treffen? Und wisst Ihr, wie viele Männer er mitbringt?«, wollte Rob wissen.

»Wir werden uns mit Pedros Truppen an der Grenze zu Kastilien zusammenschließen. Nach den Hochrechnungen seiner Befehlshaber bringt er es auf fünftausend Mann.«

»Mit Euren zwölftausend und Johns siebentausend Männern stehen wir insgesamt recht gut da«, erwiderte Harry und drehte grübelnd seinen Kelch in den Händen.

»Konnten Eure Späher ausfindig machen, wie viel Enrique aufstellen wird?«

Ed schüttelte den Kopf. »Leider nein. Zwei von drei Spähern sind nicht wiedergekommen.«

»Verdammte Hurenböcke!« Rob donnerte seine Faust auf den Tisch.

»Wir sollten besser nicht davon ausgehen, dass sie uns unterliegen werden. Es wäre fatal, wenn wir so denken«, meinte Harry.

»Hat John gesagt, wann er aufbrechen wird?« Ed musterte seinen Bruder gespannt.

»Anfang März wird er zu uns stoßen.«

»Vielleicht werde ich ihm schreiben, dass er bereits Mitte Februar zu uns kommen soll. Ich will nicht übereilt aufbrechen müssen.«

Harry nickte zustimmend. »Das wäre sicherlich eine gute Entscheidung, Mylord.«

Ed stellte seinen Kelch ab und seine Miene wurde ernster. »Wie geht es der Königin? Ein Bote berichtete mir, dass sie lange Zeit krank war.«

Philippa hatte sich im vergangenen Sommer eine üble Grippe zugezogen, die sie mehrere Wochen niederstreckte. Durch John hatte William erfahren, die Ärzte fürchteten schon, dass das Fieber ihre Lungen erreichen würde. Erst zum Herbst hin, besserte sich ihr Zustand allmählich. »Philippa hat sich dank der Hofärzte wieder gut erholt. Sie muss sich noch schonen, aber du kannst zuversichtlich sein.« William lächelte seinem Bruder aufmunternd zu.

»Dann kann ich nun ja beruhigt der Sache mit deiner Braut lauschen.«

William verdrehte die Augen. »Wie konnte ich nur denken, dass du locker lässt.«

»Und, habt ihr nun geheiratet oder nicht?«

Harry übernahm das Wort für William. »Der König war der Ansicht, dass William noch vor der Schlacht heiraten sollte.«

»Und wieso weiß ich dann nichts von der Heirat?«

»Weil sie nicht stattgefunden hat – zumindest noch nicht«, erwiderte Rob.

Fragend schaute Ed William an.

»Ich bin zur Trauung nicht aufgetaucht«, gab dieser zu verstehen.

Zwiegespalten über so viel Respektlosigkeit ihrem Vater gegenüber und so viel Mut auf der anderen Seite, pfiff Ed anerkennend durch die Zähne. »Den Schneid muss man erst einmal haben. Jetzt verstehe ich, warum du das Thema meidest.«

»Ich möchte mir meine Braut selbst aussuchen«, bekannte William schmollend. »Das hast du doch auch getan.«

»Das war etwas anderes.« Ed griff erneut nach dem Weinkelch.

»Ich habe erwartet, dass der König mich in seine Pläne mit einbezieht, dass er mich wenigstens fragt!«

»Die Wahl der Braut wird nicht willkürlich gefallen sein, habe ich recht?«

Rob tauschte einen Blick mit William aus und antwortete an seiner statt. »Es ist Juliana Beauchamp.«

»Die Tochter des Earl of Warwick?« Verständnislos betrachtete der Prinz seinen Halbbruder. »Was gab es an diesem Verlöbnis auszusetzen? Ist sie hässlich?«

»Das tut nichts zur Sache«, nuschelte William vor sich hin.

»Dann verstehe ich deine Haltung nicht! Die Beauchamps sind nicht gerade für ihre ärmlichen Verhältnisse bekannt. Du würdest in eine einflussreiche Familie einheiraten und dadurch diese wiederum noch enger an die Krone binden.«

»Fang du bitte nicht auch noch an, Ed.«

»Ich glaube, du verkennst deinen Stellenwert. In deinen Adern fließt königliches Blut. Eure Nachkommen und damit Warwicks Enkel würden einen hohen Rang in der Königsfamilie einnehmen. Durch eure Verbindung hätte die Krone einmal mehr auf die Unterstützung der Beauchamps bauen können, Will.«

Der Angesprochene brummte missmutig in seinen Kelch.

»Und ich schätzte mit dem König war nicht zu reden, ja?«

William hob gleichgültig die Schultern.

»Das heißt, dann seid ihr drei in einer Nacht- und Nebelaktion vom Hof geflüchtet? Du hast die arme Braut vor dem Altar warten lassen und den König zur Weißglut getrieben und zudem Warwick vor den Kopf gestoßen?«

»Die arme Braut war genauso unglücklich wie ich, was unser Verlöbnis betraf. Nur war sie machtlos, ich im Gegensatz nicht. John hat mich bei Warwick entschuldigt und ihn damit versöhnt, dass ich die Vermählung bis zu meiner Wiederkehr aufschieben möchte.«

Ed zog eine Augenbraue in die Höhe. »Und das hast du auch wirklich vor?«

»Damit kann ich mich befassen, wenn es so weit ist.«

»Hast du dich wenigstens mit dem König ausgesprochen?«, hakte sein Halbbruder weiter nach.

William schnaubte bloß.

Rob fuhr an seiner Stelle fort: »Der König ließ ihm ausrichten, dass er ihn nicht sehen will. Erst, wenn er gelernt hätte, zu seiner Verantwortung als Königssohn zu stehen.«

Ed schmunzelte. »Mach dir nichts draus, Will. Du weißt doch um das Temperament des Königs. So schnell, wie die Wut gekommen ist, wird sie auch wieder verfliegen. Du wirst ihm in der Schlacht beweisen können, welche Verantwortung du schultern kannst.«

Später am Abend fand sich der Hof in einer prachtvollen Halle zum Abendmahl ein. In der Zwischenzeit hatten die drei ihre Quartiere bezogen. Lady Joan hatte ihnen im Ostflügel der Burg schräg gegenüberliegende Gemächer zugeteilt. Ihre *Schatten* hatten ihre wenigen Habseligkeiten bereits darin verstaut, als die drei eintrafen. Alles war sehr geräumig. Nicht nur hatte jeder von ihnen sein eigenes Gemach, auch ihre Knappen konnten gemeinsam ein Zimmer am Ende des langen Korridors beziehen und musste dieses mit keinem weiteren Knappen teilen.

Derweilen hatten die drei Freunde zur Linken des Prinzen Platz genommen und ließen sich das aufgetischte Essen schmecken. Hungrig langten sie zu, hatten sie ihre Rationen in den vergangenen Tagen doch genauso gering gehalten wie ihre Männer. Nur William aß mit Vorsicht, weil er seinem Magen nach der Seekrankheit immer noch nicht recht traute. Ihre *Schatten* hatten sie in die Vorhalle zur Küche geschickt, wo sie zusammen mit den anderen Knappen und auch Bediensteten ihr Mahl bekamen.

Es war recht laut in der Halle und William wünschte sich schon zurück in sein Gemach, weit weg von dem Trubel. Er brauchte dringend eine Portion Schlaf, und das breite Himmelbett mit den hellen Vorhängen hatte sehr einladend auf ihn gewirkt. Während er sich in Gedanken bereits auf seinem Bett ausstreckte, überkam ihn auf einmal das Gefühl, beobachtet zu werden. Er ließ seinen Blick auf die andere Seite der Tafel wandern und bemerkte ein Augenpaar, das ihn eingehend musterte. Mit dem nächsten Lidschlag änderten die Augen jedoch ihre Richtung und er vermochte nicht mit Bestimmtheit zu sagen, ob es ein Zufall war oder nicht. Über seinen Weinpokal hinweg schaute er sich die Besitzerin dieser hübschen Augen an. Ihm gegenüber saßen Lady Joans Hofdamen, allesamt vornehm gekleidete, blutjunge Frauen. Angeregt schienen sie sich über etwas zu unterhalten und nahmen die Neuankömmlinge kaum wahr. Allerdings machte die Dame, die sein Interesse erregte, den Anschein, als würde sie dem Gespräch nur mäßig folgen. Aufmerksam betrachtete er sie. Sie saß ganz außen, direkt neben Lady Joan. Hätte er es nicht besser gewusst, dann hätte er sie auch für ihre Tochter halten können – mit Ausnahme der Augen, die waren von einem satten Grün. Ihre Wangen waren einen Hauch rosa, die Nase von Sommersprossen übersät. Ihm kam es vor, als hätte er nie etwas Vergleichbares gesehen. Sie sah aus, wie er sich einen Engel auf Erden vorstellte. Das Licht der Fackeln spiegelte sich in ihrem lichtblonden Schopf wider.

Ein rüder Stoß in seine Magengegend ließ ihn aus seinem Traum erwachen. »Will! Sag mal, hörst du mir überhaupt zu? Was meinst du dazu?« Rob bedachte ihn mit einem Stirnrunzeln.

»Zu was?«, erwiderte er etwas durcheinander. Nur halbherzig lauschte er Rob und schaute ganz beiläufig wieder in Richtung der Hofdamen. Dabei war ihm, als zeichnete sich ein zartes Lächeln auf den Lippen der schönen Unbekannten ab. Trunken vor Glück bildete sich William ein, dass es ihm gewidmet war.

Nach dem Essen hatten die drei recht zügig nach Ed die große Halle verlassen. Sie waren erschöpft von den Strapazen ihrer Anreise und wollten noch ein wenig ungestört miteinander reden. Ihren *Schatten* hatten sie unterdessen erlaubt, noch ein wenig länger zu bleiben. Nun saßen sie mit ausgestreckten Füßen vor Harrys wohlig warmen Kamin und ließen die Eindrücke des letzten Tages auf sich wirken.

William gähnte herzhaft. »Eine beeindruckende Burg kann Ed sein Eigen nennen. Sehr herrschaftlich, das muss man ihm lassen.«

»Hm«, machte Rob. »Viel beeindruckender finde ich die Hofdamen von Lady Joan«, stellte er schmunzelnd fest.

»Das ist also wieder alles, was am Ende des Tages bei dir hängen geblieben ist?« Harrys dunkle Augen beäugten den Jüngeren spöttisch. »Fängst du gleich auch noch an zu sabbern, ja?«

»Ach, halt die Klappe!« Lachend trat Rob den Schemel unter Harrys Füßen weg. »Du verstehst dich ja noch nicht einmal darauf, einen Schemel unter dir zu behalten, wie sollst du dann beim Thema Frauen mitreden können?«

William stieg in Robs raues Lachen mit ein.

Brummend stellte Harry seinen Schemel wieder auf.

»Na Will, welche der Schönheiten könnte dir gefallen?« Auffordernd blickte ihn Rob an.

William winkte jedoch ab und mimte den Uninteressierten.

»Die kleine Sommersprosse hat unserem Will den Kopf verdreht«, murmelte Harry abwesend, da er mit der Position seines Schemels noch nicht zufrieden schien und ihn weiter zu sich heranzog.

Verdutzt klappte William der Mund auf. »Gibt es irgendetwas, das du nicht mitbekommst?«

Auch Rob schien nicht weniger verblüfft von Harrys Auffassungsgabe und pfiff anerkennend durch die Zähne.

Harry lehnte sich schließlich wieder zurück und begutachtete nachdenklich die knisternden Holzscheite. »Mehr noch ist mir allerdings aufgefallen, dass du mit Lady Joan sehr vertraut schienst, ganz so als würdest du sie näher kennen.«

»Jetzt wirst du mir unheimlich, Harry«, erwiderte Rob und legte den Kopf schräg, um ihn aus dem Augenwinkel eingehender betrachten zu können.

»Schon klar, dass du deine Aufmerksamkeit eher auf sie als weibliches Wesen anstatt auf Will gelenkt hast.«

Schuldbewusst stahl sich ein Grinsen auf Robs Gesicht. »Ich bin natürlich stets bemüht, euch zwei Böcken meine ungeteilte Aufmerksamkeit zu schenken.«

Mit hochgezogenen Augenbrauen wandte sich Harry wieder an William. Dieser zuckte nur mit seinen Schultern. »Ich habe ehrlich gesagt keine Erklärung dafür. Die Begegnung war seltsam vertraut, als hätte ich eine Art Verbindung zu ihr.«

»Du kennst sie doch gar nicht. Wie also möchtest du bitte eine Verbindung gespürt haben?«, fragte Rob nach.

»Wenn ich das wüsste …« William dachte angestrengt nach und ergänzte stirnrunzelnd: »Deine Worte haben mich ziemlich irritiert.«

»Was habe ich denn gesagt?« Rob blickte verwirrt drein.

»Du meintest etwas von der schönsten Frau Englands«, erinnerte sich Harry.

»Ich habe das schon einmal gehört …« Grübelnd stützte William seinen Kopf mit der Hand auf der Armlehne ab.

»Dass sie die schönste Frau Englands sei?«

»Der König sagte einst, meine Mutter sei die schönste Frau Englands.«

Amüsiert gluckste Rob. »Du glaubst doch jetzt nicht im Ernst, dass Joan deine Mutter ist, Mann? Es gibt fuhrenweise schöner Frauen in England.«

»Nein. Ich meine, ich weiß es nicht. Könnte es denn sein?« Unsicher schaute William zu Harry hinüber.

»Zeitlich hinkommen könnte es schon. Zu jener Zeit könnte sie sich am Hof des Königs befunden haben.«

Rob legte seine Stirn in Falten. »Das mag vielleicht sein. Aber ich kann mir nicht vorstellen, dass sie seine Mutter sein soll. Sie ist mit seinem Bruder, dem Thronfolger, liiert. Das hätte der König nie zugelassen, wenn er mit der Zukünftigen seines Sohnes bereits ein Kind gezeugt hätte.«

»Hm.« William war sich dessen nicht so sicher. Er hatte ein ums andere Mal mit angesehen, wie der König hübsche junge Damen umgarnt hatte. Er konnte sich gut vorstellen, dass viele von ihnen auch sein Bett gewärmt hatten. Warum sollte Joan nicht eine von ihnen gewesen sein?

Als hätte Rob seine Gedanken gelesen, erwiderte er: »In

Ordnung, rein rational betrachtet würde nichts dagegensprechen, dass beide eine heimliche Liebschaft hatten. Joan ist nach wie vor eine Augenweide und der König hat seit jeher ein Auge für schöne Dinge. Doch die Frage, die sich mir aufdrängt: Wieso sollte er dann der Ehe zwischen Ed und Joan zugestimmt haben? Das wäre mehr als nur schamlos, selbst für ihn.«

»Und was, wenn er vielleicht keine Möglichkeit gehabt hätte, um einzuschreiten?« Gedankenversunken beobachtete Harry, wie das Feuer die Holzscheite verschlang.

Ungläubig zog William seine linke Braue in die Höhe. »Glaubst du ernsthaft, dass Ed und Joan ohne des Königs Einverständnis geheiratet haben?«

»Das würde zumindest den König entlasten. Und wenn man bedenkt, wie vernarrt Ed in Joan ist, wäre es durchaus denkbar. Ich kann mich nicht erinnern, je einen Mann gesehen zu haben, der seine Zuneigung so offen zeigt.«

»Ich weiß nicht recht, Rob«, meinte William.

Doch Harry nickte zustimmend in Robs Richtung. »Lasst uns doch einfach mal die Fakten in Augenschein nehmen: Die Ehe der beiden wurde geschlossen, ob der König nun sein Einverständnis gegeben hat oder nicht. Und rein spekulativ betrachtet, könnte der König eine Affäre mit Joan gehabt haben. Das würde bedeuten, Joan könnte deine Mutter und zugleich deine Schwägerin sein.«

»Und die zukünftige Königinmutter«, ergänzte Rob.

Angestrengt fuhr sich William mit den Händen durch Gesicht und Haare. Er hatte das Gefühl, seine Augen würden allmählich vor Müdigkeit brennen. »Selbst, wenn dem so wäre, macht es keinen Unterschied. Ich bleibe des Königs Bastard.«

»Nein, Will. Du wärst ein Bastard, der eine beträchtliche Menge an königlichem Blut in seinen Adern hat. Du würdest eine Gefahr für Ed und eine Gefahr für seinen Sohn Eduard darstellen.«

»Hörst du dir eigentlich selbst zu, Harry? Wie soll Will als Bastard eine Gefahr für den Kronprinzen darstellen?«

»Ich sage ja nicht, dass er wirklich eine Gefahr wäre. Aber einige könnten ihm das vorwerfen. Im Gegensatz zu Ed würde Will nicht nur väterlicher-, sondern auch mütterlicherseits von Edward I. abstammen und in direkter Linie nur englisches Blut in sich vereinen. Bastard hin oder her, der König hat ihn legitimiert. Damit nimmt auch er einen Platz in der Thronfolge ein, nur wird darüber nie gesprochen. Sollten sich unsere Spekulationen also tatsächlich bewahrheiten, bekräftigt sich sein Thronanspruch um ein Vielfaches.«

Rob schüttelte verständnislos seinen Kopf. »Aber ich verstehe immer noch nicht, weshalb er eine Gefahr darstellen sollte. Der König hat noch vier weitere Söhne, die hinter Ed in der Thronfolge stehen.«

»Verstehst du es wirklich nicht? Es hat noch nie etwas Vergleichbares gegeben! Ed würde vorgeführt werden, sollten sich unsere Vermutungen bewahrheiten und die Affäre zwischen seiner Frau und seinem Vater herauskommen. Ganz gleich, ob sie die Affäre vor der Eheschließung hatten. Sein Halbbruder, Will, wäre das Kind seiner Frau und damit der Halbbruder seines Sohnes, des zukünftigen Königs. Das ist nicht nur sehr verworren, sondern auch grotesk. Hinzu kommt, dass Will von so edler und vor allem englischer Abstammung wäre. Was wäre zum Beispiel, wenn Eds Sohn sterben würde und er keinen

Erben hätte? Und säße Ed dann bereits auf dem Thron, wäre William der erstgeborene Sohn der amtierenden Königin.«

»Aber dann wäre John der Nächste in der Thronfolge«, warf William ein.

Harrys Miene wurde ausdruckslos. »Theoretisch, ja. Doch es bräuchte nur einen Spinner zu geben, der dich auf dem Thron sehen will, und sei es, dass nur Gerüchte aufkommen würden. Der Adel könnte dich lieben, aber genauso sehr auch hassen. Es könnte genügend Leute geben, die dich lieber tot sehen wollen. So oder so, es würde sich einiges ändern, ob zum Guten oder Schlechten, das wüsste nur Gott allein.«

Eine Zeit lang schwiegen alle. Auch wenn es für William selbst nichts ändern würde, ihm dämmerte, dass die Leute am Hof in ihm einen potenziellen Thronanwärter sehen könnten. Doch im Grunde fand er ihre Mutmaßungen sehr weit hergeholt. Irgendwie war es unvorstellbar, dass es sich so zugetragen haben könnte.

»Und was fangen wir jetzt mit unseren Annahmen an?« Rob betrachtete den Ältesten unter ihnen interessiert.

»Erst einmal nichts. Oder hast du vor, Lady Joan darauf anzusprechen?«

Rob hob abwehrend seine Hände vor die Brust.

»Der König sagte einmal, ich wäre auserwählt, und zwar von niemand Geringerem als William dem Eroberer, was auch immer das bedeuten soll«, erinnerte sich William schwach.

»Dann können wir nur hoffen, dass dein Namensvetter nichts zu Großes mit dir vorhat«, seufzte Rob und drosch ihm auf die Schulter.

Mit der Zeit wurde es merklich kühler in der Burg. Laut Burgbewohner war es der kälteste Winter seit Jahren. Man konnte fast zu jeder Tageszeit Bedienstete neue Holzvorräte in die unzähligen Gemächer der Herrschaften schleppen sehen. Jede noch so kleine Ritze wurde mit gegerbten Lederhäuten verstopft und jeder einzelne Kamin in Gang gehalten. Keiner verließ die Wohngemächer, wenn nicht unbedingt nötig; nur ungern wurde der behagliche Platz in der Wärme aufgegeben. Die Damen von Lady Joan vertrieben sich ihre Zeit mit Stickarbeiten. Ihr neustes Projekt stellte einen Wandbehang dar, der die erfolgreichen englischen Truppen in der Schlacht gegen Enrique de Trastámara zeigen sollte. Der Wandbehang war jetzt schon so groß, dass bei jedem der vorderen Reiter das Wappen zu erkennen war. Auch sein Wappen konnte William entdecken. Einen guten Monat waren sie nun schon in Bordeaux und das neue Jahr war bereits angebrochen. Vor wenigen Tagen hatte Eds zweiter Sohn Richard das Licht der Welt erblickt. Die Tauffeierlichkeiten dauerten nun schon mehrere Tage an und der Prinz steckte ausnahmslos alle mit seiner Freude an. Am fünften Tag hatte William genug von den andauernden Festlichkeiten und vertrat sich mit Hector die Beine. Er wusste, sein treuer Freund wurde unruhig, wenn er zu lange nicht bewegt wurde, genau wie er. Da er der Festgesellschaft jedoch nicht zu lange fernbleiben wollte, führte er Hector in den zweiten Ringwall der Burg. Der Ringwall war breiter als der erste und mit viel Grün umgeben, das jetzt schneebedeckt vor ihm lag. Er saß auf und umrandete die Burg mehrere Male. Die frische, wenn auch kalte Luft tat ihm gut. Er sog sie in tiefen Zügen ein und wieder aus und sah fasziniert dabei zu wie ihn feine Rauchwölkchen umgaben. Hier war er in seinem Element. Hier konnte er seinen Kopf frei bekommen, und das musste er dringend. Gedankenversunken umrundete er die Burg ein weiteres Mal und wäre beinah mit einem anderen Pferd kollidiert, das im Schritt vor ihm hertrottete. Er hatte hier draußen außer den Wachleuten, die ihre Posten auf den Mauern bezogen hatten, niemanden erwartet. Dann sah er, wer das Pferd führte, und war umso erstaunter. Schnalzend brachte er Hector zum Stehen und glitt aus dem Sattel. »Ihr solltet hier nicht so allein herumirren, und das zu dieser Tageszeit, Mylady.«

Erschrocken wirbelte die kleine Gestalt, die die Fuchsstute am Halfter hielt, um ihre eigene Achse herum. Ein erstaunter Laut war zu vernehmen ehe sie antwortete. »Ich habe hier niemanden erwartet, Mylord.«

»Ich wollte Euch keineswegs erschrecken! William Plantagenet, angenehm Eure Bekanntschaft zu machen.« Während er sprach, streckte er ihr seine Hand entgegen.

Mit unverkennbarem Zögern legte sie ihre Rechte in seine. »Aveline Montague, Mylord«, erwiderte sie fast schüchtern.

Trotz des Lederhandschuhs zitterte ihre Hand leicht, was wohl an der Kälte lag, vermutete er. Er drückte ihre feingliedrigen Finger sanft und deutete einen Kuss auf ihrem Handrücken an. Für einen kurzen Moment beobachteten ihn ihre dunkelgrünen Augen dabei. Er hatte das Gefühl, er könne sich in ihnen verlieren. Verlegen senkte sie wieder ihren Blick, entzog sich seinem Griff jedoch erst ein paar Herzschläge später.

William spürte ein leichtes Kribbeln in der Magengegend. Seit ihrem ersten Abend in Bordeaux war kein Tag vergangen, an dem er nicht an sie denken musste. Und nun war er ihr hier begegnet. Was für ein Zufall oder sollte es Schicksal sein? Räuspernd wendete er sich von ihr ab und trat zu ihrer Stute. Er musterte sie eingehend. »Ihr Fell wirkt zwar noch etwas stumpf, aber ich denke, sie hat das Schlimmste überstanden.« Sachte strich er ihr über den sattellosen Rücken.

»Woher wisst Ihr – «

» – von der Kolik Eurer Stute? Geraten. Allerdings weiß ich von meinem Knappen Humphrey, dass diese Woche zwei Pferde an einer Kolik erkrankt sind. Er treibt sich tagsüber gerne in den Stallungen umher, müsst Ihr wissen.« Etwas fahrig fuhr er sich mit der Hand durch seine schwarzen Locken.

»Seid Ihr nicht einer der jungen Herren, die im November zu uns gestoßen sind?«, versuchte sie sich zu erinnern.

»Richtig.«

Ihre Augen wurden groß. »Dann seid Ihr der Bruder des Prinzen!«

»Halbbruder, um genauer zu sein. Ich bin der Bastard des Königs.«

»Und doch des Königs Sohn. Ist das andere von solch einem Belang?« Abrupt schlug sie ihre Hand vor den Mund. »Verzeiht meine offenen Worte. Manchmal rede ich, bevor ich nachgedacht habe. Keine Art und Weise, die sich für eine Dame ziemt. Ihr müsst schockiert sein, Mylord.« Rote Flecken bildeten sich auf ihren ohnehin schon rosa Wangen. »Ich sollte meine Stute besser wieder zurück in die Stallungen bringen.« Ihre Stimme wurde immer leiser.

William musste schmunzeln. »Darf ich Euch mein Geleit anbieten, Lady Aveline?«

»Langsam könnte sich John hier mal blicken lassen«, murmelte Rob gelangweilt und stocherte verträumt mit einem Holzsplitter zwischen seinen Zähnen herum. Im Hintergrund war das Knacken von Knochen zu hören. Zwei zottelige Hunde nagten an den vom Abendmahl übrig gebliebenen Rehknochen.

»Er sollte bald auftauchen.« Harry streckte seine Beine vor dem Kamin aus. Sie hatten sich nach dem Mahl in sein Gemach zurückgezogen.

»Wir haben jetzt schon Mitte Februar. Mir wird langsam, aber sicher langweilig hier.«

Harry verdrehte seine Augen zur Decke. »Dann lies ein Buch, aber geh mir nicht auf die Nerven mit deinem Kampfeseifer.«

»Rob hat nicht Unrecht. Wenn ich Ed richtig verstanden habe, dann findet die Schlacht nun nicht mehr wie geplant in Frankreich statt, sondern in Kastilien«, pflichtete William dem Gescholtenen bei.

Triumphierend nickte dieser mit dem Kopf. »Und der Weg dorthin wird kein leichter sein. Sind wir zu langsam, dann könnte uns Enrique an einer ungünstigen Stelle erwischen und wir wären erledigt. Sind wir zu schnell, dann werden unsere Männer erschöpft sein, ehe der Kampf beginnt«, prophezeite Rob.

»Hm«, brachte Harry lediglich heraus.

»Ich schätze, es dürfte nicht mehr lange dauern, bis John auftaucht«, meinte William.

Rob zuckte mit den Schultern. »Hauptsache, wir können endlich los. Dass es noch keine heftigeren Auseinandersetzungen zwischen unseren Männern gab, die in der Stadt lagern, wundert mich tatsächlich. Aber weiter ausreizen möchte ich es auch nicht.«

»Wenn ich mir unseren Will so ansehe, dann möchte er nicht

zwingend von hier fort.« Harry lachte schelmisch.

»Wie kommst du denn darauf?« William fühlte sich ertappt.

Interessiert ließ Rob seinen Zahnstocher sinken. »Habe ich was verpasst?«

»Ich sage nur Engelslocken.« Harry lächelte William verschmitzt an.

»Hör auf!«

»Hä? Ich komm nicht mehr mit.« Fragend schaute Rob von einem zum anderen.

»Will hat sich verguckt.«

Beschämt stand dieser auf. »Das wird mir hier zu blöd.« William machte Anstalten zu gehen.

»Hä?«, machte Rob erneut. »Sei doch nicht albern! Klär mich auf! Wer ist sie?«

Da William beharrlich schwieg, übernahm Harry das Reden. »Seine Angebetete heißt Aveline Montague. Ihre Mutter Alice war die Tochter von Thomas of Norfolk, dessen Vater wiederum Edward I. war. Damit sind Lady Joan und Aveline Großcousinen. Und da Avelines Eltern bereits seit längerer Zeit verstorben sind, ist sie in Joans Obhut. Ed ist ihr Vormund.«

Überrascht klappte William der Mund auf. »Woher weißt du das mit Ava?«

»Na, ich habe doch Augen und Ohren im Kopf.«

»Ich weiß gar nicht, warum ich mich immer wieder über dich wundere.«

Harry grinste ihn überlegen an. Schlagartig wurde er wieder ernst. »Dir ist aber schon bewusst, dass sie an Eds Vasallen Simon Dawnay versprochen ist?«

William lief erst ein heißer, dann ein kalter Schauer über den

Rücken. Wortlos drehte er sich um und ging zur Tür.

»Will? Bleib doch hier, Mann!«, rief ihm Rob erfolglos hinter her.

Er fand sie wie immer auf dem schmalen Flur im westlichen Teil der Burg. Sie saß in einer der vielen Fensternischen und hielt ein kleines, leicht vergilbtes Buch in den Händen. Sie schien so vertieft in die Geschichte, dass sie ihn nicht kommen sah. Erst als er direkt neben ihr stand, nahm sie ihn wahr. Erschrocken zuckte sie zusammen und legte das Buch in ihren Schoß. Mit einem schnellen Seitenblick vergewisserte sie sich, dass sie allein waren, und nahm seine Linke in ihre schmale Rechte. Warm lächelte sie ihn.

William zog seine Hand zurück. »Wieso hast du mir nichts davon erzählt, dass du versprochen bist?«

»Psst!« Ava legte einen Finger auf ihren kirschfarbenen Mund und bedeutete ihm, still zu sein. »Nicht hier, Will! Lass uns woanders hingehen.« Sie stand auf, strich ihr gelbgoldenes Kleid glatt und führte ihn zum anderen Ende des Flurs. Dort öffnete sie eine Tür, steckte zuerst vorsichtig ihren Kopf hinein und trat dann ein. William schloss die Tür hinter sich und schaute sich in dem bekannten Raum um. Ava hatte ihn in die kleine Bibliothek geführt, in der sie sich die letzten Wochen heimlich getroffen hatten. Seit ihrer ersten Begegnung hatten sie sich nahezu jeden Tag gesehen. Zuerst in den Stallungen, dann hatten sie ihre Treffen hierhin verlegt, da ihre Besuche bei den Pferden für eine Dame zu häufig wurden. Die Bibliothek war wie gemacht für ihre Verabredungen. Kaum einer verirrte sich in diesen Teil der Burg und noch weniger in die kleine, verstaubte Bibliothek. Überall an den Wänden standen hohe Regale, in der Mitte des Raumes befanden sich auf einem Hirschfell mehrere einladende lederne Sessel. Ava ging zum Fenster und setzte sich auf den Fenstersims. Er trat zu ihr und betrachtete sie eingehend. Ihr Kleid schmiegte sich ihrer grazilen Figur perfekt an. An der Taille war es eng geschnürt, den Saum, die Ärmel und das herzförmig geschnittene Dekolleté schmückten zarte Spitzenbordüren. Er spürte ein heißes Kribbeln in der Magengegend, das sich zu seinen Lenden hin ausbreitete. Er war schlichtweg verzaubert von ihrem Anblick. Sein Verlangen nach ihr war mit einem Mal so überwältigend, dass er drauf und dran war, seine guten Vorsätze über Bord zu werfen und sie hier und jetzt auf dem Boden zu lieben. Für einen kurzen Moment schloss er die Augen und bemühte sich, seine unmoralischen Gedanken beiseitezuschieben. Er musste sich zur Ordnung rufen. Doch das war leichter gesagt als getan. Er konnte selbst nicht sagen, wie er die letzten Wochen hatte so standhaft bleiben können. Das Einzige, was für ihn zählte, war ihre Nähe. Er fühlte sich auf eine Weise vollkommen, wenn er bei ihr war. Er konnte sie stundenlang anschauen oder beim Lesen beobachten. Jetzt musste er sich allerdings zusammenreißen, um sich nicht weiter auszumalen, wie sie wohl unter ihrem Kleid aussehen mochte.

Ihr Räuspern riss ihn aus seinen Gedanken. Zaghaft ergriff sie das Wort. »Es stimmt. Ich bin Lord Dawnay versprochen.« Sie schluckte. »Ich habe dir nichts davon gesagt, weil ich Angst hatte, dass du mich dann nicht mehr sehen willst.« Eine Träne rann ihre Wange hinab.

Es schmerzte ihn, sie so traurig zu sehen. Er nahm ihr Gesicht zwischen seine Hände und wischte die Träne mit dem Daumen weg. »Das ist doch Blödsinn. Du weißt, dass das nicht passiert wäre.«

Sie schloss ihre Augen. »Es tut mir leid, dass ich es dir verschwiegen habe. Ich – « Sie brach ab und erneut stiegen Tränen in ihr auf.

»Sshht! Ist doch gut.« Er nahm sie in den Arm und drückte ihren Kopf an seine Brust. »Ich bin dir nicht gram, Ava. Ich bin bisher nur davon ausgegangen, dass ich der einzige Unglücksrabe von uns beiden bin und jetzt erfahre ich: man will über unser beide Köpfe hinweg entscheiden. Das verkompliziert unsere Lage ein wenig.«

Ava schluckte. »Wahrscheinlich wird es besser sein, wenn du die Tochter des Vasallen heiratest und mich vergisst.« Ihre Stimme zitterte während sie sprach.

»Ich will nur dich, Ava! Du sollst an meiner Seite stehen, keine andere!«

»Aber ich will nicht, dass du dich meinetwegen in Schwierigkeiten begibst.«

Er schaute ihr tief in die Augen und erwiderte: »Ich heirate dich auch ohne Zustimmung von Ed und dem König. Die Konsequenzen, die folgen werden, sind bedeutungslos für mich, wenn ich dich dafür meine Frau nennen darf.«

»Im Grunde darf das doch alles nicht wahr sein.« Wütend ballte sie ihre kleinen Hände zu Fäusten. »Ich meine wie ungerecht kann es bitte sein? Da bist du schon ein Sohn des Königs und dir sind trotzdem die Hände gebunden. Wer, wenn nicht du, sollte sein Schicksal denn selbst in die Hand nehmen können?«

»Genau das ist der springende Punkt: Ich bin der Sohn des

Königs. Also wird von mir erwartet, dass ich meine persönlichen Bedürfnisse hintenanstelle. Meine Pflicht ist es England zu dienen, mit Haut und Haar. Wenn ich jemanden heirate, dann um ein starkes politisches Bündnis zu knüpfen und eine Familie unauflöslich an die Krone zu binden. Auf der anderen Seite bin ich aber nur des Königs Bastard. Eigentlich sollte ich gar nicht existieren, doch das tue ich. Ich bin die fleischgewordene Sünde des Königs. Wenn das noch nicht Grund genug ist, mich zu verachten, dann ganz sicher, dass ich mein Plantagenet-Temperament nicht zügeln kann und meinem Vater wie aus dem Gesicht geschnitten bin. Viele missgönnen mir auch meine enge Beziehung zum König und meinen Einfluss am Hof. Ein Bastard hat nach Meinung vieler keinen Anspruch auf Würdigung, und schon gar nicht das Recht, sich über die Entscheidung des Königs hinwegzusetzen. Du kannst dir also vorstellen, welche Wellen mein unerlaubtes Handeln schlagen werden.«

»Aber auch wenn du bloß sein Bastard bist, du bist und bleibst sein Sohn, sein eigen Fleisch und Blut. Und die Tatsache, dass er dich damals in seinen Haushalt geholt hat, zeigt doch, dass er dich schätzt. Vielleicht heißt es mehr noch, dass die Blutlinie deiner Mutter nicht zu unterschätzen ist. Den Bastard einer Bauernmagd hätte der König bestimmt nicht mit seinen legitimen Nachkommen aufgezogen. Und zu diesem Schluss wird auch bereits der Adel gekommen sein. Du bist kein Emporkömmling. In deinen Adern fließt königliches Blut, Will. Du gestehst dir selbst einen zu geringen Wert zu.«

Er musste unwillkürlich an das Gespräch mit Harry und Rob denken. Was, wenn Joan of Kent tatsächlich seine Mutter war?

Seine Mutter hatte in seinen Gedanken immer eine Rolle gespielt, doch hatte er nie wirklich darüber nachgedacht, welcher Abstammung sie war. Es hatte für ihn keinen Unterschied gemacht. Warum also sollte es nun einen machen? Er war und blieb ein Bastard. Es hatte seinen Grund, warum das Geheimnis um seine Mutter bisher nicht gelüftet wurde. Also nahm er an, dass es zum Schutz aller Beteiligten weiterhin eines bleiben würde. Damit verdrängte er Harrys Warnungen erfolgreich. »Du magst zwar recht haben, dennoch befürchte ich, dass wir es mit einigen Hindernissen zu tun bekommen werden, Ava. Der König wird nicht beglückt darüber sein, wenn ich ihn mit einer heimlichen Vermählung vor den Kopf stoße und Ed sicherlich nicht erbaut sein, dass ich Dawnay zum Gespött mache. Ebenso solltest du den Zorn des Adels nicht unterschätzen. Die Leute werden einige unschöne Dinge über uns und deine Liebe zu einem Bastard sagen. Unsere Kinder würden die Kinder eines Bastards sein. Darüber musst du dir im Klaren sein.«

»Das ist mir völlig gleich. Ich bin bereit jeden Weg mit dir zu beschreiten. Ich liebe dich, William Plantagenet, Bastard hin oder her. Nenn es Bastardliebe, wenn du willst. Nichts und niemand wird diese Liebe erlöschen können. Und unsere Kinder werden stolz auf ihren Vater sein.« Sanft berührten sich ihre Lippen.

»Bastardliebe«, wiederholte er schmunzelnd. »Womit habe ich dich nur verdient, Ava?«

Ein kleines Lächeln stahl sich auf ihr Gesicht, dann wurde sie schlagartig wieder ernst. »Ich werde umkommen, wenn ich nicht dein sein kann, Will. Ich kann Dawnay nicht zum Mann nehmen.« Erneut rannen ihr Tränen die Wangen hinunter.

Seine Brust zog sich schmerzhaft zusammen. »Ich werde

einen Weg finden, das zu verhindern. Ich werde mich mit nichts Geringerem als mit dir an meiner Seite zufriedengeben.«

Sie hob ihren Kopf und schaute ihm verständnislos in die Augen. »Aber wie willst du das anstellen?«

»Lass mich nur machen. Du vertraust mir doch?«

Als Antwort bekam er einen tränennassen Kuss. Er umfasste wieder ihr Gesicht und erwiderte den Kuss leidenschaftlich und eine Spur wilder als sonst. Avas Hand wanderte von seinem Rücken zur Vorderseite und glitt unter sein Wams. Ihre Hand war kühl und so zuckte er bei ihrer Berührung kurz zusammen. Seine Hände wanderten ihre Taille entlang, herauf zu ihrem straffen Dekolleté. Sanft begann er, ihre Brüste zu streicheln. Dann hielt er es nicht mehr aus. Er nahm sie bei den Hüften, hob sie hoch und legte sie umsichtig auf das Hirschfell. Widerstandslos ließ sie ihn gewähren. Mit pochendem Herzen legte er sich neben sie und streichelte ihre weiche Wange, küsste ihre Nasenspitze und fuhr ihr sanft über die Locken.

»Ich will dich, Will.« Ihre Stimme klang heiser. Sie blickte ihm unverwandt in die Augen.

»Bist du dir sicher? Wenn wir diesen Schritt tun, dann gibt es keinen Weg mehr zurück«, sagte er tugendsamer als er tatsächlich dachte.

»Genau das ist es ja, was ich will«, flüsterte sie und fasste zaghaft in seinen Schritt.

Der neue Monat war angebrochen und die Luft erfüllt vom Zwitschern der Vögel. Der Himmel war grau in grau überzogen, doch nach tagelangem Regen hatte er endlich eine Pause eingelegt.

William stand im weitläufigen Burghof ans Treppengeländer gelehnt, das zum Eingangsportal hochführte. Prüfend ließ er den Blick über ein Pergament in seinen Händen wandern. Zusammen mit Harry und Rob inspizierte er den Bestand an Waffen und gab nach seinem Ermessen weitere Waffen in den umliegenden Schmieden in Auftrag. Es wollte ihm jedoch nicht wirklich gelingen sich zu konzentrieren. Er ertappte sich das dritte Mal in Folge dabei, ein und dieselbe Auflistung zu studieren: »Insgesamt fünftausend Langbögen und sechsmal so viele Pfeile.« Seine Gedanken verfingen sich erneut. Er konnte an nichts anderes als an Ava denken. Fieberhaft suchte er nach einer Lösung für Avas Verlobung mit Dawnay. Doch jedes Mal kam er zum gleichen Ergebnis: Er konnte es nicht riskieren, ein »Nein« von Ed zu bekommen. Daher gab es nur eine Möglichkeit: Ava heimlich zu heiraten. Er wusste nur noch nicht, wie er es anstellen sollte.

Das Salutieren der Burgwache ließ ihn vom Pergament aufschauen und stoppte seine Gedankengänge.

Rob, dem man bereits aus der Entfernung ansah, dass etwas nicht in Ordnung war, kam aufgebracht auf ihn zugestapft. Hurtig kam sein *Schatten* hinter ihm hergeeilt. William fand, dass sie ein lustiges Bild abgaben: Wenn Rob einen Schritt tat, musste sein zierlicher Knappe drei machen.

»Welche Laus ist dir denn über die Leber gelaufen?«

»Dieser Hurensohn!« Außer sich vor Wut löste Rob seinen Schwertgurt und schmiss ihn achtlos vor sich auf den immer noch durchnässten Boden. Schnell hob Godric den Schwertgurt auf und versuchte den Matsch an seinen Beinlingen abzuwischen.

»Bei König Artus' Eiern, nimm dir ein Tuch dafür! Oder willst du dreckig herumlaufen?« Rob strafte seinen *Schatten* mit einem finsteren Blick und deutete ihm mit einer Handbewegung an, sich zu verziehen.

Gespannt musterte William seinen Freund und wartete, bis Godric verschwunden war. »Was ist geschehen?«

»White, dieser Bastard, meint doch tatsächlich, mir widersprechen zu können!«

Vor etwa einer Woche war John mit seinem Gefolge und rund siebentausend Soldaten angereist. Darunter befand sich auch White. Nach wie vor gingen sich dieser und Rob, wenn möglich aus dem Weg. Da Rob nun allerdings zu den obersten Befehlshabern zählte und White keine geringe Anzahl an Männern anführte, ließ es sich nicht mehr vermeiden, dass sich ihre Wege kreuzten. William wusste, es war nur eine Frage der Zeit gewesen, bis sie wieder aneinandergeraten würden.

Rob fuhr fort: »Ich war gerade dabei, mir von einem seiner Männer die Ausrüstung zur Begutachtung zeigen zu lassen, da die Auflistung einige Unstimmigkeiten aufwies. Dann kam er wie aus dem Nichts hinzu und vertrat die Ansicht, er könne mir die Auflistung verweigern. Er meinte, es ginge mich nichts an! Und als wäre das Ganze nicht schon genug, gefiel es ihm, Humphrey als Knappen auszuborgen – wie er es nannte.« Schnaufend beendete er seine Erzählung.

William, dem gar nicht aufgefallen war, dass Humphrey fehlte, hatte schlagartig ein schlechtes Gewissen. Er hatte Humphrey unter Robs Aufsicht gestellt, solange dieser die Waffenbestände in der Stadt prüfte. Und nun hatte White sich die Freiheit herausgenommen, seinem Knappen Befehle zu erteilen.

»Ich habe ihm deutlich gemacht, dass die Unstimmigkeiten bis morgen früh behoben sein müssen, dann würde ich sie erneut inspizieren. Dann habe ich die Höhle des Grauens verlassen.«

»Ohne Humphrey.« Williams Tonfall klang nicht begeistert.

Rob stieß verzweifelt die Hände zum Himmel. »Mann, ich bin froh, dass ich meine Stellung gewahrt habe und ihm nicht den Handschuh hingeworfen oder, besser noch, gleich eine reingehauen habe.«

William musterte seinen Freund und musste zugeben, dass es ihm sicherlich einiges an Kraft gekostet hatte, White nicht zu einem Duell zu fordern. »Schön, dann schick eine der Wachen los, um Humphrey herbringen zu lassen. Ich trau White ebenso wenig wie du und will meinen Knappen nicht in seiner Obhut wissen.«

»Ich schätze, das wird nicht von Nöten sein.«

William runzelte verständnislos die Stirn. »Wieso nicht?«

»Nach meinem Aufbruch habe ich mitbekommen, wie er seine Pferde satteln ließ. Ich denke, er wird hier bald auftauchen und sich ganz oben über mich beschweren wollen.«

»Na, dann soll er ruhig kommen.«

Kaum hatte er ausgesprochen, hörten sie Hufgetrappel und Männer, die von ihren Pferden stiegen. Nach einem kurzen Wortwechsel öffneten die Wachsoldaten das Tor und White trat, gefolgt von einem halben Dutzend seiner Männer, mit großen Schritten auf den Burghof. Im Schlepptau trottete Humphrey mit gesenktem Kopf einher. William sah von weitem bereits, dass sein Knappe eine blutige Lippe vorzuweisen hatte. Er bemerkte, wie Wut in ihm aufkeimte. Was bildete sich White eigentlich ein?

»Was wollt Ihr hier, Mann?« Angriffslustig ballte Rob seine

Hände zu Fäusten.

»Ich will den Thronfolger sprechen! Ich lass mir so ein aufgesetztes Verhalten nicht länger bieten!«

»Mich würde eher interessieren, weshalb Ihr der Meinung seid, meinen Knappen in Beschlag nehmen zu dürfen?« Während William sprach, rollte er das Pergament zusammen, steckte es in die Jackentasche und verschränkte langsam die Arme vor seiner Brust.

»Wieso nicht, wäre vielmehr die Frage, Fitzroy.«

William stutzte. Niemand hatte ihn bisher Fitzroy genannt, zumindest nicht in seiner Anwesenheit. Ihm war klar, dass White ihn damit provozieren wollte.

»Pass auf, White! Für Euch immer noch Lord Plantagenet! Ihr sprecht hier immerhin mit einem Sohn des Königs«, knurrte Rob zwischen zusammengebissenen Zähnen hervor.

White setzte ein falsches Lächeln auf. »Nein, nur mit seinem Bastard.«

Rob machte Anstalten, auf White loszugehen, doch William hielt ihn mit einer ruhigen, aber bestimmten Geste zurück.

»Ihr solltet Euren Schoßhund besser zurückhalten, bevor ihn meine Männer nachts zum Abort erwischen. Oder sollte ich besser sagen: wieder erwischen?«

Whites Männer klopften sich prustend vor Lachen auf die Schenkel.

William hörte wie Rob angriffslustig mit seinen Fingerknöcheln knackte und bevor die Situation außer Kontrolle geriet, trat er langsam auf White zu. Eine gute Elle blieb er vor ihm stehen und machte sich den Umstand zunutze, dass er einen halben Kopf größer war als White. Ein paar Atemzüge lang taxierte er ihn. »Passt auf, White, Eure Empfindlichkeiten sind mir scheißegal. Wir haben eine Schlacht zu schlagen. Was danach ist, weiß Gott allein. Nehmt Eure Männer an die Leine und seht zu, dass uns Euer Trupp nicht erneut mangelhaft vorbereitet erscheint.«

White, der vor seinen Männern nicht klein beigeben wollte, versuchte in Williams versteinerter Miene zu lesen. »Sonst noch was, Fitzroy?«

»Verpisst Euch jetzt oder ich ordne an, dass Euer jüngerer Bruder Eure Männer anführen wird.«

Das hatte gesessen. Demonstrativ spuckte White vor ihm aus. »Kommt, Männer!« Im Vorbeigehen stieß er Humphrey rüde zu Boden. Der landete hart im Matsch und schaute eingeschüchtert zu William herüber.

Sie warteten gebannt, bis die Männer den Burghof verlassen hatten. Dann wandte sich Rob zu William um. »Wenn du dir da mal keinen Feind gemacht hast.«

William neigte den Kopf zur Seite. »Der mochte mich seit jeher nicht leiden. Er hatte nur nie einen triftigen Grund, es mich auch spüren zu lassen.«

»Vermaledeiter Hurensohn, ich sag's ja!«

William ging zu Humphrey hinüber und bot ihm seine Hand an, um ihm beim Aufstehen zu helfen. Dieser bedankte sich kleinlaut.

Aufmunternd drosch ihm William auf die Schultern. »Mach dir nichts daraus. Das ging gegen Rob und mich.«

Der Knappe nickte und schniefte unfein.

»Pass auf, wo du und deine Brüder sich in den nächsten Tagen aufhalten. Haltet vorsichtshalber die Augen offen. Und jetzt troll dich zu Godric in die Ställe.«

Joan stand am Fenster ihres Aufenthaltsraums, das die Sicht auf den Burghof preisgab. Interessiert folgte sie dem Treiben auf dem Innenhof, als es zaghaft an der Tür klopfte. Sie musste sich regelrecht zwingen den Blick abzuwenden. Mit klarer Stimme rief sie: »Herein«. Doch erst als die Tür ins Schloss fiel, drehte sie dem Fenster schließlich den Rücken zu. Nun sah sie sich ihrer gelockten Hofdame gegenüber. Mit einer großzügigen Handbewegung deutete sie ihr an, sich auf einen der gemütlichen Sessel nahe des Kamins auf der gegenüberliegenden Seite des Raums zu setzen. Gemächlich folgte sie ihrem Besuch. Der Etikette entsprechend setzte sich ihre Hofdame nach ihr.

»Kannst du dir vorstellen, weshalb ich dich rufen ließ, Ava?«

Langsam schüttelte Ava ihren Kopf, was ihre hellblonden Locken zum Tanzen brachte.

Joan nahm ihre Hofdame genauer in Augenschein. Sie hatte den oberen Teil ihrer Haare zu einem Kranz geflochten, der untere Teil umspielte ihre schmalen Schultern. Winzige Sommersprossen bedeckten ihr sonst so makelloses Gesicht. Gekleidet war sie in ein kühles Blau. An den Ärmeln und am Saum wies das enggeschnürte Kleid florale Stickereien auf. Wie sie so dasaß, fühlte sich Joan unwillkürlich an sich selbst in jungen Jahren erinnert. Sie schaute in Avas grüne Augen und hatte nicht den Eindruck, dass sie eingeschüchtert wirkte, eher aufgeweckt. »Mir wurde berichtet, dass Lord Dawnay bei deinem Vormund, dem Prinzen, kürzlich um deine Hand angehalten hat. Der Prinz soll der Verbindung mit Lord Dawnay zugestimmt haben. Gehe ich da recht in der Annahme?«

Nun nickte die Angesprochene. »Ja, Mylady.«

»Dann wird dich interessieren zu hören, dass Lord Dawnay in den nächsten Tagen nach Bordeaux kommen wird, um sich der anstehenden Schlacht anzuschließen.« Joan beobachtete, welche Reaktion ihre Mitteilung bei ihrer Hofdame auslöste.

Diese beherrschte die höfischen Manieren jedoch und zeigte lediglich ein höfliches Lächeln. »Der Bote scheint mich noch nicht erreicht zu haben. Aber ich freue mich, meinem Verlobten endlich unter die Augen treten zu können.«

»Der Bote hat dich noch nicht erreicht, da ich ihn abfangen ließ.« Joan lehnte sich zurück.

»Ich verstehe nicht, Mylady.«

»Ich denke nicht, dass du sonderlich erbaut bist, deinen Verlobten so bald zu treffen.«

Ava schaute sie verwirrt an.

»Dein Herz gehört einem anderen. Ist es nicht so?«

»Ich weiß nicht, was Ihr meint.«

Joan sah, dass ihre Hofdame log, denn ihre höfische Maske begann zu bröckeln. »Ich finde, du wärst eine Verschwendung für Lord Dawnay.« Das entsprach der Wahrheit. Joan hatte Dawnay einige Male hier am Hof angetroffen und sie konnte seine arrogante, rechthaberische Art nicht leiden. Er dachte, er verkaufte sich weltmännisch, dabei wirkte er in Wahrheit lächerlich plump. »Dein Vater hat dich nach seinem Tod zwar der Obhut des Prinzen anvertraut und hätte einer Verbindung mit Dawnay sicherlich zugestimmt, und doch bin ich anderer Meinung. Nach meiner Einschätzung würde eine Verbindung dieser Art keine guten Früchte tragen. Männer denken so oft, sie wüssten, was das Beste für uns wäre, und sind der Ansicht, für uns Entscheidungen treffen zu müssen. Dabei sind wir dazu ganz gut selbst in der Lage.«

Ava schien die Sprache verloren zu haben.

»Und wie mir scheint, hast du deine Entscheidung bereits getroffen.«

Ihre Hofdame schluckte. »Wie kommt Ihr darauf, Mylady?«

Sie wartete einen Moment bis sie ihren Trumpf ausspielte. »William Plantagenet.«

Ava bekam hektische Flecken. Ertappt senkte sie den Kopf und biss sich auf die Unterlippe.

»Ich habe überall am Hof Augen und Ohren, Ava. So oder so wäre mir nicht entgangen, dass du innige Gefühle für den Halbbruder meines Gemahls hegst.« Sie legte eine kleine Pause ein. »Allerdings habe ich dich nicht hergerufen, um dir Vorhaltungen zu machen. Ganz im Gegenteil.«

»Weshalb dann?«

»Ich möchte dir helfen.«

Die Augen ihrer Hofdame wurden glasig und Tränen stiegen in ihr auf. »Aber William muss standesgemäß heiraten. Mein Blut ist nicht rein genug. Er ist doch der Sohn des Königs.«

Joan sah, wie sehr das Mädchen mit sich kämpfte. »Deine Sichtweise ehrt dich, Ava. Doch ist Edward I. auch einer deiner Ahnen, genau wie des Königs. In deinen Adern befindet sich also ebenso blaues Blut und macht dich zu einer guten Partie. Und würde es William nur darum gehen, frage ich mich, wieso er Juliana Beauchamp nicht geehelicht hat. Obwohl sie mehr als standesgemäß gewesen wäre und seiner Karriere am Hof damit nichts mehr im Wege gestanden hätte, hat er sie nicht zur Frau genommen.«

Unfein wischte sich Ava die Tränen mit dem Handrücken ab und nickte leicht.

»Es heißt, dass er verlauten ließ, sie nach seiner Heimkehr vor den Altar zu führen. Meine Quellen zweifeln jedoch an der Ernsthaftigkeit dieser Aussage, auch wenn der König nach wie vor davon ausgeht. Und Ed wiederum davon ausgeht, dass du Dawnay heiratest.« Joan hielt einen Moment inne, bevor sie fortfuhr: »Keiner von euch wird also einen Segen des Königs erwarten können. Das muss euch bewusst sein.«

»Bewusst sein wofür, Mylady?«

»Na, wenn ihr beiden heiratet.«

Ava schluckte erneut. »Aber, wie soll das gehen?«

»Ich habe einen befreundeten Kaplan, mit dem ich bereits gesprochen habe. Er hat mir die Bitte nicht abgeschlagen und wird euch trauen.« Tatsächlich handelte es sich hierbei um den Kaplan, der bereits Ed und sie heimlich vermählt hatte und war dementsprechend über jeden Zweifel erhaben. Doch sie hatte nicht vor Ava das anzuvertrauen.

»Warum wollt Ihr das tun?« Ava schaute sie verwundert an.

»Frage nicht zu viel, mein Liebes, sondern schätze die Gunst, die ich euch beiden zuteilwerden lasse. Das Warum sollte dabei belanglos sein.« Sie stand auf und deutete Ava an, sie zur Tür zu begleiten. »Eines noch: Dieses Gespräch bleibt unter uns. Ich möchte nicht, dass irgendwer davon erfährt, auch William nicht. Ich werde eine Magd zu dir schicken, wenn es konkret wird.«

Überwältigt von Emotionen lächelte Ava ihr dankbar zu.

Als die Tür ins Schloss fiel, drehte sich Joan, zufrieden mit sich selbst, wieder zum Fenster. Draußen hatte bereits die Dämmerung eingesetzt und William war mit seinem breitschultrigen Freund vom Burghof verschwunden.

Enttäuscht ging sie zu ihrem Schreibtisch hinüber und setzte sich auf den gepolsterten Stuhl. Bedächtig zog sie die hölzerne Schatulle zu sich heran, öffnete diese und holte das in ledergebundene Tagebuch heraus. Abwesend blätterte sie die bereits beschriebenen Seiten durch. Ihre nächsten Schritte mussten wohlbedacht sein. Der Zeitpunkt, an dem William erfahren sollte, dass sie seine leibliche Mutter war, war zurzeit nicht günstig. Es gab keinen Grund, dass er oder andere davon erfuhren. Es würde sein Leben und seine Stellung am Hof nur unnötig verkomplizieren und die ihre gleichermaßen, ganz gleich, dass sie Ed zwei männliche Erben geschenkt hatte. Niemand hatte es zu interessieren, was damals mit König Edward war. Auch Ed musste davon nichts wissen. Sie war sich nicht einmal mehr darüber im Klaren, ob sie William jemals davon in Kenntnis setzen wollte. Früher hatte sie immer geglaubt, dass sie ihm spätestens nach ihrem Tod das Tagebuch als Nachlass überbringen lassen würde. Dieser Gedanke verblasste nun aber allmählich. Doch worüber sie sich eindeutig im Klaren war, dass sie William zu seinem persönlichen Glück verhelfen wollte. Und das schien Ava zu sein. Bereits an seinem ersten Abend in Bordeaux war es Joan nicht unbemerkt geblieben, welch schmachtende Blicke William ihrer Hofdame zugedacht hatte. In den vergangenen Monaten hatte sie beide im Auge behalten und auch Gemma hatte sie damit beauftragt. Daher waren Joan die heimlichen Stelldicheins, die sich über die letzten Wochen erstreckten, nicht verborgen geblieben. Mit der Zeit hatte sie den Plan gefasst, den beiden zu helfen. Schon am gestrigen Tag hatte sie ihren treuen Kaplan Anselm in ihre Pläne eingeweiht. Bei der heutigen Beichte würde er William das Geheimnis seiner Liebschaft entlocken und ihm seine bedingungslose Hilfe anbieten. Joan wollte verhindern, dass William unüberlegt handelte und aus jugendlichem Eifer Dawnay fordern würde. Denn sie ahnte, dass William nichts in der Welt umstimmen oder aufhalten würde, wenn er sich einmal etwas in den Kopf gesetzt hatte, wie die Mutter, so der Sohn. Joan musste schmunzeln, im Grunde war es fast nicht zu übersehen: Er vereinte ihren Starrsinn und obendrein noch das Temperament des Königs in sich.

Während sie so da saß, blieb ihr Blick an ihrem silbernen Kruzifix hängen, dass sie auf dem Schreibtisch abgelegt hatte. Unvermittelt musste sie an die alte Wahrsagerin denken. Die weise Frau hatte mit allem, was sie ihr sagte, recht behalten. Mit drei Männern war sie vor den Traualtar getreten, mit einem weiteren hatte sie das Bett geteilt und insgesamt acht Kindern das Leben geschenkt. Ihr Erstgeborener war ihr der Liebste und doch war er ihr so fremd. Sollte die Alte auch damit recht behalten, dass William tatsächlich das belastende Geheimnis seiner Herkunft erben würde?

»Auf ein Wort, mein Sohn.«

William, der auf dem Weg in die große Halle war, blieb stehen, als ihn Pater Anselm, der Kaplan des Hauses, zur Seite winkte. »Pater?« Fragend schaute er ihn an.

Der grauhaarige Kaplan hielt seine Arme vor der Brust in den großen Ärmeln seiner dunklen schweren Kutte verschränkt. »Ich vermisse Euch seit geraumer Zeit bei meiner Messe.«

William nickte wissend, jedoch nicht schuldbewusst. »Die

Vorbereitungen für die bevorstehende Schlacht kosten mich viel Zeit, Pater.« Das entsprach nur zum Teil der Wahrheit. Seit seiner heimlichen Treffen mit Ava mied er die Kirche. Er fand es nicht richtig, ein Gotteshaus zu betreten, wenn er sich nicht an seine Gebote halten konnte. Früher hatte ihn das nie geschert, doch Ava bedeutete ihm so viel, dass er sich vor Gottes Urteil fürchtete.

Der Kaplan zog eine Augenbraue in die Höhe. »Nun, wenn das so ist, dann werdet Ihr sicher jetzt Zeit erübrigen können.«

William entging der kühle Unterton nicht. Mit viel Mühe setzte er eine einsichtige Miene auf. »Gewiss, Pater.«

Der Kaplan schien zufrieden und bedeutete ihm, ihn zu begleiten.

William folgte dem Grauhaarigen mit einem Schritt Abstand, um ihm den nötigen Respekt zu zollen. Interessiert stellte er fest, dass dieser einen ihm bisher unbekannten Weg zur Kapelle einschlug. Nicht über den Burghof, sondern einen langen Flur entlang, der in Richtung der Privatgemächer des Prinzenpaares führte. Ehe sie diese erreichten, durchschritten sie zwei angrenzende Arbeitszimmer. Im letzteren ging der Kaplan auf ein mannshohes Gemälde zu, berührte dessen Rahmen und betätigte einen unsichtbaren Mechanismus, durch den ein dahinterliegender Geheimgang zum Vorschein kam.

»Gebt Acht, die Stufen sind stellenweise ausgetreten.«

William wartete, bis sich seine Augen einigermaßen an die Dunkelheit gewöhnt hatten, bevor er sich dem Kaplan anschloss. Am Fuß der Treppe angelangt, öffnete Pater Anselm eine schmale Holztür und betrat das Seitenschiff der Burgkapelle.

Er wartete, bis William aufschloss, führte ihn zum Beichtstuhl und hielt ihm den dunkelroten Vorhang auf. »Hier drin sind wir ungestört, mein Sohn.«

William musste sich zusammenreißen, um nicht hörbar die Luft auszustoßen. Doch er tat, wie ihm geheißen.

Pater Anselm nahm ihm gegenüber und hinter einem durchscheinenden, dicht gewebten Stoff im Beichtstuhl Platz.

»Nun«, setzte er an, »warum lange um den heißen Brei herumreden, bis er kalt ist? Ein Vögelchen hat mir geflüstert, dass Ihr Euch in einer sehr prekären Lage befindet.«

William musste schlucken und rutschte unruhig auf der schmalen Holzbank hin und her. »Ich schätze, Ihr müsst mir auf die Sprünge helfen, Pater.« Er hatte das Gefühl, er würde auf glühenden Kohlen sitzen.

»Gut, wie Ihr wollt. Es scheint, als würdet Ihr Euch Lady Aveline auf unsittliche Weise nähern.«

William klappte der Mund auf, doch es wollte kein Ton heraus.

Der Pater deutete sein Schweigen als Ja. »Dachte ich es mir. Nun, mein Sohn, Ihr werdet mir gleich sicherlich beteuern, Abstand zu halten, um des Rufes willen der Lady, und doch wäre Euer Herz nicht rein von Sünde.« Es folgte eine kurze Pause, in der der Pater laut seufzte. »Zu meiner Zeit hätte es das nicht gegeben. Doch Zeiten ändern sich. Und mir ist es ein Anliegen, die Sünde aus aller Herzen fernzuhalten. Ihr sollt den Weg des Herrn nicht verlassen.«

Argwöhnisch betrachtete William den Umriss des Geistlichen, der sich durch das feine Netz abzeichnete. »Welches Vögelchen hat Euch Derartiges über mich gezwitschert?«, versuchte William abzulenken.

»Gott ist allwissend, nicht wahr, mein Sohn?«

Diese Antwort stellte ihn keineswegs zufrieden, jedoch konnte

William dem Argument nichts entgegenhalten. Ein leichtes Schaudern erfasste ihn und er bemerkte erst jetzt, wie kühl es in der altehrwürdigen Kapelle war. Die Stille lag schwer auf seinen Schultern. »Weshalb kümmert es Euch, welchen Weg ich einschlage, Pater?«

»Mich interessiert der Weg aller meiner Schäfchen.«

»Und wie, wenn ich fragen darf, gedenkt Ihr, mir auf den rechten Weg zu verhelfen?«

»Was Gott zusammenführt, darf der Mensch nicht trennen. Ganz einfach.«

Es dämmerte William, dass der Geistliche ihm gerade anbot, Ava und ihn heimlich zu trauen. »Versteht mein Misstrauen nicht falsch, Pater, aber was hättet ihr davon? Ich meine, außer Scherereien? Schließlich ist es kein Geheimnis, dass Lady Aveline an Lord Dawnay versprochen ist.« William konnte seine Skepsis nicht aus seiner Stimme verbannen.

»Ich bin nur Gottes Werkzeug, mein Sohn, und bekanntlich sind die Wege des Herrn unergründlich.«

»Verzeiht meine Ehrlichkeit, aber ich tue mich schwer, Eure uneigennützigen Beweggründe nachzuvollziehen. Ich hätte viel mehr damit gerechnet, dass Ihr mir die Leviten lest und ich Buße in Form einiger Rosenkränze abzuleisten hätte.«

Amüsiert gluckste der Geistliche auf. »Wenn Ihr Euch besser fühlt, tut Euch keinen Zwang an. Das Haus Gottes steht immer offen.«

Verwirrt über die milde Reaktion des Paters legte William seine Stirn in Falten. »Also wollt Ihr uns wirklich helfen?«

»Gewiss, wie ich bereits sagte, ich möchte sichergehen, dass keines meiner Schäfchen auf Irrwege geführt wird. Und bei

Euch, mein Sohn, habe ich das starke Gefühl, dass Ihr bereits im dunklen Tal wandert. Und mein Gefühl betrügt mich nie, müsst Ihr wissen.«

Wenn er wüsste, wie recht er damit hat, dachte William schulderfüllt und fühlte sich ertappt.

»Kommt wieder, wenn der neue Tag zwei Stunden alt ist. Nehmt den Weg, den ich Euch soeben gezeigt habe, er ist sicherer. Ich kümmere mich um alles Weitere, auch um Lady Aveline.« Pater Anselm machte Anstalten aufzustehen, drehte sich dann noch einmal um und ergänzte: »Vergesst Euren Trauzeugen nicht. In Eurem Fall könnte er noch von Bedeutung sein.«

»Rob! Rob!« William rüttelte Rob unsanft aus dem Schlaf. »So wach doch endlich auf!«

Verschlafen öffnete Rob seine Augen und sah ihn verwirrt an. »Was ist denn los, Will? Du siehst aus, als wäre dir der Leibhaftige mitsamt seiner Hure erschienen.«

William musste schmunzeln ob dieser Worte. »Du musst mir einen Gefallen tun, Rob. Ich brauche dich.«

»Zu dieser Stunde?«

»Ja, um Himmels willen. Jetzt!«

Seufzend richtete sich sein Freund auf und warf sich seine Kleidung über. »Ich hoffe für dich, es ist wichtig.«

»Glaube mir, das ist es ...« Mit einer Kerze in der Hand führte er Rob, der im Gehen seine Erscheinung zu retten versuchte, in Richtung der Privatgemächer des Prinzen. Sie durchschritten die geheime Tür und gingen die steinerne Treppe hinab, die sie zu der kleinen angrenzenden Kapelle führte.

»Was zum Teufel suchen wir hier?« Unbehaglich zog Rob seine Schultern hoch und rieb sich fröstelnd die Hände. Dann fiel sein Blick zum Altar. »Und was zum Teufel suchen die hier?«

William ignorierte Robs fluchen und schaute zum Altar. Dort standen Pater Anselm und Ava, die in ein cremefarbenes Samtkleid gehüllt war. Ava hatte ihnen den Rücken zugedreht, den verschleierten Kopf hielt sie gesenkt. Neben ihr stand ihre Magd. Die einzige Person, der Ava vertraute, wusste William. Ihm fiel es schwer, seinen Blick von ihr abzuwenden. »Pass auf, wir haben keine Zeit, es ausführlich zu besprechen. Ich erkläre dir alles hinterher.« Er fasste seinen Freund bei den Schultern. »Wirst du mein Trauzeuge sein, Rob?« Bei seinen letzten Worten begann seine Stimme leicht zu zittern.

»Du weißt, du kannst immer auf mich zählen, Will! Auch wenn ich nicht ganz verstehe, wie es so weit ohne mein Wissen kommen konnte.« Lachend schlug ihm sein Freund mit der flachen Hand auf den Rücken. »Du wirst heiraten! Ich fass es nicht! Wenn das Harry erfährt!«

»Du hast was?«, fragten Ed und John fassungslos im Chor.

»Geheiratet«, erwiderte William schlicht.

Ed fuhr sich durch die Haare und blickte bestürzt zu seinem Bruder. John war nicht weniger konsterniert und schüttelte verständnislos den Kopf.

»Das darf nicht wahr sein!« Sein ältester Bruder donnerte seine Faust auf den Tisch, sodass die darauf stehenden Becher aneinander klirrten und tanzten. Die drei Brüder saßen um den runden Eichentisch in Eds Studierzimmer. Sie waren unter sich, was selten genug vorkam. Also hatte William seine Chance genutzt und ihnen von seiner Heirat mit Ava erzählt. Er wusste, er durfte es nicht länger geheim halten.

»Ist dir klar, dass du mich damit vor meinem Vasallen blamierst? Dass du Dawnay damit Hörner auf den Kopf setzt? Ihn lächerlich machst?«, fuhr Ed gereizt fort.

John lehnte sich zurück. »Nicht weniger interessant ist der Umstand, dass ich dem König mein Wort gegeben habe, dass du bei deiner Rückkehr Warwicks Tochter heiraten wirst.« Sein Tonfall klang ernst.

William wusste nichts zu seiner Verteidigung zu sagen, also schwieg er und stierte auf seine Knie, die ihm seltsam weich vorkamen.

Abrupt stand Ed auf und ging ungehalten im Zimmer auf und ab. »Du hast dich willentlich über meinen ausdrücklichen Wunsch Lady Aveline mit Lord Dawnay zu verheiraten hinweggesetzt.« Aufschäumend drehte er sich zu ihm um. »Ist dir eigentlich bewusst, dass eure Eheschließung Verrat an deinem zukünftigen König bedeutet?«

Irritiert zog William die Augenbrauen zusammen. »Was meinst du damit?«

»Er meint damit, dass eure Kinder Anspruch auf den Thron erheben könnten«, ergriff John das Wort. »Auch in ihren Adern wird königliches Blut fließen.«

»Aber das ist doch unsinnig! Ich bin ein Bastard, wie sollten also meine Nachfahren einen Thronanspruch geltend machen?« Beklommen versuchte er das Gespräch mit Rob und Harry aus seinen Gedanken zu verdrängen.

»Glaube mir, deine Neider werden nicht davor zurückschrecken, dich in Verruf zu bringen«, erwiderte John.

»Mir ist der Thron doch völlig gleich!«, schnaubte er.

»Das weißt du und das weiß ich, Will. Das wird sie jedoch keinen Deut interessieren. Für sie werden nur die Fakten zählen. Selbst mir wird es doch pausenlos unterstellt.«

William wechselte einen beunruhigten Blick mit John, ehe er zu Ed schaute, der vor dem Fenster Position bezogen hatte. Die Arme vor der Brust verschränkt, taxierte Ed ihn mit düsterer Miene.

»Ed, ich hoffe, du weißt, dass ich mit keinem Atemzug an den Thron gedacht habe.«

»Meinen Thron«, betonte dieser finster.

William stand auf, er war froh, dass ihn seine Beine trugen, stellte sich vor seinen Bruder, der in etwa gleich groß war und kniete sich vor ihm auf den Boden. »Deinen Thron.« Er ergriff seine rechte Hand und blickte ihm ins Gesicht. Er konnte sehen, dass sein Bruder mit sich haderte. William verstand seinen Zorn ob seines unverschämten Handelns. Doch war er insgeheim betroffen, was ihm sein Bruder hier unterstellte. »Ich schwöre dir bei allen Heiligen, ich bin dir treu ergeben. Bei meinem Leben!«

Eds Miene hellte sich ein wenig auf. Nach ein paar Atemzügen, die William quälend lang erschienen, nahm ihn sein Bruder bei den Schultern und half ihm auf.

John, der immer noch am runden Tisch saß und das Szenario aufmerksam beobachtete, kam zu einem Entschluss. »Ich denke, es wäre das Beste, wenn du schriftlich auf den Thronanspruch deiner Kinder und Kindeskinder verzichtest.«

»Mir ist alles recht.«

Das schien Ed vollends zu besänftigen und er klopfte ihm wohlmeinend auf den Rücken. Langsam kehrten sie zu John zurück.

William griff nach dem Krug und schenkte ihnen neuen Wein nach, dann reichte er Ed einen Becher und nahm selbst einen kräftigen Schluck. Er hatte alles erwartet, aber nicht dieses Ausmaß. Er spürte wie ihm kalter Schweiß den Rücken hinab ran.

John, der seine Gedanken zu lesen schien, blickte ihm geradewegs in die Augen. »Ich kann mir gut vorstellen, dass du diesen Punkt außer Acht gelassen hast bei deiner nächtlichen Eheschließung. Und grundsätzlich hast du recht, doch wir können dieser Tage nicht vorsichtig genug sein. Der König umgibt sich neuerdings immer häufiger mit dieser Alice Perrers. Sie ist wie pures Gift. Er scheint ihr fast willenlos ergeben zu sein. Gott allein weiß, was sie ihm ins Ohr säuselt.«

Von Alice hatte William schon gehört. Noch bevor er England im letzten Herbst verlassen hatte, wurden ihm Gerüchte über die Liaison des Königs mit einer deutlich jüngeren Hofdame Philippas zugetragen. Die Gerüchte besagten auch, dass aus dieser Liebschaft bereits ein uneheliches Kind hervorgegangen sei. Und es hieß, dass der König Alice sehr schätzen würde und das sogar mit aufwändigen Geschenken kundtat. Er fragte sich, welche Rolle das Schicksal für Alice wohl noch bereithalten würde, als John fortfuhr.

»Ich gehe davon aus, dass der König, der seit jeher eine Hingabe für selbstbewusste Frauen hat, diese auch in Zukunft nicht verlieren wird. Es kann also nicht schaden, Alice für uns zu gewinnen. Sollte sich sein Geisteszustand mit steigendem Alter verschlechtern und sie mehr Einfluss über ihn erlangen, wäre es nur gut für uns, sie auf unserer Seite zu wissen.« John fuhr sich mit der Hand über die Stirn. Unter seinen Augen zeichneten sich deutlich Fältchen ab.

Er sah besorgt und müde aus, fand William.

»Davon abgesehen, werden wir schon einen Weg finden, wie wir dem König möglichst schonend beibringen, dass du deines eigenen Glückes Schmied warst.«

»Und Dawnay ebenfalls. Er wird wahrlich nicht beglückt über seine gestohlene Braut sein«, warf sein ältester Halbbruder ein.

»Ich werde versuchen, ihm die Situation zu erklären.« Und wenn ich mein gesamtes Vermögen an ihn abtreten muss, um ihn zu entschädigen, dachte William.

»Oh Will, was hast du dir dabei nur gedacht?« John konnte sich ein Schmunzeln nicht verkneifen.

»Er hat gar nicht nachgedacht. Amantes amentes«, entgegnete Ed allwissend.

John nickte zustimmend. »Liebende sind von Sinnen. Wahre Worte.«

»Eins muss man dir lassen, Will, man muss Eier in der Hose haben, um so offen gegen jeden zu rebellieren! Es ist wohl nicht von der Hand zu weisen, dass wir Brüder sind. Du wirst es nicht wissen, doch auch ich habe mich einst gegen den König aufgelehnt und Joan heimlich und gegen seinen ausdrücklichen Willen zur Frau genommen. Noch bevor er nachträglich in die Hochzeit einwilligte«, offenbarte ihm der Älteste.

William war verblüfft und gerührt zugleich, dass Ed ihm dieses Geständnis machte. Er hätte ihn auch weiterhin wie einen nassen Hund im Regen stehen lassen können.

»Jetzt, wo ich das Ganze mit etwas Abstand betrachte – « William wusste, dass er auf ihr Plantagenet-Temperament anspielen wollte. » – imponiert mir dein Mut.« Ed betrachtete seinen kleinen Bruder eingehender. »Ich gebe dir mein Wort, dass ich mir etwas einfallen lasse, um Dawnay milde zu stimmen.«

William spürte einen Kloß im Hals und versuchte vergebens zu schlucken. »Ich weiß nicht, was ich dazu sagen soll, Ed.«

John schaute beiden nacheinander in die Augen und hob dann seinen Becher. »Auf unsere brüderlichen Bande! Und, dass sie niemand je zerschmettern kann!«

Humphrey stolperte fast über seine eigenen Füße, so sehr hastete er über den Innenhof der Burg und den Weg zur Wehrmauer zu William empor.

Nach Atem ringend stand sein *Schatten* vor ihm und presste seine Worte förmlich heraus: »Dawnay – gleich – hier.«

»Gut gemacht, Humphrey.« William lehnte sich gegen die Mauer und blickte über dessen Rand. Von hier hatte man eine wunderbare Aussicht über ganz Bordeaux. Er konnte beobachten, wie die Bürger geschäftig in den kleinen Gassen umhereilten und ihrem Tagesgeschehen nachgingen. Er hatte feststellen müssen, dass die Menschen hier reinlicher waren als beispielsweise in London. Zudem wurden hier größtenteils die übriggebliebenen Abwasserkanäle der alten Römer genutzt, was sehr dazu beitrug, dass die Stadt nicht so stank wie London.

Eine kleine Schar an Reitern zog seine Aufmerksamkeit auf sich. William erkannte Dawnay sofort. Er war der Bestgekleidete unter ihnen, etwas zu fein für seinen Geschmack. Ihn beschlich immer mehr das Gefühl, dass es nicht einfach werden würde, Dawnays Unmut abzuwenden.

William atmete ein letztes Mal tief durch, ging schließlich die

Treppen hinunter und stellte sich vor die Stallungen der Burg. Hier waren die Pferde des Prinzenpaars und der engsten Höflinge untergebracht. Alle anderen Pferde waren in Stallungen in der Stadt untergestellt. Wollte einer dieser Höflinge sein Pferd, bedeutete das für die Knappen, besser flink zu Fuß zu sein.

Mit einem schweren Ächzen wurde das Burgtor geöffnet und die ihm fremden Männer ritten auf den Burghof. Vor den Stallungen angelangt, machten sie Halt. Dawnay sprang als Erster aus dem Sattel und musterte William neugierig. Nach Williams Wappen zu urteilen, das sein Obergewand zierte, war zu vermuten, dass er von edlem Geblüt war. Vor allem aber die heraldische Lilie symbolisierte seine enge Verwandtschaft zum Königshaus.

»Seid uns willkommen, Lord Dawnay.«

»Ihr müsst der Bastard des Königs sein. Interessant«, meinte er und schnalzte mit der Zunge.

William ignorierte diese Bemerkung. »Der Prinz schickt mich, um Euch in Empfang zu nehmen.« Was nur halb der Wahrheit entsprach. Er hatte Ed darum gebeten, ihn zu schicken, damit er Dawnay ohne jedwede Umschweife den Brautklau beichten konnte. »Mein Knappe wird Euer Pferd gut versorgen. Seid unbesorgt.«

Humphrey trat hinter seinem Rücken hervor und ging, eine kleine Verbeugung andeutend, zu dem gedrungen dastehenden Ritter.

Dawnay nahm das Angebot ohne Umschweife an und drückte Humphrey die Zügel wortlos in die Hand.

William fand, dass Dawnay keine sympathischen Züge aufwies. Er versuchte in seinem markanten Gesicht zu lesen und scheiterte an den dunklen, ernst dreinblickenden Augen. An sich war Dawnay kein schlecht aussehender Mann. Er war nicht von sehr hoher Statur, aber auch nicht klein. Sein Körper wirkte überaus fit, seine Schultern und Oberarme waren breiter als der Rest seiner Figur. Die dunklen Haare trug er kurz. Doch irgendetwas an ihm wirkte linkisch, dachte William.

Während die übrigen Pferde von den herbeigeeilten Stallburschen weggeführt wurden, deutete William an, man möge ihm folgen. Er wartete, bis Dawnay zu ihm aufschloss. »Ich hoffe, Ihr hattet eine angenehme Reise.«

»Der Weg von meinen Besitzungen ist nicht weit.« Sein Ton klang beiläufig, doch William hatte das Gefühl, als wolle Dawnay prahlen, wie nah ihn der Prinz bei ihm haben wolle. Er konnte sich gerade noch zusammenreißen, seine Augen nicht zu verdrehen.

Im Inneren der Burg angekommen eilten mehrere Knechte herbei, die die Herrschaften zu ihren Gemächern geleiten wollten. Ehe Dawnay diesen folgen konnte, richtete William sein Wort an ihn. »Lord Dawnay, ich bitte Euch auf eine kurze Unterredung.«

Mit einem Kopfnicken gab er seinen Gefährten zu verstehen, dass er mit Williams Bitte einverstanden war.

William führte ihn in einen kleinen Aufenthaltsraum nahe der großen Halle. Auf einem Tisch am Fenster standen wie von ihm angeordnet ein Krug Wein und zwei Becher bereit. »Ihr müsst sicher durstig sein.«

Dawnay ging nicht darauf ein. »Weshalb wünscht Ihr eine Unterredung, Lord Plantagenet?«

Williams Herz pochte wie wild in seiner Brust.

»Was ich zu sagen habe, betrifft Lady Aveline und Euch.«

Misstrauisch beäugte sein Gegenüber ihn. »Ihr müsst schon deutlicher werden, wenn ich Euch verstehen soll.«

»Lady Aveline und ich haben uns vermählt.«

Dawnay schnappte nach Luft. »Ihr habt was?«

»Natürlich bin ich gewillt, Euch mehr als die versprochene Gift auszuzahlen. Es soll Euer Schaden nicht sein. Ebenso hat der Prinz Euch freigestellt, zwischen den Töchtern von Lord Mowbray zu wählen. Er genießt großen Einfluss am Hof, wie Ihr sicher wisst.«

»Ihr besitzt den Leichtsinn, mich blamieren zu wollen?«

»Seid Euch gewiss, es hatte nichts mit Euch zu tun. Das Band, das Lady Aveline und mich verbindet, ist zu stark, als dass wir es hätten ignorieren können«, gestand er ehrlich.

Dawnays Blick wurde kalt. »Ich bin mir eher darüber gewiss, dass Lady Aveline schneller die Beine breit machen konnte, als mein Pferd mich hierhertragen konnte.«

»Ich muss Euch sehr wohl bitten. Ihr sprecht nun über meine Frau.« Er bemühte sich, einen versöhnlichen Ton anzuschlagen, doch die Schärfe war unüberhörbar.

»Seid froh, dass Ihr der Bruder des Prinzen seid. Andererseits hätte ich Euch jetzt gefordert und Euch den Kopf abgeschlagen!«, zischte er unbeherrscht.

»Ich verstehe Eure Wut durchaus, doch solltet Ihr Euch zusammenreißen. Ich habe nun mein Soll getan, mehr als mich erklären kann ich nicht.«

»Wann ich mich zusammenreiße, entscheide ich ganz allein. Ihr macht mir keine Vorschriften!«

»Vorschreiben will ich Euch gar nichts. Ich gebe Euch nur den

Rat, ruhig zu bleiben. Wir beide können an der Situation nichts ändern, aber wir können sie für beide Seiten akzeptabel machen.«

»Ich scheiße auf Euren Rat! Und wenn ich bis zum König damit gehe. Ihr hattet nicht das Recht, meine Verlobte zu stehlen!«

William presste ungeduldig die Lippen zusammen. »Tut, was Ihr nicht lassen könnt. Mein Knappe wird Euch die Mitgift noch heute Abend überbringen.« Dann drehte er ihm den Rücken zu und bewegte sich in Richtung Tür.

»Das wird Euch noch leidtun, Bastard!«, drohte Dawnay ihm leise.

Zusammen mit Rob und Harry, stand William in einer verrauchten Waffenschmiede nahe der Burg und begutachtete die Arbeit, die hier in den letzten Tagen geleistet wurde. Eigentlich gehörte das nicht zu seinem Aufgabenbereich, doch es war nie verkehrt unter die Männer zu gehen und mit ihnen von Angesicht zu Angesicht zu sprechen. Außerdem hatte er keine Lust, Dawnay und seinen Raufbolden an Männern in der Burg über den Weg zu laufen. Nicht nachdem dieser seinem Knappen gestern eine blutige Nase verpasst hatte. Wie angekündigt hatte er Humphrey am Abend mit einer signierten Urkunde sowie einer mit tausendfünfhundert Pfund Sterling bestückten Truhe zu Dawnay geschickt. Als Antwort hatte er Humphrey blutig geschlagen und ihm die Urkunde zerrissen wieder mitgegeben. Vermutlich um seinen anhaltenden Unmut zu signalisieren. Seitdem war ihr Zwist das Gespräch schlechthin am Hof.

»Wie haben Ed und John eigentlich darauf reagiert, als du ihnen von deiner heimlichen Vermählung erzählt hast?« Harry

216

schaute ihn über die Spitze eines blank polierten Schwertes hinweg fragend an.

Seit jenem Abend hatte er keine ruhige Minute gefunden, um den beiden von der Unterredung mit Ed und John ausführlich zu erzählen. In knappen Sätzen berichtete er ihnen nun davon, nicht ohne zu erwähnen, welches Geständnis sein Halbbruder ihm gemacht hatte. »Unsere Annahme, dass der König gegen eine Ehe von Ed und Joan war, stimmte also. Ed hat mir doch tatsächlich verraten, dass er Joan gegen den ausdrücklichen Willen von Edward geheiratet hat. Das bestätigt unsere Theorie zumindest zum Teil.«

Vielsagend tauschten Harry und Rob einen Blick.

»Das ihr miteinander verwandt seid, könnt ihr echt nicht leugnen, Mann. Scheint wohl in der Familie zu liegen heimliche Ehen zu schließen«, spöttelte Rob.

»Edwards Unwillen gegenüber Eds Verbindung erhärtet wahrlich unsere Vermutung, dass du Joans illegitimer Sohn bist«, meinte der Ältere stirnrunzelnd. »Vielleicht wird uns die Reaktion des Königs, wenn er von deiner Heirat erfährt, mehr verraten. Entspricht unsere Vermutung der Wahrheit, dann könnte es durchaus interessant werden.«

»Ich werde alles dreimal unterzeichnen, wenn das nötig ist, damit deutlich wird, dass mir der ganze Unfug mit der Thronfolge gleichgültig ist, Harry.«

Rob stupste Williams Arm an. »Wo wir mehr oder weniger über Ava sprechen. Mir ist gestern Abend in der Halle übrigens aufgefallen, dass sich White, dieser jämmerliche Dummschwätzer, mit diesem Dawnay bekannt gemacht hat. Was meint ihr dazu, sollte uns das beunruhigen?«

217

»Hass verbindet also.« Williams Tonfall klang abfällig.

Harry musterte ihn interessiert. »Du musst Acht geben, dass sich Dawnay und White nicht allzu gut verstehen.«

»Was soll ich deiner Meinung nach noch tun? Zu Kreuze kriechen?«

»Du hättest sie halt nicht heiraten sollen.«

»Vielen Dank auch.«

»Oh, nun hört doch auf ihr beiden Streithähne! Das bringt uns auch nicht weiter. Wir werden nicht verhindern können, dass White und Dawnay sich zusammentun und Ränke gegen uns schmieden«, sagte Rob stoisch.

»Wäre die Schlacht nicht, dann würde ich ihn fordern. Allein wegen seiner verdammt arroganten Visage.«

»Und ich White«, brummte Rob träumerisch vor sich hin.

»Wir sollten White und Dawnay nicht aus den Augen verlieren. Mich beschleicht das ungute Gefühl, dass sie etwas aushecken.« Harrys Blick wurde seltsam glasig.

William betrachtete seinen Freund nachdenklich und seufzte. »Ich hoffe, du behältst das eine Mal Unrecht.«

Zwei Wochen war es jetzt her, seitdem Elizabeth mit ihrem Hof wieder in London residierte. Ende Februar hatte es aufgehört zu schneien und zu tauen begonnen. Daraufhin hatte die Königin umgehend die Rückkehr nach Whitehall angeordnet. Martha war froh über den Ortswechsel, denn die Stimmung auf so engem Raum war mehr als gedrückt gewesen. Die einen waren unruhig, da sie Burghley House wegen der Schneestürme nicht hatten verlassen können, die anderen aufgrund der schwerwiegenden politischen Entscheidungen. Letztere trugen dazu bei, dass sich das Verhältnis zwischen Cecil und Devereux zusehends verschlechterte.

Wann immer es Martha möglich war, hatte sie sich zurückgezogen und sich in Joan of Kents Tagebucheinträge geflüchtet. Doch nicht jedes Mal gelang es ihr abzuschalten und die Welt um sich herum auszublenden. Nicht nur die angedrohte Vermählung mit Devereux lastete schwer wie ein Fluch auf ihren schmalen Schultern, auch die Sache mit Peggy ließ ihr keine Ruhe. Sie hatte niemandem auch nur ein Sterbenswörtchen von ihrem Traum erzählt. Sie wusste, diese Last hatte sie allein zu tragen.

Direkt nach ihrer aller Ankunft in Westminster hatten die Wachen Peggy in den Tower gebracht, wusste sie. Was sie nicht wusste war, wie sie ihrer Freundin helfen könnte. Natürlich musste zunächst etwas Gras über diese äußerst delikate Angelegenheit wachsen, bevor sie die Königin um ihre Milde bitten durfte. Bis dahin musste Peggy in den zugigen Verliesen weiter ausharren und Gott um Vergebung bitten.

Angespannt stieß Martha die Luft aus und legte ihre Stirn in

Falten.

»Was ist mit dir, Martha?« In Elizabeths Stimme schwang eine Spur Zynismus mit.

Martha hatte nicht gemerkt, dass ihr anzusehen war, wie sie sich fühlte: zerrissen und aufgewühlt. Rasch versuchte sie sich ein Lächeln abzuringen. »Nichts. Ich hänge bloß meinen Gedanken nach.«

Ihre Antwort schien die Königin zufriedenzustellen. Lachend erwiderte diese: »Meine Liebe, du wirst dir noch einmal dein hübsches Köpfchen zerbrechen vor lauter Gedanken, die du dir stets machst.«

Martha strich sich eine Strähne hinters Ohr und zog ihr rechtes Bein etwas höher. Der Sitz im Damensattel war äußerst unbequem. Sie konnte nicht verstehen, wieso Frauen in der Anwesenheit von Männern freiwillig diesen Sitz vorzogen. Im Gegensatz zum normalen Sattel besaß der Damensattel nur auf der linken Seite einen Steigbügel, der als Stütze diente. Den rechten Schenkel schlug man über den mittig angebrachten Sattelknauf, so konnte die Reiterin ihre Schultern parallel zu den Schultern ihres Pferdes halten. Die neueste Form ersetzte den Knauf mit einer Art Gabel, in deren Senke der Schenkel dann zu liegen kam und angeblich einen stabileren Sitz ermöglichte. Eine graziöse Figur machte man so ganz bestimmt, doch Martha fand es anstrengend Tristan auf diese Weise zu lenken. Ihr fehlte der Kontakt zum Pferd. Ein Glück, dass sie Tristan schon als Jungpferd kannte und oft dabei gewesen war, als er angeritten wurde. Sie hatte trotz einiger Proteste darauf bestanden, ihn selbst einmal wöchentlich anzureiten, damit ihre Bindung von klein auf aufgebaut wurde. Sie war überzeugt, dass das der Grund war, weshalb sie einander blind verstanden.

»Wer schön sein will, muss leiden«, warf Elizabeth belehrend ein, da sie Marthas angestrengten Blick aufgefangen hatte.

»Wohl wahr, Eure Majestät. Dennoch bevorzuge ich es, rittlings auf einem Pferd zu sitzen«, gestand sie unverblümt und ignorierte die pikierten Blicke der übrigen Hofdamen, die hinter ihnen einherritten. Am Morgen hatte die Königin vorgeschlagen, die ersten wärmenden Sonnenstrahlen des Jahres zu nutzen und einen Ausritt über die angrenzenden Ländereien zu unternehmen. Gemeinsam mit ein paar Höflingen hatte Martha dem Wunsch Folge geleistet. Zu ihrem Leidwesen war Devereux selbstverständlich mit von der Partie.

»Wenn es danach geht, müsstet Ihr nicht leiden. Euer Antlitz würde jede Jungfer in der Umgebung blass vor Neid werden lassen«, trieb es Devereux auf die Spitze und setzte sein gewinnendes Jungengesicht auf.

»Hört, hört!« Das grelle Lachen von Elizabeth erfüllte die Frühlingsluft. »Seht nur, was für einen Charmeur Ihr bald Euren Ehemann nennen dürft«, raunte sie ihr entzückt zu, als würde sie Martha ein besonders prächtiges Bratenstück servieren.

Anstatt zu antworten, tat Martha so, als ob sie ein widerspenstiges Insekt vom Saum ihres Mantels schnipsen müsste. Mit aller Willenskraft, die sie aufbieten konnte, konzentrierte sie sich, die aufkeimende Abscheu aus ihrem Gesicht zu verbannen.

Den gesamten Mittag verbrachte die Gesellschaft im Freien. Die Temperaturen waren erstaunlich mild für die Jahreszeit und so hatten die Bediensteten auf einer kleinen Anhöhe mehrere Felldecken übereinandergelegt und ein delikates Picknick in der

Sonne vorbereitet.

Nach einer geraumen Weile stand Martha auf und gab vor, sich etwas die Beine vertreten zu wollen. Mit ihr stand auch Jonah auf, der sich zu ihrem Glück, ebenfalls dem Ausritt angeschlossen hatte. Er nickte ihr freundlich zu und sie hakte sich bei ihm unter.

Als ihre Entfernung groß genug war, sodass keiner sie belauschen und doch jeder sie anstandshalber sehen konnte, legte Martha ihren Kopf auf Jonahs Schulter ab und stieß einen tiefen Seufzer aus. »Ach Jonah, was soll ich nur machen? Ich kann Devereux nicht zum Mann nehmen!«

»Weiß dein Cousin, Edouard Somerset schon etwas von davon?«

Martha schüttelte unschlüssig den Kopf. Edouard Somerset oder Lord Somerset, wie er von ihr genannt werden wollte, war der Neffe ihres verstorbenen Vaters. Ihre Väter waren Brüder, nur war der Vater von Edouard der Ältere von beiden. Anfang letzten Jahres war er verstorben und damit waren Titel und Ländereien auf diesen übergegangen. Martha hatte ihren Cousin kaum öfter zu Gesicht bekommen, als die zwei oder drei Mal, die er am Hof der Königin verweilt hatte. Doch sie hatte nicht vergessen, wie dünkelhaft ihr sein Auftreten vorgekommen war. Es war kein Geheimnis, dass er sich für sie, als Tochter seines Onkels, nicht einen Deut interessierte. Ihm war es gleich, was mit ihr geschah, sofern er keinen Nutzen davon hatte. Die Tatsache, dass er mit Devereux sympathisierte, bereitete ihr in diesem Zusammenhang Kopfzerbrechen. »Ich hoffe inständig, dass Edouard nicht davon unterrichtet wurde, denn falls doch, ist es schon fast besiegelte Sache.« Ihre Miene sprach Bände.

Jonah legte einen Arm um sie und gab ihr das Gefühl von

Sicherheit. »Noch hat die Königin keine Verlobung angesetzt. Möglicherweise ist sie doch nicht so überzeugt von der Idee, wie sie vorgibt.«

»Ich schätze, ihr fällt es schwer, die bisher ungeteilte – scheinbar ungeteilte – Aufmerksamkeit aufzugeben. Sie genießt es sichtlich, von Devereux umgarnt zu werden.«

»Außerdem ist die Königin wankelmütig. Warte ab, vielleicht wendet sich alles noch zum Guten.«

»Dein Tonfall klingt so, als würde es dich völlig kaltlassen.«

Er blieb stehen und fasste sie bei den Händen. »Du weißt ganz genau, dass ich Devereux nicht ausstehen kann, ungeachtet dessen, dass er mein Vetter ist.«

Jonahs und Devereux' Großmütter väterlicherseits waren Schwestern, daher waren sie Cousins zweiten Grades, erinnerte sich Martha. Allerdings verband die zwei nichts außer ihrer gemeinsamen Blutlinie; wie ihre Väter vor ihnen waren sie einander fremd. So viel Martha wusste, hatte es vor Jahrzehnten, noch vor der Geburt ihrer Väter, eine uralte Familienfehde gegeben, dessen Ursache inzwischen wohl keiner mehr kannte, und doch war sie nie beigelegt worden.

Betreten senkte sie den Kopf. »Ich weiß. Das war nicht fair von mir. Verzeih mir.«

Versöhnlich drückte er sie für einen kurzen Moment an seine Brust, bevor er sie wieder losließ und ihr seinen Arm darbot. »Lass uns hier nicht weiter darüber sprechen, selbst die Bäume könnten Ohren haben«, gab er zu bedenken.

»Wer sollte uns hier schon aushorchen?« Im Grunde war es für sie ohne Bedeutung, doch sie nickte.

»Möchtest du mir dafür nicht endlich von deinem Fund

erzählen? Oder möchtest du mich wieder vertrösten?« Vorwitzig betrachtete er sie.

Sie ahnte, dass er sie abzulenken versuchte, um sie aufzuheitern, wollte ihm den Gefallen aber nicht abschlagen. »Wie konnte es nur so weit kommen, dass wir kaum noch Zeit zusammen verbringen? Seit Wochen habe ich dich nicht mehr allein zu Gesicht bekommen. Kein Wunder also, dass ich dich nicht in die Geheimnisse meines Funds einweihen konnte.« Vorsichtig griff sie unter ihren Fellumhang. Sie hatte es tatsächlich gewagt, zwei Briefe in die eingenähte Innentasche zu stecken. Nicht nur, dass sie regelrecht süchtig nach Williams Geschichte war. Auf eine seltsame Art und Weise gab ihr Joans Nachlass das Gefühl von Vollkommenheit und innerer Ruhe. Vor allem in ihrer jetzigen unsicheren Situation war sie froh darum. Langsam zog sie einen der Briefe hervor. Wahllos hatte sie morgens in die Schatulle gegriffen und bemerkte nun, dass dieser Brief, anders als die vorherigen, außergewöhnlich gefaltet war. Er sah aus wie eine gefaltete Blume.

Aufregung packte sie. Sie drehte sich um und bemerkte, dass sie sich inzwischen so weit von den anderen entfernt hatten, dass sie keiner mehr sehen konnte. Mit zitternden Händen entblätterte sie den Brief und sah eine ihr unbekannte geschwungene Handschrift. Eingehend überprüfte Martha das gebrochene Siegel auf dem Umschlag. Ein verschlungenes W und P, umgeben von einer heraldischen Lilie. Rasch überflog sie den Inhalt und war sprachlos, als sich ihr Anfangsgedanke um den Verfasser bestätigte.

»Und? Willst du mich noch weiter im Dunkeln tappen lassen? Ich platze gleich vor Neugierde, Martha!«

Leise las sie Jonah vor, was dort geschrieben stand.

Anno Domini 1367

Liebste Gemahlin, liebste Lady Plantagenet,
erst der fünfte Tag ist ins Land verstrichen, der mich von dir trennt und doch
schmerzt es mich, dich nicht an meiner Seite zu haben. Heute haben wir unser
Lager aufgeschlagen, nahe einer Stadt namens Anglet, wie die Einheimischen
sie nennen. Ed geht davon aus, dass wir in wenigen Tagen auf Pedro de
Castilla treffen werden. Unsere Soldaten sind guten Mutes, ihre Moral ist die
von wahren Engländern: wahrhaftig und unzerstörbar! Ich verspüre Stolz,
wenn ich durch ihre Reihe schreite und sie mir ihren Kampfeswillen versichern.
Nun muss ich mich mit John und Ed zusammensetzen, um unser weiteres
Vorgehen zu bestimmen. Ich werde dir wieder schreiben, sobald ich Zeit finde.
Ich sehne mich nach dir, Ava, und kann es kaum erwarten, dich bald wieder
in meinen Armen zu halten!
Dein William Plantagenet

»William Plantagenet? Wer war das?«, wiederholte Jonah
verständnislos, als Martha geendet hatte.

»Ein legitimer Bastard von Edward III.«, antwortete sie leise
und fuhr ehrfürchtig mit dem Zeigefinger über das Kerzenwachs.

Argwöhnisch musterte Jonah den Brief. »Wieso habe ich noch
nie von diesem William gehört? Wenn er legitimiert wurde, dann
müsste doch über ihn berichtet worden sein, oder nicht?«

»Das verstehe ich derzeit auch noch nicht«, gestand sie ihm.
»Das Tagebuch, das ich gefunden habe, gehörte seiner Mutter.
Sie schreibt, dass um ihre Person ein Geheimnis gemacht wurde,
damit die edle Herkunft ihres Bastards die Thronfolge nicht in
Gefahr brachte.«

Jonahs Gesicht nahm einen verblüfften Ausdruck an.

»Allerdings verstehe ich nicht, wieso seine Mutter einen Brief von ihm aufbewahrt hat. Wie soll sie ihn in die Hände bekommen haben? Er war doch an seine Frau adressiert.«

Verwirrt versuchte Jonah ihren Gedankengängen zu folgen. »Wer war denn überhaupt seine Mutter?«

Martha schaute zu ihm hoch. »Joan of Kent.«

Vor Erstaunen klappte Jonah der Mund auf. »Und wer war die Frau von diesem William, an die er seinen Brief geschrieben hat?«

»Eine Großcousine von Joan of Kent, Aveline Montague.«

»Und hatten die beiden Nachfahren?«, wollte Jonah neugierig wissen.

Martha zuckte ratlos mit den Schultern. »Das habe ich noch nicht herausgefunden.«

»Wenn ja, dann könnte das bedeuten, dass es eine weitere königliche Blutlinie gibt!«

»Vorausgesetzt diese Linie ist nicht erloschen«, gab Martha zu bedenken.

Jonah machte eine wegwerfende Handbewegung. »Solche Geschlechter sterben nicht einfach aus!«

»Und was war dann mit den Rosenkriegen?«, hakte sie nach.

»Da haben sich letztlich die Erben von Lancaster und York miteinander verbunden und das Ergebnis davon sitzt heute auf dem Thron.«

Martha musste lachen. »So kann man das Ganze auch betrachten.«

Jonah grinste und feine Grübchen bildeten sich in seinen Wangen. »Es kommt im Leben immer auf den Blickwinkel an, wie man etwas betrachtet. Ich bin mir ganz sicher, dass es noch lebende Nachfahren geben wird, überleg dir doch wie weit sich seine Linie bis heute verzweigt haben könnte! Vielleicht kennen wir seine Nachfahren sogar und wissen es nur nicht!«

Amüsiert über Jonahs entflammte Begeisterung, drückte sie seine Hand. »Möchtest du die Briefe und Tagebucheinträge zusammen mit mir studieren? Vielleicht finden wir gemeinsam heraus, ob William tatsächlich Nachfahren hatte und ob diese eine Gefahr für die Erben des Throns darstellten.«

Jonahs Augen strahlten und als Antwort küsste er ihre Hand. Keiner von ihnen bemerkte Devereux, der sich im Schatten eines Baumes versteckte und missmutig jede ihrer Bewegungen wahrnahm.

Anno Domini 1367

»Polemos panton men pater esti!«
Der Krieg ist der Vater aller Dinge.

Bordeaux, März 1367

itte März war es endlich so weit: In Scharen waren die Menschen herbeigeeilt, um ihrem Prinzen viel Glück für den anstehenden Kampf zu wünschen. Dicht gedrängt säumten sie die Straßen von der Burg bis hin zum Stadttor. Sie hatten gerade so viel Platz gelassen, dass sie mit ihren Pferden und der Tross mit seinen Karren hindurchpasste. Kleine Mädchen warfen Blumen, Frauen banden ihren Ehemännern unter Tränen farbenfrohe Tücher als Glücksbringer um das Handgelenk. Zu Williams Freude hatte es endlich aufgehört zu regnen und die Sonne wärmte seine Haut. Er hatte das Gefühl, der Wetterumschwung löste endlich den Knoten, der sich die letzten Monate des Nichtstuns in ihnen allen gebildet hatte. Die Geduld der Männer war auf eine harte Probe gestellt worden, sie waren nun mehr als bereit für die Schlacht. Ed und John führten die Streitkraft an. Rob, Harry und er folgten ihnen. Bevor sie das Stadttor passierten, drehte William sich noch ein letztes Mal um und bildete sich ein, Ava auf der Burgmauer stehen zu sehen.

Es verblüffte ihn immer noch, wie sehr er sich Ava verbunden fühlte. Er hätte es nie für möglich gehalten, solch ein Ausmaß an Gefühlen für jemanden aufbringen zu können. Früher war er der Ansicht, dass man im besten Fall Zuneigung für seine Frau empfinden würde. An Höflichkeit und gegenseitigen Respekt hatte er gedacht, doch letztlich war er fest davon ausgegangen, dass, sobald Erben gezeugt wurden, der Auftrag einer Ehe erfüllt war. Auf die meisten der Höflinge traf das auch zu, ganz besonders hier auf dem Festland. Die Zügellosigkeit der Franzosen schien ansteckend zu sein, dachte er schmunzelnd.

Und es war längst kein Geheimnis, dass die allermeisten Männer amouröse Abenteuer unterhielten. Um ehrlich zu sein, hatte er selbst angenommen, er würde es nicht anders machen. Er war beseelt, dass der Himmel ihm Ava geschickt hatte. Denn eine Erfüllung, unzählige Liebschaften zu haben und seiner verbitterten Frau dann noch in die Augen schauen zu müssen, war das weiß Gott nicht.

Verträumt drehte er sich wieder nach vorn und lenkte sein zweites Pferd Musculus, das der Rasse der Renner entstammte, neben Harrys Wallach. Ihre *Schatten* führten ihre Streitrösser am Zügel. Vor der anstehenden Schlacht galt es, sie so gut es ging zu schonen.

Während William vorgab, den Gesprächen neben sich zuzuhören, wanderten seine Gedanken erneut zu Ava und ihrem letzten gemeinsamen Abend. Der Abschied war ihnen alles andere als leichtgefallen. Ungewöhnlich still war es gewesen. Keiner hatte recht gewusst, wie er mit der Situation umgehen sollte. William war erleichtert, dass sie nicht heulend in seinen Armen lag und es ihm noch schwerer machte als ohnehin schon. Seitdem sie offiziell miteinander verheiratet waren, teilten sie sich Williams Gemach. Die Kammer direkt neben ihnen hatten ihre Knappen räumen müssen, damit Avas Magd diese beziehen konnte. Jetzt, da sie unter der Haube war, brauchte sie Hilfe beim Hochstecken ihrer langen Haare, was er bedauerte.

»Meinetwegen kannst du deine Haarpracht weiterhin offen tragen. Jeder weiß doch, dass du zu mir gehörst.«

Sie hatte gelacht, als sie seinen Ausdruck im Gesicht gesehen hatte und dennoch protestiert: »Das sagst du mir nun zum wiederholten Male, Will. Du weißt genau, dass sich das nicht ziemt für eine verheiratete Frau.«

»Wir sind am Hof in Bordeaux, nicht in London. Selbst Lady Joan hält sich nicht an die altehrwürdige Sitte.«

»Hm«, machte sie. »Ich werde darüber nachdenken.«

Er beobachtete, wie sie sich mit einer Bürste über ihre goldenen Locken strich. Geruhsam stand er von der Bettkante auf und stellte sich hinter seine zierliche Frau. Er legte seine Hände um ihre Hüften, zog sie näher zu sich heran und sog den Lavendelgeruch ihrer Haare ein.

Ava blickte ihn durch den Spiegel hinweg an und ließ allmählich die Bürste sinken. »Eigentlich sollte ich es für mich behalten, aber...«, setzte sie an und zog unentschlossen eine kleine Schnute.

»Was meinst du?«

»Also als Eheleute sollten wir voreinander keine Geheimnisse haben, oder?«

Irritiert runzelte er die Stirn. »Das siehst du ganz richtig.«

»Gut. Ich halte es nämlich nicht mehr länger aus«, sprudelte es aus ihr heraus. »Wir hatten tatsächlich einen Schutzengel, was unsere Vermählung betrifft.«

»Du meinst Pater Anselm?«

Sie schüttelte ihren Lockenkopf. »Ich glaube, Pater Anselm war nur Ausführender.«

»Nun spann mich nicht so lange auf die Folter.« Er konnte seine Ungeduld nicht verbergen.

»Lady Joan hat mich am Abend vor unserer Heirat zu sich gebeten und preisgegeben, dass sie von unserer Liebe zueinander Bescheid weiß.«

William klappte vor Erstaunen der Mund auf. »Sie wusste über uns Bescheid?«

»Und sie war kein Stück pikiert. Sie war überaus verständnisvoll und sagte, sie wolle uns helfen. Aber sie betonte auch, dass sie nicht möchte, dass ich dich davon in Kenntnis setze.« Ava drehte sich um und schaute ihm tief in seine grauen Augen. »Sei mir bitte nicht gram, ich habe einfach keine Gelegenheit gefunden, dir vorher davon zu erzählen. Aber ich möchte nicht, dass wir Geheimnisse voreinander haben.«

»Wieso sollte ich dir böse sein? Du hast getan, was sich die Prinzgemahlin von dir gewünscht hat. Du hast alles richtig gemacht, mein Engel.« Er küsste ihren Scheitel und drückte sie an seine Brust.

»Meinst du, es war reine Nächstenliebe oder glaubst du, dass da mehr dahintersteckt?«, hatte ihre Frage gelautet.

Doch seine kühne Vermutung, dass er Joans unehelicher Sohn sein könnte, hatte er für sich behalten. Stattdessen hatte er Ava mit sich auf das breite Bett gezogen. »Welchen Profit sollte Lady Joan davon haben? Und wenn schon. Ich kann nichts Boshaftes darin erkennen. Tun wir ihr lieber den Gefallen und enttäuschen sie nicht.«

»Oh, Will!« Ihre helle Stimme hatte amüsiert und verführerisch zugleich geklungen. Und die Erinnerung daran, was dann geschah, ließ seine Beinkleider unangenehm eng werden.

Tatsächlich hatte Rob ihn ein paar Tage nach der Hochzeit gefragt, ob er sich nach dem Vollzug der Ehe immer noch sicher sei, mit ihr sein Glück gefunden zu haben. William hatte keinem seiner beiden Freunde erzählt, dass Ava keineswegs mehr unberührt war. Nicht wegen Rob, sondern wegen Harrys moralischer Vorhaltungen, die er sich wahrscheinlich wochenlang hätte anhören müssen. William hatte Rob ehrlich geantwortet, dass er sich in seinem Leben nie sicherer war als mit Ava. Er wusste, er konnte sich glücklich schätzen. Nein, mehr noch, er konnte sich gesegnet fühlen. Nicht nur, was die ehelichen Pflichten betraf. Ava war genau die Frau, die er an seiner Seite brauchte. Sie besaß, trotz ihrer kleinen und schmalen Statur, mehr Ausdrucksstärke und Willen als jede andere Frau, die ihm begegnet war. Obendrein verstand sie etwas von Politik und war nicht gelangweilt von seinen Ausführungen über die Vorbereitungen der anstehenden Schlacht.

Ein munteres Lächeln stahl sich auf seine Lippen. Voller Zuversicht trottete er neben seinen beiden Freunden einher. Sein Bauchgefühl sagte ihm, dass das noch nicht das Ende sein konnte, das Gott ihm zugedacht hatte.

Zwei lange Wochen waren sie Enrique de Trastámara nun nachgereist, doch jedes Mal, wenn sie seinem Gefolge gefährlich nahe kamen, entglitt er ihnen wieder wie ein glitschiger Fisch dem Netz. William argwöhnte, dass dieses Katz-und-Maus-Spiel mehr zu Enriques Zermürbungstaktik gehörte, als dass er sich ihnen nicht stellen wollte.

Daher hatten sie gemeinsam beschlossen, sich nicht mehr an der Nase herumführen zu lassen. Wenn Enrique spielen wollte, dann nach ihren Spielregeln. Somit hatten ihre Kundschafter einen günstigen Platz zum Lagern ausfindig gemacht. Ihre Zeltstadt befand sich auf einer kleinen Anhöhe, zu dessen Füßen sich ein großes brachliegendes Feld erstreckte. Das Feld war ideal für das anstehende Gefecht. In weiterer Ferne konnte man die schwachen Umrisse der Stadt Nájera ausmachen.

Nun hieß es also warten, bis Enrique sich endlich stellte; und sie wurden nicht enttäuscht. Am späten Nachmittag des nächsten Tages wurden erste Späher gesichtet und kurz darauf konnten sie aus der Ferne das gegnerische Heer hören. Es klang beinah wie ein Donnergrollen, das bedrohlich lauter wurde.

Enrique entschied sich, auf der gegenüberliegenden Seite, am Ende des Tals, zu lagern. Zum Bedauern aller hatten sie damit einen zu guten Überblick über dessen Truppenstärke.

»Sie müssen fast dreimal so viele Männer haben wie wir«, stellte John beunruhigt fest.

Ed, der Johns Auf-und-ab-Gehen in seinem Zelt gelassen beobachtete, nahm bedächtig einen Zug aus einem Weinbecher, ehe er antwortete: »Davon dürfen wir uns nicht beeindrucken lassen.«

»Wir können davon ausgehen, dass Enrique genau das will: uns einschüchtern«, warf Rob ein.

William pflichtete ihnen bei. »Und ganz gewiss werden sie sich überlegen fühlen. Diesen Umstand müssen wir nützen.«

Pedro de Castilla, der sich ihnen kurz vor der Nordküste Kastiliens angeschlossen hatte, musterte einen nach dem anderen, während er sich unablässig über seinen dunklen Spitzbart strich. Er war recht klein und von hagerer Statur. Der Blick war durchdringend, seine Stirn hoch. Seine Wangenknochen schienen ständig unter Anspannung zu stehen. William registrierte, dass er ihn nicht leiden konnte.

»Wie stellst du dir das vor mit nur vierundzwanzigtausend zu – wie viel mögen es sein? – fünfundfünfzig- oder sechzigtausend Mann?« Skeptisch beäugte John seinen jüngeren Bruder.

»Der Großteil unserer Soldaten ist nur leicht gepanzert, im

236

Gegensatz zu ihnen. Das kann uns einen entscheidenden Vorteil einbringen.«

»Du meinst wie in Crécy oder Poitiers?« Leise Zuversicht schwang in Johns Stimme.

William nickte zustimmend.

Interessiert musterte Ed ihn. »Sprich weiter.«

William stand auf und umrundete den Tisch, an dem alle saßen, außer John, der sich dicht neben ihn stellte. In der Mitte des Tischs waren kleine Messingfiguren platziert: Schwertträger, Reiter, Lanzenträger und Bogenschützen. Unwillkürlich musste er an das Turmzimmer mitsamt dem Eichentisch denken. Wie oft hatte er als kleiner Junge davorgestanden und den Ausführungen ihres Vaters über die taktischen Glanzleistungen vergangener Schlachten gelauscht. Besonnen besah er sich einen der Reiter und stellte ihn vor die anderen Figuren. »Alle Berittenen müssen sich in erster Reihe befinden, wenn wir die Schlacht eröffnen. Wenn das gegnerische Fußvolk auf uns zukommt, machen wir kehrt und lassen unsere Lanzenträger voranschreiten. Ich schätze die Franzosen für so einfältig ein, dass sie nichts aus den vergangenen Gefechten gelernt haben. Vor allem ihre vorderste Reihe wird schwer gepanzert sein, was sie in ihrer Beweglichkeit erheblich einschränken wird, auch auf dem Pferd. Nach dem Lanzenangriff wird unser Fußvolk zu Schwert und Axt greifen. Doch viel entscheidender wird der Luftangriff unserer Bogenschützen sein. Sie müssen direkt hinter den Lanzenträgern postiert werden. Nach den ersten Angriffswellen werden sie den Platz mit dem hinteren Fußvolk wechseln, ein Teil von ihnen wird auch auf die Außenseiten ausweichen. Von diesen Posten werden sie unablässig Pfeile auf unsere Gegner hageln lassen.« Während er sprach, stellte er die Figuren so um, dass sich alle ein Bild machen konnten. »Wir müssen in Bewegung bleiben, das wird sie Stück für Stück zermürben und aufreiben, bis sie ihre Formation aufgeben. Auch wenn wir von der Zahl her unterlegen sein mögen, sind wir keineswegs zu unterschätzen.«

»Sie werden davon ausgehen, dass wir uns vor Angst in die Hosen scheißen, und sie kommen lassen werden.« Ed hatte ihm mit wachsender Faszination zugehört. »Mir gefällt deine Denkweise. Das könnte sie tatsächlich überraschen.«

Pedro spuckte, wie zur Bestätigung, neben sich auf den Boden. »Mein Halbbruder, dieser überhebliche Bastard, hat einen zusammengewürfelten Haufen an Kastiliern und Franzosen, die es nicht gewohnt sind, gemeinsam unter seinem Kommando zu kämpfen. Er wäre besser damit beraten, uns nicht in einer offenen Schlacht gegenüberzutreten.«

»Wie gut, dass er Euch nicht als Berater hat.« Rob lachte verschmitzt.

Geruhsam stand Ed auf. »Wir machen es, wie Will gesagt hat. Gebt den unteren Befehlshabern unsere taktischen Manöver bekannt. Im Morgengrauen will ich uns kampfbereit sehen.«

Der nächste Morgen war nur wenige Stunden alt. William konnte den Morgentau in der aufgehenden Sonne auf den Grashalmen der Wiese glitzern sehen. Er sog die kühle Luft tief in sich ein und drehte sich auf Hector um. Er ließ den Blick über die beeindruckende Schar an Bogenschützen wandern, die er befehligte. Er verspürte Stolz, als er in die entschlossenen Mienen seiner Männer schaute.

Humphrey hielt sein Banner fest umklammert. Die Löwen auf rotem Grund flatterten angriffslustig im Wind. Rot wie Blut, schoss es William durch den Kopf. Davon würde er heute noch genug zu sehen bekommen. Unwillkürlich zog er seinen Schwertgurt fester und versuchte die Gedanken zu verscheuchen.

»Heute Nacht wird ein Blutmond scheinen«, meinte Harry, der mit Rob an seiner Seite stand, als hätte er seine Gedanken erraten.

Der Dritte im Bunde hob den Kopf und betrachtete den Himmel eingehend. »Mit der entscheidenden Tatsache, dass er denen und nicht uns scheinen wird«, erwiderte er verbissen.

»Genau diese Einstellung will ich hören, Pomeroy.«

Bei der geschäftigen Hektik der sich in Stellung bringenden Soldaten hatten sie nicht bemerkt, dass Ed und John ihre Pferde neben ihnen in Stellung gebracht hatten. William konnte nicht umhin zu denken, welch stattliche Figur sein ältester Halbbruder abgab. Genau so, hatte er sich immer vorgestellt, hätte ihr Vater seine Truppen in eine seiner legendären Schlachten geführt. Er sah aus wie ein Fleisch gewordener Ritter aus den Geschichten, die ihr Vater ihm als kleiner Junge erzählt hatte. Die Sonne spiegelte sich in seiner blank polierten verzierten schwarzen Rüstung, als ob sie ihr Antlitz darin zu betrachten versuche. Er wirkte wie erstrahlt, umgeben von einem Heiligenschein. William war überzeugt, so und nicht anders musste ein von Gott gewollter Thronfolger aussehen.

Ein leises Raunen ging durch die Menge. Angestrengt versuchte er zu verstehen, was gesagt wurde. »Der schwarze Prinz! Unser schwarze Prinz!«, hieß es von allen Seiten. Er stellte fest, dass nicht nur er von Eds Erscheinung tief beeindruckt war.

Ed, dem dieser Umstand nicht verborgen blieb, wendete sein nervös tänzelndes Schlachtross und machte keine fünf Schritte vor den vordersten Männer Halt. Gebieterisch hob er den Arm. Schlagartig verstummte das Geraune. Er ließ ein paar Herzschläge verstreichen, ehe er sein Wort an sie richtete. »Männer Englands, heute ist nicht der Tag unseres Todes, sondern der Tag unserer Wiedergeburt!«

Ein lautes Grölen zeigte die Zustimmung der Menge.

»Polemos panton men pater esti! Der Krieg ist der Vater aller Dinge! Und dieser Vater sind wir! Zeigt diesen französischen und kastilischen Hurensöhnen, was es heißt, gegen Engländer zu kämpfen!« Siegesgewiss schlug er mit seinem gepanzerten Handschuh auf sein Schutzschild. »Ich will lieber kämpfen und sterben, anstatt ohne jedwede Hoffnung auf die gottgewollte Ordnung zu leben!«

Die Angesprochenen tobten und taten es Ed gleich. Ein wilder Trommellaut erklang.

William spürte, wie ihn eine unbändige Kampfeslust packte, und stieg ins Trommeln der Streitkraft ein. »Für England! Für unseren schwarzen Prinzen!«, rief er inbrünstig.

Die zwischenzeitlich zugezogene graue Wolkendecke am Himmel brach auf und ein gleißender Sonnenstrahl erhellte das Feld, das inzwischen blutgetränkt vor ihm lag. Das Licht spiegelte sich auf den wild durcheinandertanzenden Klingen wider, die das Lied des Todes sangen. Tausende von englischen Pfeilen teilten die Luft, zischten über die Köpfe barbarisch schreiender Männer hinweg und fanden ihr Ziel in unzähligen Leibern.

Er hatte das Gefühl, als währte der Kampf bereits mehrere Stunden. Er konnte nicht sagen, wer im Vorteil war oder wie viele Männer er getötet hatte. Es waren einfach zu viele. In Gedanken dankte er seinen Lehrmeistern am Hof für ihre unnachgiebigen Trainingsstunden. Jetzt erst realisierte er, was es einem abverlangte, einen anderen Menschen zu töten, ihm das Schwert in den Leib zu rammen, zu sehen, wie dessen Blut über die Schwertscheide hinunterlief. Er fühlte sich wie in einer Art wachem Schlaf gefangen, als ob er sich selbst beobachten würde. Sein Kopf war merkwürdig leer, er funktionierte, das war alles.

Er ließ seinen Blick weiter über das Schlachtfeld schweifen und versuchte sich einen Überblick über ihre Gesamtsituation zu verschaffen. Zusammen mit Rob und Harry hatte William den Oberbefehl über ihren Trumpf, die Bogenschützen, übernommen und war mit ihnen nach hinten abgerückt, um diese fürs Erste von hinten zu dirigieren. Harry und Rob waren an den Flügeln postiert, er in der Mitte. Falls nötig konnten sie von diesen Posten schneller handeln und die Formation der Bogenschützen sowie des Fußvolks ändern. William wusste, dass nur jemand mit klarem Sachverstand und kühlem Kopf diesen Oberbefehl innehaben konnte, und trotzdem war er nicht sehr glücklich über seinen Posten. Er hatte in vorderster Front neben seinen Brüdern kämpfen wollen. Doch letztlich hatte Ed William hierhin befohlen. Er wusste, dass Widerstand zwecklos gewesen wäre, also hatte er sich dessen Wunsch gebeugt.

Plötzlich riss ihn ein markerschütternder Schrei aus seinem Wachschlaf. Er drehte den Kopf nach rechts und sah, wie Harrys Flügel von allen Seiten her angegriffen wurde. Von einem Pfeil getroffen, rutschte sein Freund benommen vom Pferd und ging in der kämpfenden Menge unter. Blinde Wut packte ihn. Aus voller Kehle kommandierte William einige seiner umstehenden Männer an den Schwachpunkt ihres Flügels und drückte Hector noch im selben Moment die Fersen in die Flanken. Hastig lenkte er ihn um die eigene Achse und hieb dem ersten entgegenkommenden Kastilier den Schwertarm oberhalb des Ellenbogens ab. Schreiend sank dieser zu Boden und hielt verzweifelt seinen blutüberströmten Stumpf mit der Linken umklammert. Unbarmherzig hieb ihm William mit einem einzigen Schlag den Kopf ab. Noch bevor der Kopf auf dem Boden aufkam, hatte er sein Schwert erneut in Position gebracht. Doch bevor er sich einem zweiten Kastilier zuwenden konnte, wieherte Hector schmerzerfüllt auf und binnen Sekunden brach ihm die Vorderhand weg. Nein, nicht mein geliebter Hector!, schoss es ihm durch den Kopf. Noch ehe er wirklich registrierte, was geschah, begrub ihn Hector halb unter sich.

Zähnefletschend näherte sich ihm der Kastilier, der Hector zu Fall gebracht hatte. Behäbig hob er zum vernichtenden Schlag aus. Mit aller Kraft versuchte sich William unter Hector wegzuziehen, aber keine Chance. Er saß in der Falle. Er kniff die Augen zu und wartete auf den einsetzenden Schmerz. Doch es geschah nichts. Vorsichtig öffnete er erst das eine, dann das andere Auge und sah zu, wie der Kastilier in der Bewegung innehielt und überrascht zu seiner Körpermitte starrte, aus der eine blutverschmierte Klinge ragte. Lautlos sank er neben William nieder. Hinter ihm stand niemand Geringerer als White. Erleichtert atmete William aus und wollte diesem schon danken, als er aus dem Augenwinkel wahrnahm, wie nun White anstelle des Kastiliers sein Schwert hob und es William an die Kehle setzte.

Verstört schaute er in Whites Augen, die ihm eigenartig leer erschienen. »Was wird das hier, Mann?«

»Keiner wird mitbekommen, dass Ihr durch meine Hand gefallen seid.« Sein Ausdruck hatte etwas Wahnsinniges an sich. »Ein kleiner Schnitt und Ihr werdet elendig verbluten. Genau das, was Euch zusteht.«

William spürte, wie White mit der Spitze des Schwerts seine Haut einritzte und ein warmes Rinnsal seinen Hals hinunterlief. Mühsam versuchte er ein Schlucken zu unterdrücken. »Wieso?«, fragte er befremdet, den Kampf um sich herum vollkommen ausgeblendet.

»Weil Ihr ein dreckiger Bastard seid, Fitzroy. Euresgleichen denkt, ihr könnt euch alles nehmen, als gehörte euch die Welt.« Whites Augen funkelten fanatisch. Ehe er weitersprechen konnte, wurde er roh herumgerissen.

»Du räudiger Verräter!«, fauchte eine breitgebaute Gestalt, von Hass erfüllt.

Es war Rob, erkannte William erleichtert. Erneut versuchte sich William mit aller Kraft unter Hector zu befreien. Langsam, aber sicher hatte er das Gefühl, dass seine Beine unter dessen Gewicht zerquetscht wurden. Unverhofft kamen helfende Hände und versuchten den Pferdekadaver anzuheben. Zwei weitere Hände umfassten seinen Oberkörper und mit vereinten Kräften befreiten sie William schließlich. Gestützt versuchte er aufzustehen und bekreuzigte sich in Gedanken, dass seine taub gewordenen Beine scheinbar nicht gebrochen waren. Mit einem Kopfnicken bedankte er sich bei seinen Helfern, die aus Johns Gefolge stammten, wie er nun an ihrem Emblem erkannte.

Gemeinsam wandten sie sich zu Rob, der White in der Zwischenzeit entwaffnet hatte und ihn mit erhobener Klinge in Schach hielt. Whites Ausdruck schien gehetzt und seltsam beseelt zugleich. Aus einer hässlichen Schnittwunde an seinem Schwertarm tropfte es unaufhörlich.

»Fesselt ihn und bringt den Verräter zu den anderen Gefangenen«, befahl William dem Älteren seiner Helfer.

Der Alte nickte grimmig und tat, wie ihm geheißen.

»Ihr seid der große Bruder des Abschaums, White. Ihr habt nichts Geringeres als den Verrätertod verdient.« Angeekelt spuckte Rob vor ihm aus.

»Das nützt Euch auch nichts mehr, der Schaden wird nicht mehr abzuwenden sein.« Ein verräterisches Funkeln trat in Whites zu Schlitzen gezogene Augen.

Irritiert und zutiefst beunruhigt schaute William White nach, der sich widerstandslos abführen ließ. Ein lauter werdendes Zischen durchbrach jedoch seine Gedanken. Instinktiv schaute er zum Himmel und zog Rob geistesgegenwärtig mit sich zur Seite. »Achtung!«

Da, wo sein Freund eben noch gestanden hatte, schossen drei Pfeile hart in den blutdurchtränkten Boden.

Erschrocken atmete Rob aus und fuhr sich mit dem Handrücken über die Stirn. »Mann, das war knapp!«

Kopfschüttelnd über so viel Glück ließ William den Blick über das Schlachtfeld wandern. Das Zentrum der Schlacht spielte sich knapp dreißig Yards vor ihnen ab. Drum herum fanden einige kleinere Scharmützel statt. Der Lärm war ohrenbetäubend. Auf der anderen Seite, auf dem Hügel, standen Humphrey und ein knappes Dutzend anderer Knappen und schwangen ihre Banner in der Luft. Ihm kam es vor, als würden seine Löwen unnatürlich groß aussehen, so als könnten sie im nächsten Moment aus dem Tuch springen und mit ihnen kämpfen. Mit einem Kopfschütteln verscheuchte er diesen Tagtraum und versuchte sich zu orientieren, um die Stelle auszumachen, an der er Harry hatte stürzen sehen. Dann sah er sein Pferd, mit angelegten Ohren nervös auf und ab tretend, keine zehn Schritte neben ihnen stehen. »Dahinten muss Harry liegen! Komm mit, schnell!«

»Harry? Was ist mit ihm?«

Er ging nicht auf die Frage ein und führte ihn in die Richtung, in der er Harry wähnte. Um sie herum lagen Dutzende französische, kastilische und auch englische Gefallene oder schwer Verwundete, die vor Schmerzen wimmerten. Er zwang sich, nicht in die Gesichter der Toten zu schauen, und betete inständig, dass ihr Freund noch am Leben war.

»Wie steht es um uns?«, wollte er von Rob wissen. Eine Schlacht konnte sich binnen weniger Minuten wenden, und er hatte einige Zeit am Boden verbracht.

»Ed und John sind mehrere gute Vorstöße gelungen. Die Kastilier scheinen überrascht über unsere Gegenwehr.« Der Kampfeslärm verschluckte seine letzten Worte fast.

Bei Harrys Pferd angelangt, fanden sie ihren Freund regungslos unter zwei toten Franzosen liegen. Ein Pfeil hatte seine rechte Schulter durchbohrt, die Pfeilspitze ragte aus seinem oberen Rücken.

»Ist er tot?«, fragte Rob furchtsam.

»Ich denke, er ist bewusstlos. Wir müssen ihn hier wegbringen.« Er überlegte kurz. »Am besten legen wir ihn bäuchlings auf Aramis und dann bringst du ihn zu Eds Leibarzt.«

»Und du?«

»Ich bleibe hier.«

Behutsam hoben sie Harry hoch und legten ihn langsam auf Aramis Rücken, was sich als gar nicht so einfach herausstellte, da sie den Pfeil nicht berühren und so tiefer in die Wunde treiben wollten.

Nachdem sie eine einigermaßen zufriedenstellende Position gefunden hatten, klopfte William seinem Freund auf die Schulter.

Rob nickte ihm zu. »Ich komme nach, sobald ich kann.«

Dann trat William den Weg zurück zum Zentrum der Schlacht an. Er musste aufpassen, um nicht auf dem matschigen Boden auszurutschen. Im Vorbeigehen erhaschte er einen Blick auf Hectors leblosen Kadaver. Für einen kurzen Moment blieb er stehen, beugte sich zu ihm hinunter und legte ihm die Hand auf die noch warmen Nüstern. Mein treuer Freund, dachte er schmerzlich. Dann mahnte er sich zur Räson. Geistesabwesend hob er seinen Schild auf, den er unweit von Hector liegen sah und setzte sich wieder in Bewegung. Mit Erleichterung stellte er fest, dass sie ihre Gefechtsformation nach wie vor gehalten hatten. Zwei Reiter hatten ihren Posten übernommen und brüllten ihre Befehle über die Köpfe der Männer hinweg. Er passierte die Bogenschützen und anschließend das Fußvolk. Es kostete ihn wertvolle Minuten, bis er sich endlich seinen Weg nach vorne gebahnt hatte. Als ihn nur noch wenige Schritte von den vordersten Reihen trennten, begann sich sein Herzschlag zu beschleunigen. Er konnte keine nennenswerten Lücken erkennen; wenn einer fiel, rückte sofort jemand auf. In den Reihen der Gegner machte er viele Edelleute aus. Siegessicher hatten sie scheinbar ganz vorn mit dabei sein wollen, um adlige

Gefangene zu machen, mit denen sie anschließend hohe Lösegelder erpressen konnten. Doch in ihren Gesichtern konnte er keine Zuversicht mehr erkennen, nur Zweifel. Sie wirkten gar gehetzt. »Zurecht!«, schrie er kampfesfreudig, zog sein Schwert und ging auf die Angreifer los.

Nach etlichen Zweikämpfen hatte William seine Orientierung längst verloren. Erst als ihm etwas seine Sicht verdunkelte, schaute er hoch. Er blickte direkt in die Sonne und musste blinzeln, um den Umriss eines Reiters zu erkennen. Zunächst konnte er nicht ausmachen, zu welcher Seite der Reiter gehörte. Doch als er sah, wie sich ein französischer Angreifer dem Pferd heimtückisch von hinten näherte, wusste er, dass er einer der ihren war. Noch bevor er einschreiten konnte, zog der Angreifer den Ritter rüde vom Pferd.

Rasch umrundete William das reiterlose Pferd, um seinem Mann beizustehen. Der Rücken des Angreifers versperrte ihm die Sicht auf den am Boden liegenden Ritter, so sah er nur, wie der Franzose seine Streitaxt hoch über den Kopf hob. Blitzschnell rammte William dem Gegner seinen Kopf in die Seite und riss ihn mit sich zu Boden. Das Überraschungsmoment war auf seiner Seite. Mit aller Macht stieß er seinem Gegenüber die gepanzerte Faust ins Gesicht und spürte dessen Nase brechen. Sie rangelten einen Augenblick, bis William endlich sein Schwert zu fassen bekam und ihm dieses seitlich über die Kehle zog. Schwer atmend stand er auf und ließ das gurgelnde Geräusch des Sterbenden hinter sich. Mit großen Schritten ging er auf den immer noch am Boden liegenden Ritter zu und wollte ihm schon seine Hand entgegenstrecken, als er erkannte, wem er das Leben gerettet hatte: seinem Bruder, dem schwarzen Prinzen.

»Will, du hast mir mein Leben gerettet. Ich stehe tief in deiner Schuld, kleiner Bruder.«

Entschieden schüttelte William den Kopf. »Sieh es als Beweis meiner ergebenen Treue. Du weißt, ich würde mein Leben für deines geben.« Er reichte ihm die Hand und half ihm schließlich aufzustehen.

Sichtlich gerührt legte Ed beide Hände auf seine Schultern und sah ihm kurz in die Augen. Dann schenkten sie dem Kampfgeschehen wieder ihre Aufmerksamkeit.

Unversehens ging alles ganz schnell. Ihr Heer hatte es geschafft, die feindliche Linie zurückzudrängen und den vorderen Teil einzukesseln. Unermüdlich ließen ihre Bogenschützen Pfeile niederregnen. Unterdessen war es John gelungen, der sich nicht weit von ihnen entfernt befand, einen französischen Edelmann zu entwaffnen. Als Zeichen seiner Gefangenschaft nahm ihm John seinen Handschuh ab und streckte ihn in die Höhe. William erkannte, dass es sich um Bertrand du Guesclin handelte, den obersten Befehlshaber der Franzosen. Als ihre Feinde das sahen, schienen sie zu wanken.

Sein Herz machte einen Satz, als er die Unsicherheit von ihren Gesichtern ablesen konnte. »Sie legen ihre Waffen nieder! Sie ergeben sich!« Er merkte nicht, dass er vor Freude schrie.

»Die hinteren Reihen lösen sich auf! Enrique flieht!«, hieß es von seiner Rechten. Pedro war herangeritten und gestikulierte aufgebracht in Richtung ihrer Feinde. Anschließend hörte er undeutlich gefauchte Wortfetzen. Vermutlich fluchte Pedro in seiner Muttersprache. Unbesonnen schleuderte er seinen Schild zu Boden und machte Anstalten, seinem Halbbruder hinterherzusetzen, doch einer seiner Soldaten hielt ihn zurück.

Ohne Pedro zu beachten, bestieg Ed eilends sein Pferd. Mit fester Stimme verteilte er Befehle und schaffte Ordnung. Den Gegnern, die sich ergaben, wurden die Waffen entwendet und befohlen, sich hinzuknien, damit auch die letzten Reihen sahen, dass ihre Niederlage besiegelt war. John gab indessen mehreren hundert Mann den Befehl, Enrique hinterherzusetzen. William selbst war damit beschäftigt, die Gefangenen zu beaufsichtigen, um jedwede Gegenwehr im Keim zu ersticken. Einen nach dem anderen ließ er fesseln und abführen. Mann für Mann. Es dauerte seine Zeit, doch ihm war längst das Gefühl für Zeit abhandengekommen. Wäre es nicht nach wie vor hell gewesen, hätte er, ohne zu zögern behauptet, es wäre schon tiefste Nacht. Die schweren Schritte eines Pferdes, das durch den blutdurchtränkten Boden auf ihn zu stapfte, unterbrachen seine Gedanken.

Mit einem befreiten Lachen sprang John aus dem Sattel und schloss ihn in seine Arme. »Will! Dem Herrn sei Dank! Ich habe Hector fallen sehen und dich danach aus den Augen verloren … Ich befürchtete schon, du seist tot!«

»Ich bin dem Tod noch einmal von der Schippe gesprungen.« Er lächelte gequält.

Erleichtert klopfte John ihm auf die Schulter. »Wir haben gesiegt, Will! Wir haben gesiegt! Ich kann es noch gar nicht fassen.«

William nickte. »Enrique dachte, sie würden uns mit Leichtigkeit schlagen, weil sie uns zahlenmäßig überlegen waren. Genau diese Überheblichkeit war ihr Todesurteil.«

»Dein Instinkt hat dich nicht getäuscht! Wir waren wendiger und schneller, wie du gesagt hast.« John nickte zustimmend und betrachtete ihn dann eingehender. Fragend deutete er auf seinen Hals. »Ist das vom Sturz? Sieht ganz so aus, als wärst du dem Tod tatsächlich nur knapp entronnen.«

Mit zusammengebissenen Zähnen winkte William ab. »Das war White. Ich werde dir davon später ausführlich berichten.« Whites Verrat, als einer der ihren, lag ihm schwer im Magen. Auch wenn sie wahrlich keine Freunde waren, so war White doch ein Engländer.

John zog pikiert die Augenbrauen nach oben. »White? White hat dich verletzt? Hat er dich angegriffen? Was zum Henker habe ich bitte verpasst, Will?«

Mit dieser Frage hatte sein Bruder direkt ins Schwarze getroffen, denn eben das vermochte er selbst nicht zu sagen. Er wollte die Frage unbeantwortet lassen, doch John hielt ihn am Arm zurück. »Das würde ich selbst gerne wissen, John. Aber verlass dich darauf, ich werde es herausfinden.« Seine Kieferknochen malten.

Zustimmend drückte John ihm die Zügel seines Pferdes in die Hand. »Hier, nimm mein Pferd, dann bist du schneller.«

Ihre Blicke kreuzten sich. »Danke.« Ohne weiter Zeit zu verschwenden, schwang er sich in den Sattel und steuerte das Gefangenenlager an. Auf seinem Weg dorthin musste er immer wieder Gefallenen ausweichen, doch erstaunlicherweise gehörten nur wenige den eigenen Reihen an.

Kurz bevor er das Lager erreichte, fing ihn Rob ab. Er schien auf ihn gewartet zu haben. Neben ihm stand sein *Schatten*, der ziemlich blass um die Nase war. »Bei König Artus' Eiern, wir haben gewonnen!« Robs Augen strahlten vor Freude. Godric trat unsicher von einem Fuß auf den anderen, als wüsste er nicht recht, ob er den Worten Glauben schenken sollte. Bei Williams Ausdruck wurde Robs Miene sofort wieder ernst. Mit einer Kopfbewegung gab er seinem Knappen zu verstehen, dass er William das Pferd abnehmen sollte.

Nachdem er abgestiegen war, reichte Rob ihm wortlos seinen Weinschlauch. Gierig setze ihn William an seine Lippen und ließ ihn erst wieder sinken, als er restlos leer war. Fahrig wischte er sich die Tropfen mit dem Handrücken vom Kinn. »Wie geht es Harry?«, erkundigte er sich knapp.

»Er hat nach wie vor das Bewusstsein verloren, aber der Medicus meint, es ist nicht hoffnungslos. Wir müssen beten, dass sie den Pfeil sauber und ohne Probleme herausholen können.«

»Harry ist ein Kämpfer.«

Rob straffte die Schultern und versuchte seine Bedenken wie eine lästige Fliege aus seinem Sichtfeld zu verscheuchen. Nach einem tiefen Atemzug wechselte er abrupt das Thema. »Ich habe White in unser Zelt bringen lassen.«

»Gut, wegen ihm bin ich auch gekommen. Irgendetwas verheimlicht er uns. Ansonsten stellt man sich in einer Schlacht nicht gegen seine eigenen Landsmänner.« Williams Stimme verriet, wie aufgewühlt er war.

Rob lächelte grimmig und führte ihn durch die Zeltstadt. »Wir werden es schon aus ihm herausprügeln.«

Vor ihrem Zelt hatte ein junger Wachmann Position bezogen, der zum Gruß seinen Kopf senkte.

Wie in Trance bewegten sich Williams Füße unaufhaltsam durch den Zelteingang und bezogen Stellung vor ihrem Gefangenen, der an Händen und Füßen gefesselt auf dem Boden saß.

Nach einem kurzen Zögern machte Rob einen Satz nach vorne und packte White am Arm. »Warum habt Ihr den Kastilier nicht einfach sein Werk beenden lassen? Dann wäre William jetzt tot und Ihr säßet jetzt nicht hier fest.«

Whites Augen sprühten förmlich Zornesfunken. »Weil ich ihn töten wollte! Er sollte durch meine Hand sterben! Durch meine!«

»Aber warum?«, fragte Rob entgeistert.

»Er ist genau wir Ihr! Arrogant und aufgeblasen! Euresgleichen denkt, ihr könnt nach Belieben verfahren, ohne jemals Konsequenzen fürchten zu müssen. Ihr habt noch nicht einmal davor Halt gemacht, meine Schwester zu entehren, Pomeroy! Und der da –« Sein Kopf ruckte zu William. »– eifert Euch in allem nach. Dabei dachte ich immer, Ihr wärt sein Schoßhündchen und nicht umgedreht. Wuff, wuff.«

»Wovon redet Ihr da, Mann?« Fassungslos schüttelte Rob seinen Kopf.

»Schade, dass ich mich Euch nicht zuerst gewidmet habe.« Der Gefangene bleckte seine Zähne.

Angewidert spukte Rob vor ihm aus. »Und Ihr wollt Engländer sein? Eine Schande seid Ihr!«

William beschlich ein ungutes Gefühl. »Wo ist Dawnay?«

White gab keine Antwort.

»Wo ist Dawnay?«, versuchte es William erneut. Seine Stimme bebte. Doch White blieb stur.

Ungeduldig schlug ihm Rob seine Faust mitten ins Gesicht. »Ich kann es auch aus Euch herausprügeln«, knurrte er.

White leckte sich das Blut von der Lippe, das nun aus seiner Nase rann und lächelte überlegen. »Ich weiß nicht, wovon Ihr sprecht.«

Rob drehte sich zum Zelteingang und rief in Richtung Wachmann: »Winham, überprüft, wo Lord Dawnay ist. Seht auch nach, ob er unter den Gefallenen sein könnte. Es wurde bereits eine Liste derjenigen begonnen.«

Der Wachmann verschwand.

Das Warten wurde eine einzige Geduldsprobe für William. Die Rüstung drückte inzwischen schwer auf seinen müden Körper. Seine Muskeln brannten. Nach einer geraumen Weile kam Winham dann endlich zurück und berichtete ihnen, was er in Erfahrung gebracht hatte. »Dawnay scheint gestern Nacht mit zwei seiner Getreuen geflohen zu sein. Er hat nicht mitgekämpft, Mylords.«

William tauschte einen beredten Blick mit Rob aus. Danach nahmen sie den Gefangenen wieder ins Visier.

»Wo ist er hin?«, wollte William wissen und trat einen weiteren Schritt auf White zu.

»Ob ich es Euch jetzt sage oder nicht, es wird so oder so zu spät sein.«

Whites provokante Erwiderung brachte das Fass zum Überlaufen. William riss der letzte ohnehin nur noch seidene Geduldsfaden. Jegliche Höflichkeit außer Acht lassend, hob er den Festgesetzten am Kragen hoch und drückte ihn an den Holzpfahl, der in der Mitte des Zelts zur Stabilisation angebracht war. »Wofür zu spät? Rückt raus mit der Sprache!«

White, der offensichtlich Vergnügen an seiner Hinhaltetaktik hatte, setzte eine Unschuldsmiene auf und zuckte mit den Schultern.

Wütend stieß ihn William zu Boden und baute sich über ihm auf. »Ich schwöre Euch, ich werde dafür sorgen, dass sich der

Scharfrichter besonders viel Zeit mit Euch lässt!«

Verräter starben ohnehin einen langsamen Tod. Zuerst hängte man sie auf, kurz bevor sie ins Jenseits zu gehen drohten, schnitt man ihren Strick jedoch ab und weidete sie langsam aus. Diese Prozedur wurde so langsam gehandhabt, dass die Verurteilten selbst mit ansehen konnten, wie ihre Gedärme neben ihnen lagen; sofern sie bei Bewusstsein blieben. Erst im Anschluss ließ man sie sterben, indem man sie vierteilte. Nicht selten versuchten Familienangehörige den Scharfrichter zu bestechen, damit dieser absichtlich zu lange wartete bevor er den Strick der Verurteilten durchtrennte.

Die Vorstellung, dass seine Hinrichtung noch langsamer vonstattengehen sollte, verfehlte die von William erwünschte Wirkung nicht. Zähneknirschend und mit verengten Augen presste White seine Antwort heraus: »Zu Eurem Täubchen, Fitzroy.«

Verständnislos schaute der Angesprochene zu Rob.

Rob fragte an seiner Stelle: »Was will er da, Mann?« Da ihm die Stille zu lange wurde, trat er White seinen Fuß in die Seite.

»Er will ihr zeigen, was sie mit ihm als Ehemann verpasst hat«, keuchte er und rückte vorsichtshalber ein Stück weiter nach hinten, um etwaigen Tritten zu entgehen.

Tausend Gedanken prasselten auf William ein. Er musste zurück nach Bordeaux. Jetzt und sofort. Er musste Ava warnen. Nicht auszudenken, wenn Dawnay genauso ein Hurensohn war wie White. Bevor er sich in Whites Gegenwart vergaß, verließ er aufgebracht das Zelt und bewegte sich in Richtung der Pferde.

Rob folgte ihm dicht auf den Fersen. »Was hast du jetzt vor, Will?« Er hatte sichtlich Mühe mit ihm Schritt zu halten.

»Ich werde mir Musculus nehmen, Dawnay einholen und zur Strecke bringen.«

»Und wie soll dir das gelingen? Auch wenn Musculus sehr schnell ist, Dawnay ist dir mehrere Stunden voraus und zudem nicht durch eine kräftezehrende Schlacht gezeichnet.«

William blieb so abrupt stehen, dass Rob beinah mit ihm zusammengeprallt wäre. »Was schlägst du dann vor?« Er spürte wie seinem Gesicht jedwede Farbe entwich.

»Erstens, wie soll es Dawnay gelingen, zu Ava vorgelassen zu werden? Er müsste sich zunächst erklären, warum er nicht bei Ed ist. Alle würden ihn für einen Deserteur halten. Zweitens kannst du nicht einfach so aufbrechen, wir haben immer noch Krieg, auch wenn wir diese Schlacht gewonnen haben. Du könntest in Gefangenschaft geraten oder Schlimmeres. Nein, wir schicken einen Reitertrupp, der Dawnay einholen wird. Und Boten zu Lady Joan.«

Der Gedanke daran, dass Ava etwas geschehen könnte, drohte William innerlich zu zerreißen, und er merkte, wie er die Kontrolle über die Lautstärke seiner Stimme verlor. »Ich kann doch nicht tatenlos hier verweilen!«

»Du kannst aber auch nicht kopflos drauflosstürmen. Dann hilfst du weder Ava noch dir«, hielt sein Freund entschieden dagegen.

Hilflos raufte er sich die Haare und fluchte unschön. Langsam drehte er sich um die eigene Achse und schaute zur Zeltstadt, als über ihren Köpfen hinweg eine einzelne Krähe flog. »Na wunderbar, du Unglücksbote hast mir gerade noch gefehlt!«

»Reiß dich zusammen, Mann! Du gibst doch wohl nichts auf dieses abergläubische Altweibergeschwätz!« Rob ruckte mit dem

Kopf in Richtung der Krähe. »Lass uns mit Ed und John besprechen, wie wir weiter vorgehen können. Sie werden Rat wissen«, versuchte er ihm gut zuzureden.

Kraftlos ließ William seine zu Fäusten geballten Hände neben seiner Rüstung baumeln, die nach wie vor blutverschmiert war. Mit einem Mal fühlte er sich wie erschlagen, als würden die Anstrengungen der vergangenen Stunden ihren sofortigen Tribut einfordern. Er presste die Lippen zusammen und nickte seinem Freund ermattet zu. »Ich hoffe, du hast recht und sie wissen wirklich was zu tun ist.«

»Ich auch, Will . . .« Im Gesicht seines Freundes sah er sich seiner eigenen Furcht bestätigt.

Schweigend gingen sie zu Eds Zelt. Sie nickten den postierten Wachen im Vorbeigehen zu und schoben den Zeltvorhang ohne Vorankündigung beiseite.

Ed stand mit dem Rücken zu ihnen und ließ sich mit ausgebreiteten Armen aus seiner Rüstung helfen. Sein Brustpanzer war an der Seite empfindlich eingedellt, vermutlich durch den Aufprall am Boden, dachte William. Abwartend sahen er und Rob zu, wie der Leibarzt Eds Rippen abtastete und dieser scharf die Luft einsog. Der Arzt machte eine gewichtige Miene und ließ sich von seinem Gehilfen einen dicken Leinenstoff anreichen. »Ich verbinde Euch nun den Rippenbogen, mein Prinz. Das könnte etwas unangenehm werden. Ihr werdet den Verband die nächsten Wochen aber lieben lernen, das verspreche ich euch.«

»Allemal besser als jetzt mit gespaltenem Schädel auf dem Feld zu liegen«, erwiderte Ed mit einem kehligen Lachen während er sich strahlend und mit immer noch ausgebreiteten

Armen zu ihnen umdrehte. »Wenn ich euch zwei so anschaue, könnte man glatt denken, wir hätten die Schlacht verloren.«

Rob schenkte William einen Seitenblick ehe er antwortete: »Wir haben uns gerade White vorgeknöpft.«

Eds dunkle Augen richteten sich fragend auf William. Mit einem Wink gab er dem Arzt und seinem Gehilfen ein Zeichen, dass sie sich zurückziehen sollten.

William wartete bis beide das Zelt verlassen hatten. Dann zog er sich unaufgefordert einen Stuhl heran und nahm darauf Platz. Er holte tief Luft, um mit seiner Erzählung zu beginnen, doch das wiederholte Rascheln des Vorhangs hielt ihn davon ab. Auch Rob und Ed lenkten ihre Aufmerksamkeit zum Eingang.

»Ich sehe, ich komme zur rechten Zeit. Du wolltest sicher gerade von dem Verräter Dawnay berichten?« Johns Ausdruck war finster, seine Augenpartie merklich schattiert.

William musterte ihn erstaunt.

»Die Spatzen pfeifen es bereits durch die gesamte Zeltstadt. Die Kröte Dawnay hat sich heimlich davon gemacht. Doch nicht nur er.« John blieb neben ihrem ältesten Bruder stehen und verschränkte die Arme vor der Brust. »Pedro ist ebenfalls aufgebrochen.«

»Was soll das heißen, Pedro ist aufgebrochen?« Verständnislos schüttelte Ed den Kopf.

»Dass er samt seinem Gefolge abgereist ist.«

»Wieso denn abgereist?«, fragte Rob tonlos.

»Ohne mich davon in Kenntnis zu setzen?« Eds Stimme war mit jedem Wort lauter geworden. »Er kann sich jetzt nicht einfach davonmachen! Wir hatten eine Vereinbarung! Wir kämpfen für ihn und er bezahlt uns dafür! Er schuldet der Krone Unsummen an Geld!«

John zog seine Stirn in Falten. »Darauf werden wir wohl oder übel verzichten müssen. Außer du hast vor ihm umgehend nachzureiten.«

Erbost schlug sich Ed die flache Hand auf den Oberschenkel, woraufhin er sich mit schmerzverzehrtem Gesicht an die Seite fasste. »Dieser Hundsfott!«

»Wir haben zwar gesiegt, aber dennoch ist es seinem Halbbruder gelungen zu fliehen. Lass Pedro das erst einmal verkraften. Er wird bald merken, dass Enrique nach wie vor eine Bedrohung für ihn darstellt und er weiter auf uns bauen muss. Dann führt kein Weg daran vorbei uns zu entlohnen.«

»Ich schicke ihm einen Trupp Männer hinterher. Sollte doch gelacht sein, wenn wir ihn nicht einholen.«

»Wie viel Männer sollen das sein, wenn er sein ganzes Gefolge um sich versammelt hat? Ich denke nicht, dass es viel Sinn ergibt ihm nun nachzureiten. Pferd und Mann sind erschöpft. Es wäre purer Zufall, wenn wir ihn als Geisel gefangen nehmen könnten. Wir sollten uns unsere Kräfte lieber aufsparen. Enrique kann jederzeit wieder angreifen.«

»Sofern Enrique uns nicht zuvorkommt und Pedro den Hals umdreht«, meinte Ed unwirsch.

»Das wäre schlecht für unsere Kriegskasse.«

»Wir brauchen das Geld so dringend für unseren Feldzug gegen die Franzosen. Sollte Pedro uns tatsächlich hintergehen wollen, dann gnade ihm Gott.« Ed ging auf den Tisch zu und schenkte sich aus einem kostbar verzierten Krug Wein in einen Kelch ein. Gierig trank er mehrere Schlucke. John gesellte sich zu ihm und schenkte ihnen allen ein.

»Lord Plantagenet, Lord Pomeroy«, erklang es leise flüsternd aus einem angebauten Nebenzelt, aus dem die Köpfe von Humphrey und Godric lugten. Dankbar gingen er und Rob auf ihre Knappen zu.

»Wir hatten uns gedacht, dass wir euch beim Prinzen finden, Mylords«, erklärte Humphrey und machte sich sofort daran die seitlichen Schnallen von Williams Brustpanzer zu lösen. Bereitwillig beugte William seinen Oberkörper nach vorne, damit ihm Humphrey anschließend leichter aus dem Kettenhemd helfen konnte. Dann löste dieser seine Arm- und Beinschienen. Befreit streckte William seinen nackten Oberkörper und hörte mehrere Wirbel knacken. Humphrey reichte ihm eine Schale mit klarem Wasser, um Gesicht und Hals von getrocknetem Blut, Schweiß und Staub befreien zu können. Danach reichte ihm sein Knappe ein Hemd, das er erschöpft überstreifte.

»Wo ist denn Adam abgeblieben?« Die Frage kam von Godric, der rastlos von einem Bein auf das andere trat.

William lief ein heißer Schauer über den Rücken. In der Aufregung hatte er Harry ganz verdrängt. Schuldbewusst warf er Rob einen Blick zu, den dieser auffing. »Euer Bruder ist bei Harry. Er ist während der Schlacht verwundet worden und Adam wacht über ihn, damit wir benachrichtigt werden, sollte er zu Bewusstsein kommen. Ich wollte mich sowieso auf dem Weg zu ihm machen und sehen, wie es ihm geht. Du wirst mich begleiten, Godric. Vielleicht braucht Adam mal eine Ablöse.«

Voller Stolz schien Godric gleich um drei Köpfe zu wachsen und nickte beflissen.

»Na dann los.« Rob griff nach seinem Schwertgurt und band ihn sich um die Hüfte. »Du schaffst das hier ohne mich, oder?«

»Verschwinde und sieh zu, dass sie Harry ordentlich versorgen. Ich will dir später keine Vorhaltungen machen müssen«, erwiderte William ausweichend.

Rob gluckste, wurde dann wieder ernst und verließ mit seinem Knappen das Zelt.

»Geh und sag den Köchen, dass sie uns etwas vom Hammelfleisch aufwärmen sollen.« Mit einer Kopfbewegung deutete er in Richtung der Zelte, in denen die Bediensteten untergebracht waren.

»Ja, Mylord«, antwortete Humphrey und stob in Windeseile davon.

Nach einem wiederholten Strecken seines Rückens, schritt William schließlich auf den Tisch zu, an dem John und Ed mittlerweile Platz genommen hatten. Zerstreut fuhr er sich mit dem Handrücken über die Stirn und holte tief Luft. »Wir haben noch ein weiteres Problem um das wir, oder besser gesagt ich mich kümmern muss...«

Interessiert drehte Ed den Kelch in seinen Fingern. »John hat mir gerade erzählt, dass White versucht hat dich während der Schlacht umzubringen.«

William schaute in Johns müde Augen. Er hatte das Gefühl, dass sein Bruder in den letzten Tagen um ein paar Jahre gealtert war. Dann wandte er sich wieder Ed zu. »Ja, das ist richtig. Und obendrein hat sich Dawnay in der gestrigen Nacht mit zweien seiner Männer davongeschlichen. White scheint gemeinsame Sache mit ihm zu machen und hat versucht mich niederträchtig zu töten.«

John ließ seine Fingerknöchel knacken. »Wissen wir schon, weshalb dieser Hurensohn dich tot sehen wollte?«

William bleckte die Zähne. »Wir haben seit jeher kein gutes Verhältnis. Seitdem Rob mit seiner jüngeren Schwester das Lager geteilt hat, schneidet er ihn und mich, weil ich offenkundig sein Freund bin. Aber ich denke, dass da noch mehr dahintersteckt.«

»Was denkst du steckt noch dahinter?« Ed nahm einen weiteren tiefen Zug aus seinem Kelch.

William kräuselte seine Lippen. »White und Dawnay haben sich gegen mich verschworen. Dawnay ist nicht einfach so desertiert, weil er sich vor der Schlacht drücken wollte. White hat uns gestanden, dass er meiner Frau etwas antun will, als Rache, weil er sie nicht heiraten konnte.«

»Ich sag's ja immer wieder: Gleich und gleich gesellt sich gerne«, meinte John trocken.

»Und White sollte dich aus dem Weg schaffen, damit Dawnay freie Bahn behält?«

»Das nehmen Rob und ich an.«

»Das will ich mit eigenen Ohren von diesem Verräter hören.« Abrupt sprang Ed auf, ging zum Zelteingang und knurrte ein paar knappe Befehle.

Während sie darauf warteten, dass die Wachen White herbrachten, trugen ein paar Knechte zusammen mit Humphrey das Essen herein. Die wohlig duftende Hammelsuppe und die gerösteten Brotkrusten ließen William das Wasser im Mund zusammenlaufen. Trotz der angespannten Stimmung langten sie ausgehungert zu. Er spürte förmlich, wie die heiße Suppe seine Lebensgeister weckte und ihm neue Kraft schenkte.

Mit noch vollem Mund betrachtete John ihn. »Du weißt aber schon, dass wir dich hier nicht entbehren können. Der Krieg ist noch nicht vorüber, auch wenn wir diese Schlacht für uns entschieden haben, Will.«

Ein unangenehmes Ziehen machte sich in seiner Brust breit. »Wissen tue ich das schon. Doch mein Herz will sich nicht zwischen seinen Brüdern und seiner Frau entscheiden müssen.«

Irritiert hob John seine Augenbrauen, kam jedoch nicht mehr dazu etwas zu entgegnen, da in diesem Moment White hereingeführt wurde. Flankiert von zwei Wachen und mit auf dem Rücken gefesselten Armen stand er in der Mitte des Zeltes, auf einem kostbaren Perserteppich, den ein Botschafter des Königs einst aus dem fernen Orient mitgebracht hatte. William konnte sich des Eindrucks nicht erwehren, dass White zufrieden wirkte, als hätte er diese Zusammenkunft geplant.

Als er aus dem Augenwinkel eine Bewegung wahrnahm, drehte er seinen Kopf zum Nebenzelt und sah gerade noch wie ihre *Schatten* Adam und Humphrey in eine unbeleuchtete Ecke huschten. Er wollte schon etwas sagen, ließ es dann jedoch sein, seinetwegen durften sie ruhig erfahren, was hier besprochen wurde.

Langsam stand Ed auf und stellte sich aufrecht vor White hin. Er überragte ihn um eine Haupteslänge. Ohne Vorwarnung schlug er White hart in die Magengrube und sah unberührt zu wie er keuchend in die Knie gezwungen wurde. Ruppig zogen die Wachen ihn wieder auf die Beine. »Ihr habt Euch also gedacht, meinen Bruder umbringen zu können. Sagt mir, wie kommt man auf solch einen dämlichen Einfall?«

»Weil es dieser Bastard nicht anders verdient hat!«

Erneut schlug Ed ihm seine Faust in die Körpermitte. »Wagt es nicht mit Euer verräterischen Zunge mein Blut zu beleidigen.«

»Mehr als Beleidigungen scheint er nicht auf Lager zu haben.«

Gelangweilt schlug John seine Beine übereinander. »Euch ist schon bewusst, dass Ihr Eure gesamte Familie damit entehrt, Roger White.«

»Ich entehre sie?«, stieß White schäumend hervor. »Stolz werden sie sein. Nicht ich bin der Verräter, er ist es!«

»Ach? Dann klärt uns in Euer Allwissenheit auf, bevor ich es mir anders überlege und Euch Euer Maul stopfen lasse.«

»Er hat es auf den Thron abgesehen, in dem er diese Hure ohne Eure Zustimmung geheiratet hat!«, zischte White.

»Passt auf wie Ihr über meine Schwägerin sprecht«, grollte Ed und ballte drohend seine Faust.

»Wie würdet Ihr eine Frau nennen, die versprochen ist und sich einem anderen hingibt?«

»Das könnt Ihr Eure Schwester fragen.« Angriffslustig war Rob im Eingang des Zeltes stehen geblieben und musterte den Gefangenen kalt. »Gesetz den Fall, dass sie Euch noch einmal sehen will.«

White spuckte vor ihm aus und kassierte dafür unversehens einen saftigen Fausthieb von einem der Wachen.

Rob trat auf William zu und senkte bedächtig die Stimme. »Harry geht es den Umständen entsprechend gut. Der Pfeil hat lediglich Muskeln durchtrennt. Organe wurden nicht verletzt. Die Ärzte sind guter Hoffnung, dass er in ein paar Wochen wieder wohlauf ist, sofern seine Wunde nicht brandig wird.«

William fiel ein Stein vom Herzen. »Gott sei es gedankt!« Dankbar für die gute Nachricht, schob er Rob die Schale mit den Brotresten hin, an denen sich sein Freund hungrig bediente.

»Ich sage die Wahrheit«, setzte White aufs Neue an. »Er ist ein Verräter und das schon von Geburt an. Ihr könnt Eure

263

Gemahlin fragen, wenn Ihr mir keinen Glauben schenkt, mein Prinz.«

»Was hat Lady Joan damit zu tun?« Ed ergriff Whites Wams und zog ihn dicht an sich heran.

William spürte Robs Augenpaar auf sich ruhen, sah sich jedoch nicht in der Lage seinen Blick zu erwidern, sondern starrte gebannt geradeaus.

»Eure Gemahlin ist Fitzroys leibliche Mutter.«

Die Versammelten stießen hörbar den Atem aus. Es dauerte bis die Worte bei allen ankamen. Eds Wangen hatten sich unterdessen dunkelrot verfärbt. Seine Augen glommen gefährlich auf. »Sagt das noch einmal.«

»Zu der Zeit als Joan of Kent am Hof des Königs ausharren musste, da ihre zweite Ehe aufgelöst wurde, befand sich auch meine Stiefmutter im Haushalt der Königin – «

»Und weiter?«, unterbrach Ed ihn ungehalten.

»Meine Stiefmutter hat den König und Joan miteinander gesehen und das in einer sehr vertrauten Art und Weise, wie es nur Ehefrau und Ehemann gestattet ist.«

Rob stierte White abschätzig an. »Und weshalb sollten wir dem Geschwätz Euer Stiefmutter Glauben schenken?«

William rutschte unruhig auf seinem Platz nach vorne.

»Greift in mein Wams, da ist ein Brief des Königs adressiert an meine Stiefmutter, in dem er sie für ihr Schweigen entlohnt.«

Auf einen Wink hin beförderte eine der Wachen einen Pergamentbogen aus Whites Wams und übergab ihn Ed, der ihn wiederum an John weiterreichte. Erwartungsvoll waren alle Augen auf ihn gerichtet. Behände entfaltete er den Bogen und las ihn aufmerksam durch. Über den Rand des Bogens hinweg warf er William einen schwer zu deutenden Blick zu. »Zum Schutz der Krone halten Wir Euch an, Stillschweigen zu bewahren. Andernfalls seid Euch gewiss, werden Wir dafür Sorge tragen, dass der Schutz auf anderem Wege gewahrt bleibt. Dem Schreiben liegt ein Beweis meiner Dankbarkeit bei«, zitierte John die offensichtlichen Worte ihres Vaters.

Wie vor den Kopf gestoßen sackte William in seinem Stuhl zusammen. Im Grunde war der Inhalt des Schriftstück keine Überraschung für ihn. Er hatte es längst gewusst und wenn er ehrlich zu sich selbst war, bereits vor der Hochzeit mit Ava. Doch er hatte es erfolgreich verdrängt, da es für ihn nicht wichtig war, welcher Anteil königlichen Blutes in ihm steckte. Indem er seinen Brüdern seinen Verdacht jedoch verschwiegen hatte, hatte er ihnen die Chance genommen, selbst zu urteilen. Und ihm war durchaus bewusst, dass der Umstand seiner Herkunft mütterlicherseits Konsequenzen nach sich ziehen würde. Bereit sich diesen zu stellen, stand er mit gestrafften Schultern auf und trat neben Ed.

Vermessen, gar fanatisch richtete White wieder sein Wort an diesen. »Da habt Ihr es! Er ist sich nicht einmal zu schade es zu leugnen!« Sein Kopf ruckte zu William herüber.

»Weiß noch jemand von diesem Brief?« Ed überging Whites Anklage.

»Ich habe nur Dawnay darüber in Kenntnis gesetzt, Mylord.«

»Habe ich das richtig in Erinnerung, Eure Stiefmutter ist letztes Jahr verstorben?« William sah ein bedrohliches Funkeln in den Augen seines ältesten Bruders.

White nickte.

»Gut«, sagte Ed schlicht, griff mit einer schnellen Bewegung an seinen Gürtel und rammte White in der nächsten Sekunde seinen Dolch in die Brust. Whites Gesicht nahm einen überraschten Ausdruck an. Mit einem schmatzenden Geräusch zog Ed den Dolch wieder heraus und wischte ihn an Whites Wams ab, bevor er ihn ungerührt zurück an den Gürtel steckte. Langsam und wortlos sackte White in sich zusammen. Keiner der Umstehenden zeigte eine Regung.

»Will.« Eds Tonfall war schwer zu deuten. »Wir müssen verhindern, dass Dawnay diese Neuigkeiten verkündet. Das könnte durchaus falsch aufgenommen werden.«

»Wenn das herauskommt, dann wird es zu inneren Unruhen in England kommen«, prophezeite John während er versonnen die sich ausbreitende Blutlache am Boden inspizierte.

William bemerkte wie Ed ihn taxierte. »Du bist nicht nur mein Halbbruder und Halbonkel meiner Kinder, sondern anscheinend auch mein Stiefsohn. Du bist mein Halbbruder und zugleich das Kind meiner Frau, weil mein Vater nicht die Finger von ihr lassen konnte.«

William trat einen weiteren Schritt auf seinen Bruder zu. »Ich mag der Erstgeborene deiner Frau und des Königs Bastard sein und auch habe ich eine heimliche Ehe geschlossen. Und ja verdammt, meine Frau und ich sind rein englischen Geblüts und unsere Kinder haben damit keinen geringen Anspruch auf den Thron.« Rob verlagerte sein Gewicht nervös von einem Fuß auf den anderen. »Und doch«, William legte eine kurze Pause ein, um sein Schwert aus der Scheide zu ziehen. Bedächtig legte er dieses in seine flach ausgestreckten Hände und schaute seinem Bruder fest in die Augen. »Und doch spielt die Tatsache wer meine Mutter ist keine Rolle, da du der Erbe des englischen Throns bist und auch bleibst. Deine Kinder sind unsere Zukunft. Eduard und Richard sind unsere Zukunft. Die Zukunft von ganz England. Ich lege keinen Wert darauf in der Thronfolge aufzutauchen. Mein Leben ist nichts mehr wert, wenn du auch nur den geringsten Zweifel an meiner Aufrichtigkeit verspürst. Ich entbinde dich von jedweder Schuld und lege mein Leben in deine Hände; nimm es mir, wenn du mir nicht vertrauen kannst.« Als er geendet hatte, senkte er seinen Kopf, um seiner Haltung mehr Bedeutung zuzumessen.

Die Luft war zum Zerreißen dünn, so spürbar war die Anspannung im Zelt. Einen langen Moment war es mucksmäuschenstill. William fühlte sich an die Situation im Bordeaux erinnert.

Doch dieses Mal zögerte Ed nicht und fasste William am Arm. Entschlossen ergriff er das ihm dargebotene Schwert und überreichte es John, der sich inzwischen neben ihn gestellt hatte. »Du hast mir heute deine Treue und Ergebenheit leibhaftig bewiesen, Bruder. Auch wenn es mir gedanklich schwerfallen wird, bist du mir doch der liebste Stiefsohn.« Er lachte in sich hinein.

Vom Tisch her erklang ein leises Räuspern. »Ich möchte euch ja nur ungern unterbrechen, doch was unternehmen wir jetzt wegen Dawnay? Ich denke die Zeit eilt.«

»Will und du, ihr nehmt euch zwei von meinen besten Pferden und stoppt diesen Hurensohn Dawnay. Wornham und Benley werden euch begleiten.« Er schaute die beiden Wachen an, die treu ergeben nickten. »Vorher schafft mir aber dieses Verräterschwein aus den Augen.« Kaum ausgesprochen fassten sie White schon an Schultern und Beinen und trugen ihn hinaus.

Auf dem fein geknüpften Teppich blieb ein hässlicher Blutfleck zurück. Mit angewidertem Blick musterte Ed diesen. »Bringt mir Dawnays Kopf.«

John gab William sein Schwert zurück. »Unser weiteres Vorgehen sollten wir dann gemeinsam mit Joan besprechen. Allerdings bin ich der Ansicht, dass der König und sie gut daran getan haben, das Geheimnis zu bewahren. Genau dabei würde ich es auch belassen. Nichtsdestotrotz würde ich, wie einst besprochen, die Urkunde aufsetzen lassen, in der du auf den Thron verzichtest. Damit ist es zusätzlich besiegelt.«

»Ich bin ganz deiner Meinung, John.« Williams Stimme war klar und deutlich.

Das Hereinstürmen eines abgehetzten Adam verhinderte, dass noch weitere Details besprochen werden konnten. Stolpernd blieb er vor Rob stehen. »Verzeiht mir, Mylords«, sagte er schwer atmend in die Runde. »Aber Humphrey hat sich Musculus geschnappt und scheinbar in den Kopf gesetzt Lord Plantagenet zu rächen. Ich dachte, das solltet Ihr wissen.«

»Er hat was?« Völlig perplex starrte Rob seinen Knappen an.

»Er will Dawnay umbringen und damit Lord Plantagenet rächen. Ich hab ihn nicht aufhalten können, Mylord!«

»Der Junge hat Schneid!« Ed pfiff anerkennend durch die Zähne.

»Der Bengel soll mir unter die Augen kommen!« William hatte glatt vergessen, dass ihre *Schatten* im Nebenzelt gelauscht hatten und schallt sich einen Narren. »Rob sei so gut und hol mit Wornham und Benley die Pferde. Adam, du gehst und holst Proviant für mehrere Tage. Verpack es gut.« Dann wandte er sich an seine Brüder. »Ich kenne keinen anderen Mann, der sich so glücklich schätzen darf, wie ich es tu, solch ein Vertrauen entgegengebracht zu bekommen.«

John klopfte ihm brüderlich auf die Schulter.

Ed, der sich erneut seine Seite hielt, prostete ihm über seinen Weinkelch hinweg zu. »Und jetzt bring Dawnay zur Strecke. Zeig ihm, was es heißt sich mit einem Plantagenet anzulegen.«

Ein kalter Windzug ließ Martha frösteln, und sie zog ihr Tuch enger um den Oberkörper. Die Kerze in ihrer Hand drohte auszugehen und einmal mehr verfluchte sie die düsteren Korridore in Whitehall. Sie blieb stehen und wartete, bis sich der Windzug gelegt hatte. Als sie ihren Gang fortsetzen wollte, trat plötzlich jemand vor ihr aus dem Schatten und schnitt ihr den Weg ab. Erschrocken stieß sie einen Laut aus, den ihr Gegenüber sogleich mit seiner Hand zu ersticken versuchte. Vor Überraschung riss sie ihre Augen weit auf und versuchte zu erkennen, wer da vor ihr stand, doch der schwache Schein ihrer Kerze reichte nicht aus.

Achtsam nahm der Unbekannte die Hand von ihrem Mund. »Pscht! Ihr weckt noch den ganzen Hof auf, Lady Somerset.«

Sie erkannte die raue Stimme sofort: Es war Devereux. Aufgebracht stieß sie ihn mit ihrer freien Hand ein Stück zurück, um genügend Distanz zwischen sie zu bringen. »Was fällt Euch ein, Ihr Flegel?«

»Wie reizvoll Ihr seid, wenn Ihr Euch aufregt.«

Im stärker werdenden Kerzenlicht nahm Martha wahr, wie Devereux zu schmunzeln begann. Mit zunehmender Wut wehrte sie seinen Versuch, ihre Wange zu streicheln, mit der flachen Hand ab. »Reißt Euch gefälligst zusammen, Devereux! Ich bin keins dieser naiven Hofhühner, die Ihr um den Finger wickeln könnt. Ihr verschwendet Eure Zeit und die meine ebenso!«

»Wer sagt hier etwas von um den Finger wickeln?«, seufzte er.

Sie verdrehte die Augen. »Netter Versuch, doch er wird Euch

nichts nützen.« Sie versuchte ihn zu umrunden, doch er stellte sich ihr erneut in den Weg. »Ich könnte Euch nie verzeihen, was Ihr Peggy angetan habt!«, ergänzte sie in der Hoffnung, dass ihm ihre Abneigung deutlicher wurde.

»Daran bin ich wohl nicht allein schuld. Dazu gehören immer noch zwei!« Er wurde lauter.

»Nicht einmal einschreiten konntet Ihr, nicht einmal ein gutes Wort für sie einlegen! Schaut, wozu Ihr die Ärmste gebracht habt!«

»Ich bin nicht hier, um mit Euch über Peggy zu debattieren.« Devereux umfasste ihr Kinn mit Daumen und Zeigefinger.

Angewidert von seinen plumpen Annäherungsversuchen drehte Martha ihren Kopf zur Seite, um sich seiner Berührung zu entwinden. Im Verborgenen tastete sie mit ihrer freien Hand nach dem Dolch, den sie zum Schutz immer unter ihrem Kleid trug. Der kalte Stahl hatte eine fast beruhigende Wirkung auf sie.

»Wir würden eine gute Partie abgeben. Selbst die Königin scheint davon überzeugt.«

»Dann werde ich einen Weg finden, diese Überzeugung zum Einsturz zu bringen«, erwiderte sie spitz.

»Weshalb sträubt Ihr Euch so, Madame?« In seiner Stimme war eine Spur Unsicherheit herauszuhören.

Sieh an, dachte sie, der gute Devereux war gar nicht so selbstsicher, wie er sich stets präsentierte. »Ist es für Euch so schwer begreiflich, dass nicht jede Frau in England unter Euch liegen möchte?« Ihr Spott war unüberhörbar.

»Wenn ich Euch nur einmal hätte haben wollen, dann wäre ich wohl kaum zur Königin gegangen und hätte um Eure Hand gebeten.«

»Wie dem auch sei, freiwillig werde ich nicht Eure Frau!«

»Ihr würdet Countess of Essex werden und einige Ländereien Euer Eigen nennen können.« Er warf all seinen Charme in die Waagschale.

Sie blickte dem neun Jahre Älteren in die Augen. »Warum wollt Ihr gerade mich zur Frau, wo es doch Dutzende Heiratswillige hier am Hof gibt?«

»Ihr steht der Königin ebenso nahe wie ich. Ich schätze, Ihr seid die einzige Frau, die Elizabeth an meiner Seite dulden würde.«

Damit konnte er recht haben. Doch sie durchschaute seine wahren Absichten. »Daher weht der Wind! Ihr wollt durch mich Eure politische Karriereleiter weiter emporklettern.« Sie wusste, dass er immer knapp bei Kasse war. Nicht selten bettelte er die Königin um Geld an. »Falls Ihr es noch nicht wisst, mein Vermögen ist zu meinem Schutz bis zu meinem einundzwanzigsten Lebensjahr unantastbar. Die Königin gab meiner Großmutter am Sterbebett ihr Wort.« Es war kein Geheimnis am Hof, dass Marthas Großmutter ihr ein beträchtliches Vermögen hinterlassen hatte. Noch vor ihrem Ableben hatte Marthilda ihren erheblichen Einfluss spielen lassen und die Königin darum gebeten, zu Marthas eigenem Schutz das Vermögen zu verwalten. Somit wollte sie verhindern, dass mögliche Heiratskandidaten Martha nur des Geldes wegen heiraten wollten.

»Ich kann warten. Das Geld läuft ja nicht weg.«

Martha schnaubte erbost. »Ich werde einen Weg finden, einer Heirat mit Euch zu entgehen. Verlasst Euch darauf!«

»Ihr seid ziemlich vorlaut, Mylady. Aber ich mag Frauen, die wissen, was sie wollen. Ich denke, wir könnten viel Spaß zusammen haben«, entgegnete er kokett.

Es schauderte Martha, auch nur einen Gedanken an ihre möglichen ehelichen Pflichten mit diesem Mann zu denken. »Ihr widert mich an, Devereux.«

Er lachte auf, brach aber jäh ab, als hinter ihr Schritte zu hören waren. Er trat einen Schritt zurück, um augenscheinlich die höfische Etikette zu wahren. Seine angespannte Haltung löste sich jedoch schnell wieder, als er im Kerzenschein des Fremden sah, um wen es sich handelte. »Ach, Ihr seid es, Stanley.« Sein Tonfall klang gelangweilt. »Ihr hättet keinen günstigeren Zeitpunkt wählen können. Ich mache mich gerade mit meiner Braut vertraut.«

Jonah stellte sich ganz selbstverständlich neben Martha. Es fühlte sich gut an, ihn neben sich zu wissen, was sicherlich daran lag, dass sie einander so gut kannten, überlegte sie.

»Ist dem so, ja? Und mir war so, als wäre ein Verlöbnis noch nicht offiziell ausgesprochen worden.« Jonahs Spitze war grandios gezielt und versenkt.

Im Schein ihrer Kerze meinte Martha ein kaltes Funkeln in Devereux' Augen ausmachen zu können. »Passt auf, was Ihr sagt, Stanley«, knurrte er zwischen zusammengebissenen Zähnen.

»Was sonst?«

»Es könnte Euch noch leidtun, wenn Ihr meine Position bedenkt.« Devereux versuchte seiner Stimme Autorität zu verleihen, doch es gelang ihm nur halbherzig.

»Meint Ihr, es beeindruckt mich, dass Ihr der Favorit der Königin seid?«

Gespannt verfolgte Martha das Wortgefecht und wagte kaum

zu atmen. Ihre Hand, die immer noch die Kerze in ihrem kleinen Messinghalter umklammert hielt, zitterte leicht.

Selbstgefällig machte Devereux einen Schritt auf Jonah zu. »Meint Ihr, es wird mich auch nur einen Deut interessieren, dass Ihr mein Vetter seid, wenn Euer Ruf verleumdet werden sollte?«

Als Martha die beiden genauer in Augenschein nahm, wurde ihr einmal mehr deutlich, dass sie nicht unterschiedlicher hätten sein können. Devereux nannte ein großspuriges und lautes Naturell sein Eigen. Stets lebte er auf zu großem Fuß und war regelrecht süchtig nach Anerkennung und Lob. Jonah hingegen blieb lieber besonnen im Hintergrund. Im Gegensatz zu seinem Vetter hatte er sich seine Position am Hof hart erarbeiten müssen, da sein Vater vor seinem frühen Tod keinen nennenswerten Einfluss besaß, was eventuell auch auf die alte Familienfehde zurückzuführen war. Trotzdem fand sie, dass Jonah mehr Würde und Souveränität verkörperte, als Devereux es je könnte. Jonahs breite Schultern vermittelten einem das Gefühl, er würde alles Böse abschirmen, wie ein Ritter aus ruhmreichen Zeiten. Devereux maß zwar die gleiche Größe wie sein Vetter, war aber eher schlaksig als muskulös. Sein jungenhaftes Gesicht war hübsch, doch seine Augen schienen Martha in manchen Momenten seltsam entrückt und melancholisch. Besonderes Unbehagen löste aber die Heimtücke, die sich hinter diesen zu verbergen schien, in ihr aus. Erneut befiel sie ein Schauder, der ihr die Luft abzuschnüren drohte. Vorsichtig tastete sie in der Dunkelheit nach Jonahs Hand und berührte diese leicht.

Dieser ließ sich nichts davon anmerken. »Ach, dann wüsste ich schon mal, aus welchen Kreisen die Verleumdung herrühren würde«, gab Jonah schlicht zurück.

»Das würde Euch auch nichts mehr nützen, Stanley.«

Jonah gab sich wenig beeindruckt, ignorierte Devereux' hochmütiges Verhalten und wandte sich Martha zu. Mit einem einzigen Blick erkannte er ihre innere Unruhe, die sie mit allen Mitteln zu verstecken versuchte. Doch ihm machte sie nichts vor. »Ich denke, Ihr könnt Euren Weg ungehindert fortführen. Devereux wird Euch nicht weiter belästigen, Mylady.«

Martha würde sich wohl nie daran gewöhnen, wenn Jonah sie so vornehm ansprach, dachte sie. Widerstrebend, aber sittsam neigte sie den Kopf. Sie wusste, Jonah wollte sie nur beschützen. Trotzdem hätte sie ihm gern widersprochen, um den Verlauf des Gesprächs weiterzuverfolgen, aber sie wollte ihn nicht bloßstellen, nicht vor diesem wichtigtuerischen Gockel. Ihn keines weiteren Blickes würdigend umrundete sie diesen. Sie bemühte sich, ihren Gang äußerst selbstbewusst wirken zu lassen, und so schritt sie hocherhobenen Hauptes den Korridor entlang, an dessen Ende sie nach links abbog. Hinter der Ecke blieb sie stehen, pustete ihre ohnehin schwach leuchtende Kerze aus und versuchte den Männern zu lauschen. Ihre Stimmen klangen gedämpft und Martha musste ihre Ohren gut anstrengen, um die Unterhaltung zu verstehen.

» – warne dich, Stanley. Sieh dich vor! Das Ganze kann richtig unschön für dich werden.«

»Dann mach mir doch Angst!«

»Lady Somersets Stellung wird dir nichts bringen, wenn ich mir dir fertig bin«, sagte Devereux bedrohlich leise.

»Du verschwendest deine Energie. Nicht ich bin das Problem, sondern du selbst. Niemand Geringerer als du selbst wirst dir immer wieder im Weg stehen«, prophezeite ihm Jonah.

Ein dumpfes Geräusch ließ Martha zusammenzucken. Erschrocken presste sie ihre freie Hand auf den Mund, um jedes Geräusch zu vermeiden. Sie argwöhnte, dass Devereux seine geballte Faust gegen die vertäfelte Wand gedonnert hatte.

»Halt dich aus meinen Angelegenheiten raus!«, zischte der Ältere. »Und halt dich auch von meiner Zukünftigen fern! Wenn du glaubst, deine Blicke sind mir bei unserem gemeinsamen Ausritt verborgen geblieben, dann täuschst du dich gewaltig. Ich bin euch gefolgt und habe genau gesehen, wie du versucht hast dich ihr zu nähern.«

Martha glaubte ihren Ohren nicht zu trauen. Wovon sprach Devereux da nur?

»Mir scheint, du siehst Gespenster«, erwiderte Jonah schlicht.

»Ob ich die Kleine heirate oder nicht, wirst nicht du entscheiden!«

»Du musst es ja wissen.«

»Verlass dich darauf!«

»Und du kannst dich darauf verlassen, dass ich dir jeden nur erdenklichen Stein, den ich finden kann, in den Weg legen werde. Darauf gebe ich dir mein Wort.« Jonahs beständige Selbstsicherheit blieb auch Devereux nicht verborgen.

»Komm mir besser nicht in die Quere!« Er legte eine künstliche Pause ein, womöglich, um seinen Worten mehr Ausdruck zu verleihen. »Ich verspreche dir, das hier ist meine letzte Warnung an dich, Vetter!« Das letzte Wort spie er förmlich aus.

Die Unterredung schien beendet und sie hörte Schritte auf sich zukommen. In Sorge, es könnte Devereux sein, der dieselbe Richtung wie sie eingeschlagen hatte, stellte sie sich eilends in einen Türrahmen. Er war breit genug, um ihre Statur von der Seite betrachtet zu verbergen. Sie hielt die Luft an und wartete.

»Martha?«, flüsterte es keine zwei Meter von ihr entfernt.

Vorsichtig riskierte sie einen Blick und stellte erleichtert fest, dass sich ihr Gehör nicht getäuscht hatte. Hörbar stieß sie die angehaltene Luft aus und grinste dem in warmes Kerzenlicht gehüllten Jonah entgegen.

Jonah grinste zurück. »Wusste ich doch, dass du es nicht aushalten würdest, nicht zu lauschen.«

Sie strich sich eine ihrer schwarzen Strähnen aus dem Gesicht und hakte sich bei ihm unter. »Sei so gut und begleite mich zu meinem Gemach auf ein oder zwei Becher heißen Würzwein.«

Er nickte zustimmend.

Zu Marthas Wohlbehagen lief ihnen kein weiterer Bewohner mehr über den Weg und sie kamen unbehelligt zu ihrem Gemach.

Leise ließ Jonah die Tür hinter sich ins Schloss fallen und folgte Martha zum Kamin, der fröhlich vor sich hin knisterte.

Martha gab Gail, die das Feuer bewachte, ein Zeichen und ihre Magd verschwand wortlos in der angrenzenden Kammer. Sie wartete, bis sich auch diese Tür schloss, ehe sie sich wieder Jonah zuwandte. »Du warst wirklich zur richtigen Zeit am richtigen Ort«, stellte sie fest, während sie einen kleinen Weinkrug zur Hand nahm, der neben dem Feuer platziert war.

»Das kannst du wohl laut sagen«, erwiderte er, holte zwei tönerne Becher vom Kaminsims und reichte sie Martha.

Dankend schenkte sie ihm ein warmes Lächeln, goss erst ihm und danach sich selbst vom dampfenden Würzwein ein. Sie stellte den Krug wieder ans Feuer und nahm einen kräftigen

Schluck aus ihrem Becher. Sie spürte, wie der Wein sie von innen wohlig wärmte.

»Dabei war ich tatsächlich auf dem Weg zu dir. Ich habe wie gewünscht Auskunft über Peggy einholen lassen.«

Neugierig musterte sie Jonah. »Und, was hast du in Erfahrung bringen können?« Fast zwei Monate war Peggy nun im Tower untergebracht und bisher hatte Martha noch keine passende Gelegenheit gefunden, für sie bei der Königin um Verzeihung zu bitten. Immer, wenn sie das Thema anschnitt, erntete sie einen finsteren Blick, der sie zum Schweigen brachte.

»Sie scheint wohlauf zu sein und ist bereit, Buße zu tun. Sie hat mich gebeten, dir einen Brief zu übergeben.« Er griff unter sein Surkot und beförderte einen eilig zusammengefalteten Pergamentbogen zutage.

Martha nahm den ihr entgegengestreckten Brief an sich. Sie erkannte Peggys gradlinige Handschrift sofort. Gedankenversunken kniete sie sich auf die zusammengeknüpften Schaffelle vor dem Kamin und lud Jonah ein, sich neben sie zu setzen. Aufmerksam studierte sie die wenigen Zeilen.

»Was schreibt sie?«, wollte Jonah interessiert wissen.

Martha stellte ihren Becher auf dem Dielenboden ab und knickte den Pergamentbogen sorgfältig, bevor sie ihn den Flammen zum Fraß hinwarf. Einen Augenblick starrte sie auf den sich windenden Bogen, bis er eins mit dem Feuer wurde. »Sie schreibt, dass ich die Königin um Erlaubnis ersuchen soll, sie in den Bund der mildtätigen Frauen von Oxford zu entlassen.«

»Zu den mildtätigen was?« Jonah blickte verwirrt drein.

»Den Bund der mildtätigen Frauen von Oxford.«

»Aha«, antwortete er. »Das sagt mir gar nichts. Kennst du diesen Bund etwa?«

»Ich habe schon einmal davon gehört. Diese Frauen haben es sich zur Aufgabe gemacht, Kranke, Waisen und Bettler zu versorgen.«

»Haben keinen Gemahl und gehen morgens, mittags, abends gemeinsam zum Gebet?« Jonah zog eine Augenbraue nach oben. »Klingt ganz nach einem verschworenen Nonnenbund.«

Mit der Auflösung des katholischen Glaubens war auch die Auflösung aller Mönchs- und Nonnenorden einhergegangen. Martha und Jonah hatten davon nichts mehr mitbekommen, das alles war noch vor ihrer Geburt geschehen. Aus Erzählungen ihrer Großmutter wusste Martha, dass die Brüder und Schwestern hinter dicken Klostermauern, fernab des weltlichen Daseins, ein gottgefälliges, demütiges Leben geführt hatten. Ihr einfaches Leben hatte nur aus Beten und Arbeiten bestanden. »Ora et labora«, hörte sie ihre Großmutter noch sagen, was so viel hieß wie ›Bete und arbeite‹. Hatten Familien zu viele Kinder, schickten sie diese in die umliegenden Klöster, um sie gut versorgt und sicher zu wissen. Nicht selten hatten solche Klöster Arme und Waisen gespeist und Kranke gepflegt. Nun bevölkerten diese die Straßen Londons. Viele Brüder und Schwestern waren nach der rigorosen Auflösung in Klöster auf das Festland geflohen. Die Übrigen versuchten hier ihre Bestimmung wiederzufinden oder sich neu zu ordnen, was aber nur wenigen gelang. Elizabeth hielt nach wie vor ein wachsames Auge auf ehemalige katholische Ordensmitglieder. Stellte es sich heraus, dass jene ihrem Glauben nicht abgeschworen hatten und im geheimen Anhänger des Papstes waren, ließ sie sie gnadenlos hinrichten.

»Wie willst du das der Königin verpacken, ohne dass ihr erster Gedanke unserem gleicht?«

Martha zuckte ratlos mit den Schultern. »Keine Ahnung, wie sich Peggy das gedacht hat.«

»Wo gerätst du da nur immer wieder hinein?«

»Ist ja nicht so, dass ich mir das aussuche.«

»Aber du musst schon zugeben, dass du ein Händchen dafür hast.« Jonah stupste sie verschmitzt lächelnd an.

»Solange ich mein Händchen nicht an Devereux geben muss ...« Den Rest ihrer Gedanken ließ sie unausgesprochen.

Schlagartig wurde Jonah wieder ernst. Einen Augenblick sagte keiner der beiden etwas.

Unerwartet legte er seine warme Hand auf ihre. Im Vergleich zu ihrer kam ihr seine Hand sehr groß vor.

»Meinst du denn wirklich, dass die Königin dich in eine Ehe mit Devereux zwingen würde?«

»Sie würde es nicht so nennen, aber sie wird mich auch nicht nach meiner Meinung fragen.«

»Aber sie schätzt deine Meinung und Gesellschaft doch sonst so sehr.«

»Ich denke, gerade das ist der springende Punkt. Sie weiß von seinem Stiefvater, ihrem Jugendschwarm Dudley, wozu es kommen kann, wenn sie nicht selbst das Zepter in die Hand nimmt. Sie will mitentscheiden, wer an seiner Seite steht. Jemand, den sie schätzt. Wer wäre da besser geeignet als ich? Welch eine Ehre!« Sie schaffte es nicht, ihren Sarkasmus zu unterdrücken.

»Aber kannst du nicht einfach ehrlich zu ihr sein?«

Martha lachte bitter auf. »Du hast sie nicht gesehen, Jonah. Als sie mir ihre Idee unterbreitet hat, mich mit ihrem Favoriten zu vermählen, haben ihre Augen förmlich gestrahlt.«

»Ich will dich nicht an diesen Rohling verlieren, Martha. Mir wird schlecht, wenn ich daran denke, dass du sein werden sollst.« Sacht drückte Jonah ihre Hand.

»Ja, er ist ein echtes Scheusal!«

»Und wenn ich ihm eigenhändig den Hals umdrehen muss. Er bekommt dich nicht!«

Martha bedachte ihren Freund mit einem milden Lächeln. »Weißt du, woran ich gerade denken muss? Wie oft saßen wir an kalten Wintertagen vor dem Kamin im Haus meiner Großmutter und haben ihren Geschichten über tugendhafte Ritter und edle Jungfrauen gelauscht?« Sie seufzte und strich mit ihrer freien Rechten verträumt über das Schafsfell. »Manchmal wünschte ich mich zurück in diese Zeit. Es war alles so viel leichter, als sie noch da war.« Sie schaute ihm in die Augen. »Was Marthilda wohl zu einer Vermählung mit Devereux sagen würde?«

Ratlos schüttelte er den Kopf. »Wenn wir irgendetwas in der Hand hätten, das eure anstehende Vermählung unter keinen guten Stern stellt . . .«

»Nur was?« Versonnen schaute sie auf ihre Knie.

Entschlossen fasste Jonah sie bei den Schultern. »Mir ist gleich, was wir finden. Eins steht für mich indessen fest: Du bist alles, was ich noch habe, Martha. Ich lasse nicht zu, dass du in dein Unglück gezwungen wirst.« Während er sprach, legte er seinen Zeigefinger unter ihr Kinn und zog ihr Gesicht näher zu sich heran. Einen Lidschlag lang schaute er ihr tief in die Augen, dann berührten seine Lippen unvermittelt und sanft die ihren.

Perplex öffnete sie die Augen, schloss sie jedoch sogleich wieder und erwiderte den Kuss schüchtern. Seine Lippen fühlten sich erstaunlich weich an, schoss es ihr durch den Kopf.

Nach dem Kuss drückte Jonah seine Stirn gegen ihre. Für einen kurzen Moment verharrten sie in der Position.

»Ich sollte jetzt gehen. Es ist spät, und es wäre nicht zu unserem Vorteil, wenn mich jemand aus diesem Teil des Palastes gehen sieht.« Er streichelte über ihre zerzausten Locken.

Martha musste sich räuspern, um ihre Stimme wiederzufinden. »Sicher. Du hast recht.« Sie klang ungewohnt atemlos, fand sie, und räusperte sich erneut. Sie beobachtete, wie er aufstand, seinen Becher auf dem Kaminsims abstellte und in Richtung Tür schritt. An dieser angelangt, drehte er sich noch einmal um und zwinkerte ihr zu. »Verlier dich nicht wieder zu sehr in Joans Aufzeichnungen. Nicht ohne mich!«

Seit dem gemeinsamen Ausritt, bei dem sie ihm einen Brief von William vorgelesen hatte, hatte ihn die Geschichte von Joan of Kents königlichen Bastard ebenso gefesselt wie sie. Vor allem die kriegerischen Aufzeichnungen hatten sein Interesse geweckt. In regelmäßigen Abständen hatten sie sich seither getroffen und gemeinsam die Briefe studiert. Sie hatten vorsichtig sein müssen, damit ihre Treffen keine zu großen Fragen aufwarfen, doch Martha freute es, wieder mehr Zeit mit ihm zu verbringen. Bei ihm fühlte sie sich sicher. Ihre heutige Zusammenkunft unterschied sich allerdings von den vorherigen und wühlte sie mächtig auf. Scheu lächelte sie ihm zu und versuchte sich nichts anmerken zu lassen. Möglichst gelassen erwiderte sie: »Ich bemühe mich.«

Sobald sich die Tür von außen schloss, schalt sie sich eine

dumme Gans. Was war bloß los mit ihr, dass sich ihre Knie so weich anfühlten? Sie umfasste diese und wippte sacht vor und zurück und ließ die letzten Ereignisse Revue passieren. Gemächlich stand sie auf und ging zu ihrem Bett hinüber. Ruhelos ließ sie sich darauf fallen und vergrub ihr Gesicht im weichen Kopfkissen, als würde das helfen ihre Verzweiflung zu unterdrücken, die sie bei dem Gedanken an Devereux immer wieder packte.

Nach einer Weile drehte sie sich auf die Seite und schaute zu, wie das Feuer im Kamin munter prasselte und die Holzscheite verspeiste. Um ihre Gedanken zu zerstreuen, beförderte sie die hölzerne Schatulle zutage und ließ ihren Zeigefinger geistesabwesend über die unzähligen Briefe gleiten. Nachdem ihr Wills Brief bei ihrem Ausritt vor einem Monat in die Hände gefallen war, hatte sie den gesamten Inhalt der Schatulle eingehender untersucht. Verwundert war ihr aufgefallen, dass viele der noch ungelesenen Briefe von William stammten.

Abwesend griff sie nach einem weiteren noch unbekannten zusammengerollten Pergament und breitete es vor sich aus. In großen Lettern stand dort: *Verzichtserklärung auf den englischen Thron von William Plantagenet*. Hellwach setzte sie sich kerzengerade auf. War es das was sie dachte? Nirgends waren Unterschriften zu erkennen, weder von William noch von Prinz Eduard. Auch ein Siegel von König Edward suchte sie vergeblich. Sie drehte das Pergament um, doch auch hier war nichts. Langsam ließ Martha das Pergament los, sodass es sich wieder zusammenrollte. Grübelnd legte sie den Kopf schief und versuchte die Faktenlage logisch zu betrachten: Die Verzichtserklärung war nicht unterzeichnet worden. William Plantagenets Kinder hätten also einen Thronanspruch geltend machen können, weil sie väterlicher- wie auch mütterlicherseits königliches Blut nachweisen konnten. Williams Briefe waren mitsamt Joans Tagebuch versteckt worden, wohlmöglich zum Schutz seiner Kinder. Das musste bedeuten, dass zwischen William und Joan ein klärendes Gespräch stattgefunden haben muss. Ansonsten wären seine Briefe wohl eher nicht mit ihrem Tagebuch versteckt worden. So weit, so gut, dachte sie.

Doch was hatte der Nachlass mit ihr, Martha Somerset, zu tun? Gab es überhaupt eine Verbindung oder war der Handspiegel nur zufällig in den Besitz ihrer Großmutter und somit in ihre Hände gelangt? Nein, überlegte sie, das konnte kein Zufall sein. Nachdenklich fasste sie nach dem alten Erbstück, das auf dem Nachttisch neben dem Bett lag und begutachtete ihr Spiegelbild eingehender. Ihre Großmutter hatte ihr erzählt, dass der Handspiegel seit Generationen an die Töchter ihrer Familie weitervererbt wurde. Könnte es tatsächlich sein, dass der Spiegel einmal Joan of Kent gehört hatte?

Plötzlich fiel es ihr wie Schuppen von den Augen. Überstürzt stand sie auf und lief zu ihrer Kleidertruhe hinüber, die sich an der Wand gegenüber dem Kamin befand. Sie schlug den Deckel auf und schob die Kleider beiseite. Ganz unten auf dem Boden der Truhe lag die alte Familienbibel, die ihr ihre Großmutter ans Herz gelegt hatte. Sie müsse sie gut aufbewahren und gewissenhaft führen, hatte sie ihr kurz vor ihrem Tod mahnend gesagt. Vorsichtig legte sie die Bibel in ihren Schoss, schlug sie auf und überflog die ihr bekannten Zeilen. Gedichte, Heiratsgelöbnisse, Geburtstage und Todesanzeigen der Familie ihrer Großmutter waren darin verzeichnet. Jedoch nichts

Aufschlussreiches, was sie mit William oder Joan of Kent in Verbindung bringen konnte. Ein wenig enttäuscht blätterte sie die Bibel bis zum Ende durch. Fast beiläufig besah sie sich den Ledereinband genauer. Mit ihren Fingerspitzen befühlte sie das alte, teilweise rissige Leder, bis ihr eine kleine Ungleichmäßigkeit auffiel. Um besser sehen zu können, drehte sie sich zum Kamin. Im Schein der Flammen sah es ganz danach aus, als wäre der Ledereinband auf der Innenseite geflickt worden. Fieberhaft griff sie unter ihr Kleid und holte ihren schmalen Dolch hervor. Mit zitternden Händen löste sie die Naht und hob den Einband an. Darunter kam ein dünnes Pergament zum Vorschein. Vor lauter Aufregung hielt sie den Atem an. Vorsichtig nahm sie das Pergament an sich und entfaltete es. In feinster Handschrift fand sie darauf eine Ahnentafel verzeichnet, begonnen bei Edward III. Neben Edward war ein kleines Fragezeichen vermerkt. Die daraus resultierende Verbindung stellte William Plantagenet dar. Hastig überflog sie Williams Nachkommen. Jeder weitere Name und jede Verästelung schien in einer anderen Handschrift hinzugefügt worden zu sein. Als hätte jede Generation die Liste der Nachkommen auf den neusten Stand gehalten. Sie hatte das Gefühl, ihr Herz wolle ihr aus der Brust springen. Ihr Blick wanderte zum unteren Teil der Ahnentafel. Dort hatte sich nur eine Verästelung durchgesetzt, die anderen waren versiegt. Sofort erkannte sie die Handschrift ihrer Großmutter, in der ein letzter Name notiert stand: *Marthilda Somerset.*

Triumphierend stieß Martha einen Jauchzer aus. Sollte das jetzt bedeuten, dass sie ihre Blutlinie nicht nur väterlicherseits durch die Familie derer von Somerset bis zu Edward I. nachverfolgen konnte, sondern auch mütterlicherseits? Ihre Gedanken überschlugen sich förmlich. Durch ihren Vater, der ebenso wie die Königin der Bastardlinie der Beauforts entstammte, vereinte Martha bereits verdünntes Plantagenet Blut in sich. Damit war sie, wenn auch über viele Ecken mit der Königin verwandt. Bisweilen schien dieser Tropfen blauen Blutes der Königin allerdings zu unbedeutend, um der Ehe zwischen Martha und Devereux nicht zuzustimmen. Ebenso hatte sie die Tatsache, dass Devereux' Großmutter die uneheliche Tochter von Henry VIII. und Devereux damit ihr Großneffe war, außer Acht gelassen. In den Augen der Königin schien all das unbedeutend. Doch Elizabeth wusste schließlich nicht, was Martha nun herausgefunden hatte. Ihr lief ein kalter Schauer von der Kopfhaut bis zu ihren Zehen hinunter. Mit diesem Dokument würde sie beweisen können, dass mehr königliches Blut in ihren Adern floss, als bisher angenommen und potenzielle Kinder sehr wohl eine Bedrohung für ihren Thron darstellen konnten.

Mit pochendem Herzen breitete Martha das Dokument erneut vor sich auf dem Boden aus und fuhr mit den Fingerspitzen über die feinen Linien. Ein kleines Lächeln stahl sich auf ihre Lippen. Es wäre doch gelacht, wenn sie Devereux nicht die Stirn bieten konnte! So leicht würde sie, Martha Somerset, Nachfahrin von William Plantagenet nicht aufgeben …

ANHANG

ZEITTAFEL

Bedeutende Ereignisse,
basierend auf dem 14. Jahrhundert

1327   Ermordung von Edward II.

1328   29. September Geburt von Joan of Kent

1330   Thronbesteigung von Edward III.

1337   Ausbruch des Hundertjährigen Krieges

1340   Heimliche Heirat von Joan und Thomas Holland

1341   Vermählung von Joan und William Montague

1348   Gründung des Hosenbandordens

1349   13. November Auflösung der Ehe zwischen Joan
und William

1360   Waffenstillstandsabkommen zwischen England
und Frankreich

1361   06. Oktober offizielle Trauung von Joan und
Eduard of Woodstock

1366   Allianz zwischen England und Kastilien

1367   06. Januar Geburt von Richard, Sohn von Joan
und Eduard; 03. April Schlacht bei Nájera,
England siegt

STAMMBAUM VON MARTHA SOMERSET

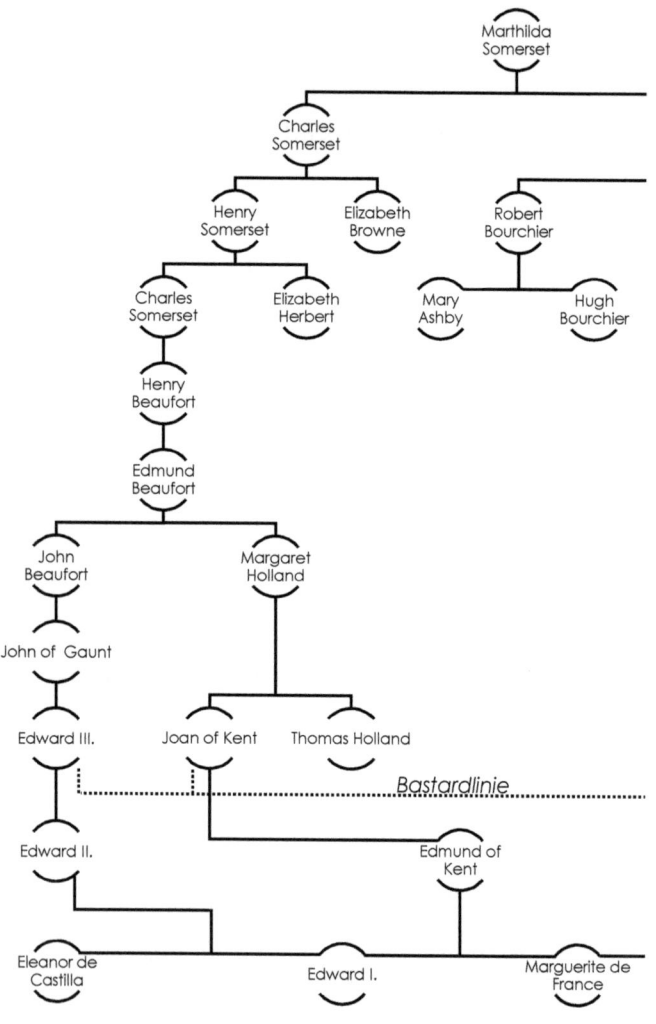

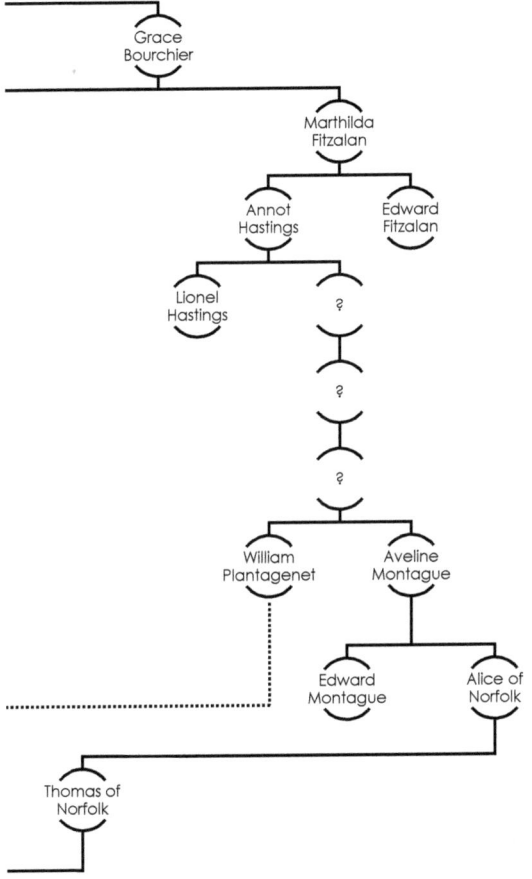

König Edward III. soll mit Philippa eine harmonische Ehe geführt haben. Obwohl diese aus politischen Zwecken arrangiert wurde, kann man heute davon ausgehen, dass Edward seine Frau sehr schätzte. Einige Historiker sprechen gar von Liebe. Edward, der eine schwere Kind- und Jugendzeit durchlebte, hätte ein sehr launischer Herrscher werden können. Seine Gemahlin Philippa, die in historischen Schriften als ausgeglichene Persönlichkeit beschrieben wird, beeinflusste den König jedoch zu Englands Vorteil. Belegt ist sogar, dass sie für das aufrührerische Calais um Fürbitte bat. Hochschwanger soll sie sich vor Edward in den Staub gekniet und ihn darum gebeten haben, die Anführer des Aufstands nicht hinrichten zu lassen.

Aus ihrer Ehe gingen insgesamt dreizehn Kinder hervor, davon fünf Söhne, die das Erwachsenenalter erreichten. Zwischen diesen gab es keine erwähnenswerten Machtkämpfe, was auf ein gutes Verhältnis und einen starken Zusammenhalt der Königsfamilie schließen lässt.

Den noch heute existierenden Hosenbandorden, Most Noble Order of the Garter, soll Edward 1348 gegründet haben. Die

Idee dafür soll tatsächlich auf einem Fest entstanden sein, als einer hochwohlgeborenen Dame ein blaues Strumpfband vom Bein rutschte. Dabei hätte Edward laut »Honi soit qui mal y pense!« gerufen. Dieser Ausruf wurde das Motto des Ritterordens. Der Name dieser ominösen Dame ist jedoch nirgends dokumentiert worden. Dafür existieren natürlich bis heute ausreichend Spekulationen.

Belegt ist, dass Joan of Kent zu jener Zeit am Hof verweilte, um auf die Entscheidung des Papstes hinsichtlich ihrer ersten, ursprünglichen Ehe mit Thomas Holland zu warten. Da Joan als schönste Frau Englands in die Geschichtsschreibung einging, habe ich mir an diesem Punkt erlaubt, Realität und Fiktion zu vermischen. Trotz der glücklichen Ehe, die Edward mit seiner Gemahlin führte, hatte er unzählige Geliebte und war als Filou berüchtigt. Daher ist die Vorstellung, dass die beiden eine Affäre hatten, gar nicht so unrealistisch. Der daraus entstandene Sohn und Bastard William Plantagenet ist allerdings ein von mir ins Leben gerufener, erfundener Charakter. Dennoch ist sein Lebensweg der damaligen Zeit, als Edelmann im Dienste des Königs nachempfunden.

Die Verbindung zwischen Joan und Eduard of Woodstock, der nach seinem Ableben als der »schwarze Prinz« in die Geschichte einging, muss wahrhaftig aus Liebe entstanden sein. Da ihre Heirat der Krone keinen politischen Vorteil einbrachte, kann wahrlich davon ausgegangen werden, dass beide heimlich den Bund der Ehe eingingen. Dieser Akt des Ungehorsams des Thronfolgers gegenüber dem König war ungewöhnlich und unterstreicht die Liebe der beiden füreinander. Eine Heirat aus

Liebe war äußerst selten, vor allem beim Adel, bei dem es in erster Linie um den Fortbestand ihres Geschlechts und politisches Kalkül ging. Joan scheint für die damalige Zeit, in der Frauen kaum Rechte genossen, einen besonders starken Willen und eine gute Portion Selbstbewusstsein besessen zu haben.

John of Gaunt war zu jener Zeit der reichste und mächtigste Mann Englands nach dem König. Ihm wird in der Geschichtsschreibung häufig unterstellt, skrupellos und machthungrig gehandelt zu haben, wahrscheinlich ist, dass er ein äußerst guter Geschäftsmann war. Absichten auf den Thron mag er wohl nicht gehabt haben, dafür war das Band zwischen den Brüdern zu dick geknüpft.

Darüber hinaus ist John auch der Begründer der Lancaster-Linie und Vorfahre von Elizabeth I. Um nicht zu viel zu verraten nur so viel: John of Gaunts Urenkelin, Margaret Beaufort heiratete den wohl bekannten Edmund Tudor. Deren Sohn Henry VII. wurde König von England und war der Großvater von Elizabeth I. Mehr noch, geht selbst die heutige englische Königsfamilie auf John of Gaunt zurück.

Alice Perrers kam 1365/66 an den Hof und wurde zur Hofdame von Philippa de Heinaut. Es ist wahrscheinlich, dass Alice, jung und attraktiv, wie sie gewesen sein soll, dem König aufgefallen ist und zu seiner heimlichen Geliebten wurde. Nach dem Tod der Königin gewann sie an enormen Einfluss über Edward III.

Der Hundertjährige Krieg zwischen England und Frankreich, findet seinen Ursprung im Erbfolgestreit um den französischen

Thron. Nach dem Tod von Charles IV., dem französischen König, versuchte Edward den Thron in Frankreich für sich zu beanspruchen. Da Edward zu diesem Zeitpunkt allerdings noch minderjährig war und obendrein der Geliebte seiner Mutter, Roger Mortimer als Vormund hatte, wurde sein Thronanspruch ignoriert. In den darauffolgenden Jahren bauten sich durch einige weitere Auseinandersetzungen zunehmend Spannungen zwischen den Ländern auf. 1337 gilt als offizieller Beginn des Hundertjährigen Krieges. 1340 ließ sich Edward III. schließlich öffentlich als König von Frankreich ausrufen. In den Jahren darauf kam es zu mehreren Schlachten, zum Beispiel in Crécy oder Poitiers. Erst zwanzig Jahre später 1360 wurde ein vorübergehender Waffenstillstand beschlossen, der gerade einmal sieben Jahre währte. 1367 fand am dritten April die Schlacht in der Nähe von Nájera statt. Hierbei handelte es sich eigentlich um einen kastilischen Bürger- bzw. Bruderkrieg zwischen dem König von Kastilien, Pedro I. und dessen Halbbruder Enrique de Trastámara. Doch Frankreich und England waren sich der ungeheuren Streitkraft Kastiliens bewusst und wollten verhindern, dass die jeweils andere Seite einen zu starken Verbündeten gewann. So schloss sich Frankreich Enrique und England Pedro an. Obwohl Frankreich mit Enrique zusammen fast zweieinhalb Mal so viele Männer aufbot, unterlagen sie der englischen Armee und deren Kriegsführung. England machte es sich zu nutzen, dass Frankreich wie gewohnt mit schwer bepanzerten Rittern in vorderster Front antrat. Die Engländer setzten auf leichte, bewegliche Panzerung und vor allem auf ihre Bogenschützen. Bis heute ist nicht geklärt, weshalb ein Teil von Enriques Armee die Waffen niederlegten und sich ergaben. Mehr als fünfzehntausend Mann wurden auf der französischkastilischen Seite verwundet, gefangen genommen oder getötet. Die Verluste auf der englischen Seite sind nicht bekannt.

Erst viele Jahrzehnte später, Mitte des nächsten Jahrhunderts sollte das Blutvergießen und der Kampf um die Thronfolge ein Ende finden.

Elizabeth I., die sich von ihrem Vater, Henry VIII. missachtet und als Tochter nicht gewollt fühlte, entwickelte sich wie Joan zu einer starken Persönlichkeit. Jahrzehntelang setzte sie sich gegen den Kronrat und den englischen Adel zur Wehr, der sie mit aller Macht verheiraten wollte. Nicht einmal ihren Jugendfreund und möglichen Geliebten Robert Dudley heiratete sie. Sie stellte ihr privates Glück hinter das von England. Allen zum Trotz strafte sie die Zweifler Lügen, die sie als Frau als zu schwach für den Thron wähnten. Fünfundvierzig Jahre währte ihre Regierungszeit. Diese Zeit wurde sogar nach ihr benannt: das Elisabethanische Zeitalter.

Die Familie Somerset hat sich zur Zeit von Henry VII. und VIII. erheblichen Einfluss am Königshof aufgebaut. Diesen Umstand habe ich zu Gunsten meiner Geschichte genutzt, dafür allerdings das Leben von Charles Somerset, der wirklich existiert hat, umgeschrieben.

Martha Somerset ist meiner Fantasie entsprungen. Ich habe ihren Charakter ähnlich taff und selbstbewusst gestaltet, wie ich mir Joan of Kent vorgestellt habe. Martha führt das Leben einer königlichen Zofe, wie es damals auserwählten jungen Damen von Adel ermöglicht wurde. Als Waise wäre sie dem Wohlwollen ihres Vormunds willenlos ausgeliefert gewesen, in diesem Fall dem der Königin. Tatsächlich soll Elizabeth ihre Zofen nur widerwillig verheiratet haben. Und wenn dies der Fall war, dann wurden die Wünsche der Frauen natürlich hintenangestellt. Man könnte meinen, zweihundert Jahre später und mit einer Königin auf dem Thron würden die Frauen mehr Rechte erhalten als zu Joan of Kents Zeiten, doch weit gefehlt. Es ist fragwürdig, ob sich Elizabeth derlei Feinfühligkeit in ihrer Position überhaupt hätte erlauben können.

INSPIRATION

Was mich zum Roman inspiriert hat? Womöglich würde ich sagen das Interesse am »dunklen« Zeitalter. Schon als Kind hat mich das Mittelalter und ganz besonders die Geschichte Englands fasziniert; und wie man sieht, auch als Erwachsenen nicht mehr losgelassen.

Wieso es aber dazu kam, dass ich meine Fantasie verschriftlicht habe? Maßgeblich dafür waren: Joan of Kent, Edward III. und Elizabeth I. Joan und Elizabeth waren überaus willensstarke Persönlichkeiten ihrer jeweiligen Zeit. Beide haben als Frauen außergewöhnliche und selbstbestimmte Wege beschritten. Und Edward III. war in meinen Augen ein König wie aus dem Bilderbuch: Athletisch, ruhmreich, hoheitsvoll, temperamentvoll, imposant, charmant und sicherlich vieles mehr. Persönlichkeiten, deren Vita nicht oft genug interpretiert, ausgeschmückt und lebendig aufgeschrieben werden können.

An dieser Stelle geht mein Dank an die Chronisten, Historiker, Dichter und Schriftsteller, dieser und längst vergessener Zeiten, die es mir möglich gemacht haben, so viel zu recherchieren.

Und wo wir schon dabei sind, möchte ich auch meinen Eltern danken, die mich bei meiner Vision von einem eigenen Roman unterstützt haben. Wahrscheinlich ist euch gar nicht bewusst, welch großen Teil ihr wirklich dazu beigetragen habt. Rückblickend ist es für mich ganz klar: Denken wir nur einmal an die unzähligen Schlösser, Burgfräulein, Ritter und Turnierpferde, die ihr mir früher ein ums andere Mal akribisch und detailreich aufmalen musstet. Oder aber wir denken an die Wikingerbücher, über die wir uns stundenlang unterhalten und austauschen konnten. Mama, Papa, ich danke euch, dass ihr immer für mich da seid und ich jeder Zeit auf euch zählen kann! Worte können nicht beschreiben, wie viel ihr mir bedeutet!

Natürlich danke ich auch meinen Freunden Lisa, Riccardo und Melanie, die mich nicht für verrückt erklärt, mir zugehört und geholfen haben. Besonderen Dank möchte ich meiner besten Freundin Aileen aussprechen. Du hast mir in scheinbar aussichtlosen Situationen mit Rat und Hilfe zur Seite gestanden und mich zu der ein oder anderen Wendung der Geschichte unwissentlich inspiriert. Danke dafür!